Astrid Korten

Seelen unter dem Eis

Astrid Korten

Seelen unter dem Eis

Thriller

PIPER

Mehr über unsere Autoren und Bücher:
www.piper.de

Wenn Ihnen dieser Thriller gefallen hat, schreiben Sie uns unter Nennung des Titels »Seelen unter dem Eis« an empfehlungen@piper.de, und wir empfehlen Ihnen gerne vergleichbare Bücher.

ISBN 978-3-492-50319-8

Covergestaltung: ZERO WERBEAGENTUR, München
Covermotiv: Elena Bovo/Trevillion Images
Printed in Germany

Los Angeles 2019

Finale des Int. Write Movie Contest Los Angeles 2019.
»Honorable Mention«

for the innocents who told me their stories

Das Leben der meisten Menschen
ist eine lange Reihe von Trümmerhaufen.
Jeder Tag mehr Trümmer, und mehr Trümmer,
ein endloser Weg von Haufen Trümmer,
und niemand ist da, sie wegzuräumen,
außer der Tod.

Tennessee Williams, Suddenly last summer

»Diese Geschichte ist nicht meine Geschichte.
Ich bin nicht sicher, wem sie gehört.
Sie liegt auf der Straße, schläft in meinem Haus
und war mir immer einen Schritt voraus.«

Maike Wetzel

DIENSTAG

»Wer von euch noch nie gesündigt hat,
werfe den ersten Stein«.

Joh. 8, 7

Klischees

Mein Name ist Tom Döbbe, aber innerhalb der Mauern vom *Paradies* nennen sie mich Mozart, seit ich in der ersten Woche in der gefühlsarmen Leere des Innenhofs meine Runden gedreht und dabei ständig das Allegro aus *Eine kleine Nachtmusik* gepfiffen habe.

Die anderen Insassen sahen verärgert zu mir her, und Steel, der seine Freiluftpausen stoisch auf der Bank am Gefängniszaun verbrachte und dabei ständig seinen stählernen Glatzkopf polierte, brüllte mich jedes Mal an, wenn ich an ihm vorbeikam, ich solle mit dem Pfeifen aufhören, sonst würde *er* mich schon dazu bringen, aber meiner Gesundheit würde das nicht guttun. Ich ignorierte diesen tätowierten Ochsen mit dem IQ eines Spatzen wie jeden anderen in der ersten Woche.

Bereits nach zwei Tagen ertönte eine Bassstimme aus der gegenüberliegenden Zelle, die eine recht freie Interpretation des Allegros zum Besten gab. Ziemlich disharmonisch, aber immerhin erkennbar. Nach einer Woche ertönte die Melodie den ganzen Tag über, stets von derselben Stimme vorgetragen, aber immer in einer anderen Tonlage und von Mal zu Mal besser klingend.

Am nächsten Tag kam Steel im Innenhof direkt auf mich zu. Es war das erste Mal, dass ich sah, wie er sich über den Hof bewegte.

»Ich bekomme diesen *Song* nicht mehr aus dem Kopf«, knurrte er und wollte wissen, was *ich* dagegen unternehmen würde.

»Das ist nicht irgendein *Song*, sondern das berühmte Allegro von Mozart«, antwortete ich gelassen. Meine Aufklärung brachte mir eine geplatzte Oberlippe, eine Gehirnerschütterung und meine neue Identität ein. Außerdem erlangte ich ewigen Ruhm, denn als Reaktion auf Steels Kopfstoß trat ich den Glatzkopf reflexartig mit voller Wucht in die Hoden. Ich wusste bis zu diesem Tag nicht einmal, dass ich so verdammt hart zutreten konnte.

Ich taumelte kurz, kämpfte gegen den Drehschwindel, begleitet von heftigen Kopfschmerzen und Übelkeit, aber ich blieb auf den Beinen stehen und starrte ihn benommen an.

Tränen schossen in seine Augen, während er mich anglotzte, als würde er mich jeden Moment mit seinen Zähnen in Stücke reißen wollen.

»Und ich wollte dich schon nach deiner Telefonnummer fragen!«, zischte ich.

Ich wagte es nicht, mich zu bewegen, dachte nur, dass die Giftspritze mir keine Sorgen mehr bereiten sollte, weil mich vorher ein klobiger Todesbote mit kahl geschorenem, knallhartem Schädel töten würde. Als Steel aber nichts dergleichen tat, sondern mich nur mit einem vernichtenden Blick musterte, streckte ich ihm vorsichtig meine Hand entgegen, die er mit einem schmerzverzerrten Lächeln ergriff.

»Ich mag dich«, sagte er, grinste und zerquetschte mir fast die Hand.

Goodman, einer der Wachmänner, meinte später, ich hätte Glück gehabt. »Die Tatsache, dass Sie anders sind als der Durchschnittshäftling, hat Ihnen vermutlich das Leben gerettet, Tom.« Goodman behauptete auch, Steel habe wohl nicht erwartet, dass ein hoch aufgeschossener, spindeldürrer Mann wie ich bei seinem Kopfstoß auf den Beinen bleiben könnte – vom Zurückschlagen ganz zu schweigen. Ein Häftling, der mit Steel aneinandergeriet, verbringe nach der Konfrontation im Durchschnitt drei Wochen auf der Krankenstation.

Seit meiner Ankunft im Paradies habe ich das Gefühl, dass ich mitten in *Die Verurteilten* oder in *Lock Up* mit dem grauenvollen Sylvester Stallone versetzt worden bin. Denn nach dieser ersten Woche wusste ich: Die Klischees aus Hollywood entsprachen der Realität – mit einer Ausnahme: Im Todestrakt wurde man nicht sexuell belästigt. Hier wartete jeder Mitgefangene auf seine Hinrichtung, da vergeht einem das Verlangen. So blieben Annäherungsversuche unter der Dusche aus.

Der Innenhof ist in drei Abschnitte unterteilt, ähnlich wie der Todestrakt im *Paradies.* In seinem östlichen Teil sitzen vor allem Gangmitglieder ein, die für andere Insassen eine Gefahr darstellen. Sie sind die schlimmsten Gewaltverbrecher, die einen, ohne mit der Wimper zu zucken, erstechen würden. Wie Steel. Im Nord-Block mit seinen zweiundzwanzig Zellen sind jene Häftlinge untergebracht, die nach Einschätzung der Gefängnisleitung keine größeren Probleme bereiten. Zu ihnen gehöre auch ich. Dann gibt es noch den Südtrakt zur Hofseite hin; dort quartiert man die Sträflinge mit schweren mentalen Störungen ein, die sich dem großen Stumpfsinn und der endlosen Apathie hingeben dürfen. Wir nennen ihn den *Zauberberg.*

Merkwürdigerweise war mir das Leben innerhalb dieser Mauern von Anfang an vertraut, sodass ich keine Erklärung der Regeln, Gepflogenheiten und Protokolle benötigte. Alles, was ich wissen musste, hatte ich bereits aus Büchern, Filmen und Fernsehserien gelernt, die scheinbar mit einem Mal einen geheimen Sinn bekommen hatten. Als hätten sie mich schon immer auf diese Situation vorbereiten sollen. Auch war ich mir bewusst, dass in dieser krampfartigen, lärmenden Umtriebigkeit im Grunde genommen eine große Leere lag, still wie eine Sphinx.

Mein Name ist also Mozart. Mein Zuhause ist eine 2,70 Meter lange und 2,90 Meter breite Zelle mit einem Tisch, einem Stuhl und glatt verputzten Wänden, aus denen eine schmucke Toilette und ein Waschbecken aus Stahl ragen.

Sobald du die Türen dieses Flügels durchschreitest, blickst du wie durch einen Schleier auf deine bisherige Existenz. Dein Name, deine Persönlichkeit und Herkunft, deine Intelligenz und deine Gefühlstiefe, das Aussehen der Frau, die du zurücklassen musstest, die Vitalität deiner leiblichen Kinder, die Bücher, die dich faszinieren oder langweilen, die Musik, die dich trösten kann, die Sportarten, in denen du dich auszeichnest, das Geschlecht, auf das du stehst – all das bekommt einen neuen Stellenwert und eine andere Bedeutung. Die Menschen um dich herum sind nun die reale Welt. Sie bestimmen, was die Wahrheit ist. Im *Paradies* existieren viele Wahrheiten, aber es sind immer die, die sich andere über dich in ihrem Kopf zurechtgelegt haben. Doch so verschieden sind die vermutlich gar nicht.

Hier scheint es niemanden zu stören, dass er seine frühere Persönlichkeit am Tor ablegen musste, weil man für einige Zeit durchaus eine andere Person sein kann. Die meisten Insassen bleiben ohnehin nicht länger als vier Jahre hier; daher wäre *Shorty Island* vielleicht die passendere Bezeichnung für den Todestrakt, aber wir finden, *Paradies* klingt schöner.

Jedes Mal, wenn der Zeitpunkt des Todes naht, herrscht bei uns eine morbide Stille, und wenn wir den Innenhof am Morgen nach der Vollstreckung betreten, flüstern wir uns respektvoll zu, dass wieder eine beeindruckende Persönlichkeit von uns gegangen ist – vom *Paradies* direkt ins Paradies.

Eine alte Schreibmaschine

Goodman meint, ich solle alles aufschreiben, denn Geheimnisse gedeihen nicht in der kalten schwarzen Erde.

»Geheimnisse sind Eigentum des Lebens«, behauptete er vor einigen Tagen, als er mich in den Innenhof begleitete. Ich zuckte mit den Schultern.

Es war zehn Uhr morgens. Wir schritten durch die widerhallenden Gefängnisgänge. Ich hatte keine Lust zu reden. Schweigen ist das einzige Recht eines Insassen im Todestrakt einer Haftanstalt. Goodman bemerkte anscheinend die Spur Verzweiflung in meinen Augen, denn als ich zwei Stunden später in meine Zelle zurückkehrte, wartete eine alte Schreibmaschine auf mich. Es war fast unmöglich, sie hochzuheben, so schwer war sie. In der Schreibwalze steckte bereits ein Blatt Papier, auf dem ein Zitat von Konfuzius stand: *Zu wissen, was man weiß, und zu wissen, was man tut, das ist Wissen.*

Inzwischen ist eine Woche ohne nennenswerte Ereignisse vergangen. Ich habe die Tasten der Schreibmaschine kein einziges Mal mit meinen Fingern berührt, aber ich zog sofort das Papier aus der Walze, zerknüllte es und warf es in eine Ecke meiner Zelle. Allerdings mit wenig Überzeugung, das schon. Dort lag das Zitat die ganze Zeit, und heute Morgen, als ich nach einer kurzen Nacht im Dunkeln erwachte und das Gefühl hatte, dass es nie wieder hell werden würde, schlich ich mich aus meinem Bett und glättete die Seite vorsichtig.

Das Zitat schenkte mir weder Trost, noch spornte es mich an, aber mit einem Mal fand ich es respektlos, das Blatt so leichtfertig in die Ecke geworfen zu haben. Goodman verdient ein solches Verhalten nicht. In dieser Zeit der Leere ist er zu meinem Freund geworden.

Nachdem ich das Papier einigermaßen glatt gestrichen hatte, legte ich mich wieder ins Bett, rollte mich in die Laken und linste in der Dunkelheit wieder und wieder zur Schreibmaschine. Aber es brachte mir nicht die ersehnte Ruhe. Ich wälzte mich von einer Seite auf die andere und strampelte mit den Beinen, bis ich schweißgebadet war und die Bettlaken an meinem Körper klebten.

Über den Todestrakt kann man vieles sagen, aber niemand würde behaupten, dass die Temperaturen dort sehr angenehm sind. Im Winter ist es hier so kalt, dass ich vor dem Schlafengehen ein zusätzliches Paar Socken, lange Hosen und einen Pullover über den Schlafanzug anziehe; im Sommer wiederum senkt sich eine Hitze in diese Hölle, die der tanzenden Luft über einer Asphaltstraße gleicht. Riesige Ventilatoren versuchen, ein wenig Kühlung zu verschaffen. Die einzige Art und Weise, nicht fortwährend in Schweiß auszubrechen, ist, bewegungslos liegen zu bleiben.

Seufzend schob ich die Laken von mir, stand auf und setzte mich hinter die Schreibmaschine. Es musste ja so kommen. Goodman hatte recht, es gibt zu viele Geheimnisse in der Geschichte, die mit mir in der schwarzen Erde verschwinden würden.

Ich drehe ein leeres Blatt in die Walze und lege meine Finger auf die Tasten. So verharre ich mindestens eine Stunde, ohne einen Buchstaben zu Papier zu bringen. Ich kann meine Aufmerksamkeit nicht auf das Blatt konzentrieren; meine Augen suchen nach einem Fixpunkt, den sie nicht finden. Und ich finde in mir keine Sätze, um das zu beschreiben, was erzählt werden soll. Dies ist umso bemerkenswerter, da ich früher nicht nur Geschäftsführer einer großen Werbeagentur war, sondern auch Dozent für kreatives Schreiben an der Universität. Das war, bevor ich zum Mörder wurde.

Soll ich lieber schreiben, dass die Tat ein Unfall war? Natürlich kam der Tod unbeabsichtigt! Und da ist sie schon wieder: die hässlichste Sache der Welt, die wie ein Dämon an die Oberfläche kommt. Ich locke ihn an, sobald ich darüber nachdenke. Soll ich schreiben, dass es nicht geplant war? Natürlich hatte ich nicht vor, mich in eine meiner Studentinnen zu verlieben! Und auch noch in die schlechteste Studentin von allen und, wenn ich ganz ehrlich bin, in die mit Abstand unattraktivste.

Wenn ich Amal an einem Samstagabend in einer Diskothek oder tagsüber in einem Café getroffen hätte, wäre ich sicher an ihr vorbeigegangen, ohne sie eines Blickes zu würdigen. Na ja, ein flüchtiger Blick vielleicht, um sie zu scannen. Aber das wäre es dann auch schon gewesen. Sie war so gar nicht mein Typ. Nichts an ihr war wirklich schön. Ihr Haar war glatt, in der Mitte gescheitelt, ihr Gesicht länglich, ihr Körper alles andere als wohl proportioniert; eine Frau wie aus einem manieristischen Gemälde mit hohem Kreuz und langem Rücken, mit großen, aber festen Brüsten, langen Armen, kleinen Händen und schmalen, knochigen Schultern. Für mich war es keine Liebe auf den ersten Blick. Widerwille auf den ersten Blick … schon eher. Abscheu am Ende … ganz sicher.

Es ist totenstill im Todestrakt. Alle schlafen, außer mir und dem Nachtwächter. Er spielt Solitär am Computer im *Aquarium,* einem Raum, von dem aus er alle Zellen leicht überwachen kann. Faktisch braucht er in einer Nachtschicht gar keinen Überblick, denn jeder ist hier auf sich gestellt. Es herrscht absolute Ruhe. Manchmal gibt es jedoch diese grauen Nächte, in denen ein Neuankömmling urplötzlich angstvoll zu schreien beginnt oder in untröstliches Weinen ausbricht, aber darauf reagieren die Wachleute ohnehin nicht. Sie drehen dann das Radio etwas lauter oder setzen Kopfhörer auf. Das Schreien ebbt in der Regel nach fünfzehn Minuten ab, da alles in diesem Gebäude langsam erstirbt.

Ich werde in einer Woche hingerichtet. Das steht seit Langem fest. In einigen Stunden werde ich ein Schreiben erhalten, in dem mir die genaue Uhrzeit meiner Hinrichtung mitgeteilt wird. Damit wird der bevorstehende Tod fassbar und die kommende Woche sehr kurz.

Mir wird kurz schwach vor Wut. Ich versuche, nicht an den Tod zu denken, und suche mir einen Fixpunkt, konzentriere mich auf die Todesanzeige eines ehemaligen Mitarbeiters, die auf dem Tisch liegt, versuche, runterzukommen, aber die Buchstaben flirren vor meinen Augen; ich starre sie an, es hilft nichts.

Ein Blick auf meine Uhr sagt mir, dass es sechs Uhr morgens ist. Das erste Sonnenlicht frisst sich langsam in die Dunkelheit am Osthimmel. Die Farben erinnern mich an das Haar meiner Frau. In einer Woche wird Helen das Erbe bekommen, auf das sie seit vier Jahren wartet.

Eine Luke ist eine Öffnung

In der vergangenen Woche hat mich Goodman jeden Tag besucht, um sich nach meinen literarischen Fortschritten zu erkundigen. Und jedes Mal, wenn ich ihm sagte, dass es nichts zu schreiben gebe, und ihm deutlich machte, dass er die Schreibmaschine, soweit es mich betreffe, wieder mitnehmen könne, wirkte er enttäuscht und versuchte, mich davon zu überzeugen, dass ich folglich »unwürdig« sterben würde.

Ich musste ihn nicht fragen, was er damit meinte.

Goodman gehört nicht zu den Wachleuten, die dir den Rest von dem bisschen Leben, das dir noch bleibt, auch noch nehmen. Er ist ein überzeugter Katholik, und seine religiöse Einstellung zwingt ihn, meine Hinrichtung als Selbstmord zu betrachten. Denn von seinem Standpunkt aus maße ich es mir an, über Leben und Tod zu bestimmen, was jedoch einzig und allein der Schöpfer aller Welten darf. Dass ich mich mit meinem Schicksal abfinde und meine Finger verstummen lasse, hält er für die größtmögliche Sünde.

Jeden Tag sieht er mich etwas unfreundlicher an als am Vortag, er spricht auch weniger mit mir, wenn er mich in den Innenhof führt. Vor zwei Tagen schlug er sogar die Klappe der Luke, durch die dreimal täglich das Essen gereicht wird, mit einem lauten Knall zu.

»Verdammter Heide!«, fauchte er mich laut durch die Metalltür an. Seine Stimme hallte kurz nach. Goodman erkennt offenbar in meinen Augen, dass Wahrheit und Wahrheit nicht dasselbe sein müssen.

Ich habe das Gefühl, dass ich den Wachmann zutiefst kränke, indem ich nichts schreibe. Für gewöhnlich müssen Häftlinge für eine Schreibmaschine Miete bezahlen. Es wird ein hoher Aufpreis für Bänder berechnet, ebenso für Blankopapier. Womöglich hat sich Goodman selbst um die Kosten gekümmert, denn keiner seiner Kollegen hat mich gefragt, wie dieses Monstrum in meine Zelle gelangt ist.

Und dann geschah es, einfach so. Ich begann zu schreiben. Bisher nur Fragmente ohne erkennbaren Zusammenhang und nicht in chronologischer Reihenfolge, aber ich schrieb. Zunächst – es war im Anschluss an den Innenhof – ließ es sich zäh an. Ich wollte, aber ich konnte nicht. Noch war ich selbst zu sehr präsent und zugleich zu distanziert. Buchstaben kristallisierten sich zuerst heraus, dann die Worte, dann die Sätze und mit ihnen der Sinn. Ich tippte den ersten Satz: *Mein Name ist Tom Döbbe,* und wurde in den Text hineingesogen, als ob ich einen Nerv getroffen hätte. Meine Finger bewegten sich auf einmal wie von selbst über die Tastatur, als könnten sie gar nicht schnell genug arbeiten.

Goodman wird sich freuen, mich später hinter der Schreibmaschine sitzen zu sehen. Ich gebe dem Nicht-Gesagten und seinen Komparsen eine Bühne aus weißem Papier: Lügen, Begierde, Scham, Geheimnisse, die dunklen Seiten der Anziehungskraft, Verwandlungen, Nähe und Fremdheit, Erniedrigung und Verrat erhalten Worte, ebenso der Schmerz von gestern und heute. Nicht aber das Bedauern, denn ich bereue nichts. Nicht einmal das Törichte, dessen ich mich schuldig gemacht habe. Bedauern ist eine völlig sinnlose Emotion. Damit befasse ich mich erst gar nicht!

Es dauert nicht mehr lange, bis Goodman mir das Frühstück bringt; es ist Viertel vor sieben. Tagtäglich beginnen sie morgens um halb sieben mit der Ausgabe der Mahlzeiten. Pünktlich um sieben Uhr steht der Wachmann jedes Mal vor meiner Tür, klopft dreimal – was er nur bei mir macht –, öffnet die Luke und schiebt ein Plastiktablett mit einem Teller Müsli, einem Ei, vielleicht sogar einem Pfannkuchen und einer Tasse Milch hindurch. Mit nur einem Blick erfassen seine hellwachen grauen Augen – das Bemerkenswerte an ihm – zuerst meine Zelle, dann nickt er mir zu.

Tagein, tagaus zur gleichen Uhrzeit das gleiche Ritual. Heute wird derselbe Tagesablauf wie gestern sein, und gestern war es so, wie es morgen sein wird. Keine Überraschungen im *Paradies,* denn sie machen Menschen in unserer Lage rastlos.

Wenn Goodman mir mein Frühstück bringt, werde ich ihm sagen, dass ich von heute an nicht mehr in den Innenhof gehe. Ich brauche mehr Zeit, um meine Geschichte zu Papier zu bringen. Außerdem kann ich während meiner letzten Woche auf dieser Welt gerne auf das entwürdigende Ritual verzichten, nur um eine Stunde im Innenhof meine Runde zu drehen und frische Luft zu schnappen. Vom ersten Tag an fühlte ich mich gedemütigt, wenn ich vor dem Spaziergang nackt vor meiner Zellentür zu warten hatte, bis Goodman kam. Sobald er die Luke in der Tür geöffnet hat, muss ich mich nach vorne bücken, damit er überprüfen kann, ob ich eine Stichwaffe zwischen meinen Gesäßbacken versteckt habe. Dann muss ich mich umdrehen, mich wieder nach vorne beugen und meinen Mund weit aufreißen. Sobald alle Öffnungen überprüft worden sind, folgt der scheußlichste Moment. Die Wache greift durch die Gitter nach meinen Hoden und zieht sie hoch, um nachzusehen, ob sich etwas dahinter verbirgt.

Erst nach dieser Inspektion kann ich meine Unterwäsche und meine Schuhe anziehen. Sie legen mir Handschellen an, und nach einer zweiten Untersuchung betritt Goodman die Zelle und checkt meine Kleidung für eine neue Untersuchung. Sobald ich das Gütesiegel *»sicher«* erhalten habe, steckt er die Klamotten unter meinen Arm und führt mich durch die kalten Gänge ins Freie. Den meisten Häftlingen macht es nichts aus, aber ich komme mir stets wie ein Dorftrottel vor, wenn ich in Handschellen und Fußfesseln und nur in Unterwäsche durch die Korridore gehe. Erst im Hof Nord darf ich mich ordentlich anziehen.

Besonders schlimm ist dieser Akt der Erniedrigung, wenn nicht Goodman, sondern seine Vertretung, den wir im Block Nord »Evil« nennen, die Inspektion durchführt. Ich weiß zu jeder Zeit, wann er seine Runden dreht, höre es an seinem schlürfenden Gang, an der Art und Weise, wie seine Schlüssel klappern, und an seinem typischen Schnauben.

»Leiden ist die Ankunft von Dunkelheit und Tod«, hat Evil mir einmal ins Ohr geflüstert. Er genoss es – mit einem satanischen Grinsen im Gesicht –, mir bei der Inspektion Schmerzen zuzufügen. Durch seine Brutalität vermehrte er meinen inneren Schmerz und meine Zerrissenheit.

In einer solchen Situation ist die Inspektion eine besonders schwere Last und eine einsame Angelegenheit, denn ich kann das niemandem anvertrauen, weil dieser Verrat von den Wachen noch härter bestraft würde. Ich weiß es, und selbst jetzt, wenn ich nur an Evil denke, möchte ich in der Dunkelheit schreien.

So lief es in den vergangenen zwei Jahren jeden Tag. Aber ab heute wird es anders sein. Amal hätte mich ausgelacht, wenn sie mich vor der Luke hätte stehen sehen: nackt, gebeugt, meinen Hintern dem spähenden Auge des

Wachmannes zugewandt, mit Gänsehaut an meinen dünnen Armen und gegen die Tränen ankämpfend.

Keine Sekunde hätte Amal Mitleid mit mir gehabt.

Die Träne

In den ersten Wochen des Seminars versteckte sich Amal hinter dem breiten Rücken von David. Er war ein begabter, übermotivierter junger Mann, der bereits großartige Texte schrieb, ohne jemals einen meiner Kurse besucht zu haben. Zielgerichtet, öffentlichkeitswirksam und voller prägnanter Sätze. Ein Student, der eher gebremst als angeregt werden musste, um etwas zu lernen. Er war während des Seminars so gut, dass ich mich nach kurzer Zeit entschied, ihm einen Vertrag für die Position eines Juniortexters bei TOM, meiner Werbeagentur, anzubieten.

Eines Tages bat ich ihn nach dem Ende eines Vortrages, noch für ein kurzes Gespräch zu bleiben, doch dann stand Amal mit einem Mal neben meinem Schreibtisch und fuchtelte mit ihren Texten herum, ohne ein Wort herauszubringen. Sie brach vor Wut in Tränen aus und fragte mich schluchzend, warum ich sie nicht leiden könne. Ich hatte wirklich keine Ahnung, warum diese junge Frau so tobte, und vielleicht sagte ich aufgrund meiner mangelnden Lehrerfahrung: »Ich habe überhaupt nichts gegen Sie, ich habe nur etwas gegen Ihre Texte. Sie sind wertlos.«

Im Nachhinein gebe ich zu, dass meine Wortwahl ungeschickt war. Ich war es gewohnt, meine Kritik klar und unmissverständlich zu äußern, und akzeptierte es auch, selbst solche zu erhalten. In der Werbebranche kann man sich Nachsicht und Heuchelei nicht leisten, sondern redet stets Klartext, und so hatte ich gelernt, Kritik anzunehmen, ohne dass danach gleich das Gift in meinem Magen brodelte.

Amals Wut entbehrte jeder Grundlage; ich hatte niemals ihre Persönlichkeit angeprangert, sondern lediglich die von ihr verfassten Texte, die vor peinlichen Sprachfehlern nur so strotzten. Das Produkt, das sie anpreisen sollte, wirkte dadurch unattraktiv, deshalb hatte ich ihr dreimal in Folge eine Fünf geben müssen.

So hatte Amal einen Wasserkocher mit der Überschrift *»Überrasche deine Mutter mit einem Wasserkocher«* beworben, eine Pflegeeinrichtung mit dem Slogan *»Seniorenpflege, eine neue Dimension in der Altenpflege«* gelobt und in einer Informationsbroschüre über Jugendkriminalität geschrieben, dass – wie Untersuchungen zeigten – die Taten der Jugendlichen *»häufig nicht den Eltern aufzubürden seien«*. Überdies setzte Amal all die Schreibtipps und Hinweise, die ich ihr aber und abermals gab, nicht im Geringsten um. Ihre danach verfassten Texte waren noch schlimmer als ihre früheren. Es war daher nur konsequent, dass ich das in einer unmissverständlichen Sprache am Ende ihrer Arbeit zum Ausdruck brachte.

Sie stampfte mit dem rechten Fuß auf (ja wahrhaftig, diese dreiundzwanzigjährige Frau stampfte mit den Füßen!) und entgegnete stotternd durch ihre Tränen hindurch: »Genau das meine ich ja. Diese verletzende Deutlichkeit. Ob ich etwas falsch gemacht habe oder nicht, die Art von Kritik, die Sie unter meinen Text schreiben, macht sehr deutlich, dass Sie sehr wohl etwas gegen mich als Person haben!«

Außerdem sei sie wahrlich nicht die Einzige, die so denke, denn sie habe auch andere Studenten klagen und meckern hören, aber in keinem anderen Fall seien die Worte so beleidigend und destruktiv gewesen wie bei ihr. Selbst während des Unterrichts würde ich sie ignorieren und ihr nur das Wort erteilen, wenn eine schwierige Aufgabe zur Diskussion stünde, um sie vor den anderen zu blamieren.

Merkwürdigerweise entwickelte sie auf einmal eine – zugegeben nicht ganz fehlerfreie – Eloquenz, die ich ihr niemals zugetraut hätte, als sie mir geradezu entgegenspie: »Seit ich dieses Seminar besuche, fühle ich mich völlig schutzlos und zutiefst verletzt. Nacht für Nacht klebt mein Nachthemd an meinem Körper, als hätte ich Fieber, und ich fühle mich ausgelaugt und kann nicht einschlafen. Es tobt ein Tumult in mir, der mir meine ganze Kraft raubt. Schuld daran sind Sie, Sie aufgeblasener Mister Besserwisser, der meine Arbeiten mit Freuden schlecht benotet und mich im Hörsaal absichtlich übersieht. Sobald Sie nur den Raum betreten, wird meine Atmung heftiger, und meine Zweifel zerreißen mich geradezu. Ich kann mich kaum auf das Seminar konzentrieren, wähle falsche Formulierungen, vergesse Teile meines Textes. Ich kann nicht mehr klar denken. Meine Gedanken zersplittern wie dünnes Eis unter jedem ihrer Schritte, wenn Sie mich höhnisch zu einer Wortmeldung auffordern, Sie … Sie hohler Kreativling einer mittelmäßigen Werbeagentur, der zufällig einmal ein Seminar an der Fachhochschule geben darf.«

Als sie die Worte gesprochen hatte, wurde es still. Und es blieb eine Weile still. *Hohler Kreativling?* In der Vergangenheit war ich schon oft von TOM-Kunden beleidigt worden, weil es sich Kunden oft und gerne erlauben, für ihre Zahlungen ein rechthaberisches Verhalten an den Tag zu legen; doch ich habe diese abscheulichen Worte stets in dem Wissen ignoriert, dass mich das beachtliche Honorar für alles entschädigen wird. Aber diese Unverschämtheit von Amal zu akzeptieren erschien mir nicht angebracht. Also blickte ich an ihr vorbei zu einer in der Tür verharrenden Studentin, die unsere Konfrontation verfolgt hatte. Mit einer Geste bedeutete ich ihr und auch David, uns bitte allein zu lassen. Die Studentin nickte, und kurz darauf schloss David die Tür hinter ihnen.

Dann sah ich in Amals tränenüberströmtes Gesicht, und sie blickte mich stumm an. Ich stand von meinem Stuhl auf und deutete mit dem Zeigefinger auf sie. Sie kam mir vor wie eine hässliche kleine Krähe mit ihren seltsamen vogelartigen Gesichtszügen, bei denen die Augen tief in den Höhlen lagen und die Nase vorstand wie ein Schnabel.

Glaubst du denn, wollte ich gerade unbeherrscht loslegen, *dass ich mich von einer untalentierten Studentin beschimpfen lasse? Dass du Versagerin mir einen hochnäsigen Vortrag halten kannst? Glaubst du allen Ernstes, dass du jemals eine gute Note bekommen wirst, solange ich dieses Seminar leite? Du bist kein verkannter Schwan, du hässliches Entlein!*

Aber ich schwieg, und bevor mein Verstand es fassen konnte, verschwand das Bild, das ich von ihr hatte, als würde sich die feuchte Trübung eines Spiegels über einem Waschbecken auflösen, und vor mir stand nur noch eine traurige Studentin. Plötzlich hatte sie etwas zutiefst Verlockendes an sich, obwohl sie ganz und gar durchschnittlich aussah. Und ich streckte meinen Zeigefinger weiter aus, wischte ihr mit der Kuppe eine Träne, schwarz von der auslaufenden Wimperntusche, in einer fließenden Bewegung von der Wange und blickte dabei in ihre feucht schimmernden Augen.

Eine Viertelstunde später setzte ich mich hinter das Lenkrad, startete den Motor meines Porsche Boxsters, fuhr aber nicht sofort los. Ich atmete tief durch, drehte den Rückspiegel zu mir und betrachtete mich. Die Anspannung der vergangenen Viertelstunde spiegelte sich deutlich in meinem Gesicht wider. Wenn ich aufgeregt bin, glänzen meine Augen. Und diesmal sagte mir mein Spiegelbild deutlich: Du bist verloren!

Ich schaute auf die Kuppe meines Zeigefingers, den ihre Wimperntusche leicht schwarz gefärbt hatte, als wollte sie mich zeichnen. Ich fühlte eine Übelkeit erregende Welle durch meinen Magen schwappen und versuchte zu erfassen, was im Hörsaal geschehen war. Warum zum Teufel hatte ich ihr diese Träne von der Wange gewischt?

Es war ein surrealer Moment gewesen, in dem ich wie eine Marionette agiert hatte. Ich sah mich wieder in dem Raum stehen. Die schwarze Träne balancierte wie eine Kontaktlinse auf der Kuppe meines Zeigefingers. Ich stand einfach nur da und schaute auf die Träne und von der Träne in Amals aufgerissene Augen. Und dann führte ich den Finger ganz langsam zu meinem Mund, schob ihn mir zwischen den leicht geöffneten Lippen hindurch und leckte die dunkle Flüssigkeit ab, schmeckte das Salz, das aus ihren Augen geflossen war, und genoss es wie Ambrosia.

Ich weiß noch, dass ich versuchte, so impulsiv wie möglich zu wirken. Ich wollte mir cool und überlegen vorkommen, obwohl ich längst keine Kontrolle mehr über mich hatte. Und sie sah mich unentwegt an. Zuerst verwirrt, dann neugierig und dann … nun, wie soll ich es nennen? … dann flackerte in ihren Augen verstohlen ein schändliches Lächeln auf. Doch ich konnte schon nicht mehr widerstehen und – erwiderte es.

In diesem Moment betrat ein Kollege den Raum. Amal wischte sich die Tränen von ihrem länglichen Gesicht, hob ihre Unterlagen auf und verließ wortlos den Hörsaal. Mit großen, maskulinen Schritten entschwand sie aus meinem Blickfeld.

Der Kollege sah mich fragend an. Ich zuckte mit den Schultern.

Nur ein paar Sekunden lang hatte ich keine Kontrolle über meinen Körper gehabt, doch als ich sie wiedererlangte, war ich nicht mehr dieselbe Person. So viel war mir jetzt klar. Diese eine kurze Berührung, diese eine schwarze Träne, so pathetisch sich das auch anhören mochte, hatte mich zu einem völlig anderen Menschen gemacht, und während ich nun hinter dem Steuer meines Wagens bei laufendem Motor seufzte und mich dabei im Rückspiegel betrachtete, fragte ich mich, warum ich darüber froh war.

Aber mich ergriff noch ein anderes Gefühl, mein Herz pumpte es durch meinen Körper. Ich saß eine Weile so da und wusste nicht genau, ob es an meiner unfassbaren körperlichen und geistigen Verwirrung lag, aber dann begriff ich es: Ich hatte Angst …

Ein Name, mit dem ich leben kann

Nelson Ramirez, mein ehemaliger Kunstlehrer, beauftragte eines Tages die Klasse, eine Büste von einer Person anzufertigen, die uns am Herzen lag.

»Wenn das Modell dein Herz erwärmt, wird die Büste diese Wärme ausstrahlen.« Die Klasse lachte, aber ich spürte, was Ramirez meinte, und so entschied ich mich, meine Mutter in Ton darzustellen. Sorgfältig riss ich ein Kinderfoto meiner Mutter aus dem Fotoalbum und nahm es mit in die Schule. Ich studierte das Bild bis ins letzte Detail und entdeckte zu meinem Erstaunen, dass ich meiner Mutter viel ähnlicher sah, als ich immer geglaubt hatte. Wir hatten die gleichen Augen und die gleiche Nase, sogar das gleiche Lächeln. Das gab der Aufgabe eine zusätzliche Bedeutung. Stundenlang knetete, formte, rundete und schabte ich die Modelliermasse, bis die von mir gemachte Büste starke Ähnlichkeiten mit dem Foto hatte. Mein Lehrer war so beeindruckt von meinem Kunstwerk, dass er mir eine Eins gab. Die Klasse reagierte mit Neid. Als wir das Klassenzimmer verließen, fragte der linkischste Junge der Klasse: »Na, bist wohl in deine Mutter verknallt?«

Zwei Tage lang zogen sie mich damit auf, aber mir war es egal. Stolz nahm ich die Büste mit nach Hause und freute mich auf die Reaktion meiner Eltern. Aber als ich sie ihnen beim Abendessen präsentierte, sagte meine Mutter nur:

»Sehr schön, Tom.« Mein Vater stimmte meiner Mutter mit einem Kopfnicken zu und meinte: »Könntest du mir die Kartoffeln reichen, Schatz?«

Nach dem Abendessen schlug ich die Büste mit einem Hammer in hundert Stücke und begrub die Scherben im hinteren Teil des Gartens. Scheinbar fehlte meinen Eltern nichts zu ihrem Glück … auch ich nicht.

Das entspricht ungefähr dem, was ich jetzt empfinde.

Goodman kommt mit dem Frühstück vorbei, reagiert aber kaum auf meine Entscheidung, meine Geschichte zu Papier zu bringen. Er lacht kurz auf, und ich habe das Gefühl, dass dieses Lachen eher dazu bestimmt ist, mich zu verspotten, als mich zu ermutigen. Ich bin verärgert, dass er auf einmal so distanziert ist. Er öffnet jetzt meine Tür, ohne anzuklopfen, und als ich ihm sage, dass ich in der letzten Woche nicht mehr in den Innenhof gehen werde, erwidert er kühl: »Sicher, Mozart.« Er schiebt das Essen durch die Luke und geht.

Am meisten schmerzt mich, dass auch Goodman mich jetzt Mozart nennt. Anscheinend versucht er, mir damit etwas deutlich zu machen. In den zwei Jahren, die ich hier bin, hat er mich niemals mit meinem Spitznamen angesprochen.

Mozart ist an sich ein Name, der gut zu mir passt. Er unterscheidet mich von den anderen Insassen, die einen weitaus weniger ehrenvollen Titel erhalten haben.

In der Zelle rechts von mir sitzt ein dreißigjähriger Mann, ein Muskelpaket, den wir schon unmittelbar nach seiner Ankunft »Mucus« nannten. In der ersten Nacht schlug Mucus ständig gegen die Zellentür. Als die Wache sie öffnete, spuckte er ihr einen riesigen Klecks Rotze ins Gesicht. Erst als der Nachtwächter ihm nach mehreren Warnungen mit seinem schwarzen Gummischläger Manieren beigebracht hatte, legte er sich auf das Zellenbett und schlief sofort ein.

In einer anderen Zelle befindet sich Spider, ein fünfzigjähriger Häftling. Wir nennen ihn so, weil er wie eine Spinne in ihrem Netz sitzt und ständig nörgelt, sich über alles beschwert: über die Temperatur in seiner Zelle, den wackeligen Stuhl neben seinem Klapptisch, seine Zahnbürste, die seine Zähne streichelt, statt sie zu bürsten, die raue Beschaffenheit des Toilettenpapiers … Innerhalb von drei Monaten hat er bereits fünf Beschwerdebriefe an den Gefängnisdirektor geschickt. Mit seiner permanenten Unzufriedenheit zerstört er sich selbst. Spider benimmt sich, als hätte ihm der Richter einen Vier-Sterne-Aufenthalt im Paradies versprochen und er wäre versehentlich im falschen gelandet.

Jede Forderung nach Menschenwürde im *Paradies* gibt Anlass zum Grübeln: über die Menschenwürde, die wir unseren Opfern genommen haben, über die Trauer und Wut, die wir bei Familienmitgliedern, Freunden und Kollegen ausgelöst haben. Wir müssen ehrlich sein: Wir sind nicht im Todestrakt, weil wir Wände mit Graffiti besprüht oder Freude an der Spritztour in einem gestohlenen Auto hatten.

In der Zelle gegenüber von Spider sitzt der früher als Django bekannte Häftling, der seit der Ankunft von Spider den Namen »Fucker« trägt. Fucker ist zweiundzwanzig Jahre alt und spricht nur über ficken und lecken, ficken und blasen, ficken und fingern, ficken und ficken und ficken, und das den ganzen Tag lang. Und über Schlampen und natürlich über das Ficken von Schlampen. Vermutlich ist er noch Jungfrau. Wenn Fucker nicht übers Ficken spricht, hört er zu, worüber sich Spider beschwert, und schnauzt ihn dann standardmäßig mit »Hör auf mit dem Gejammer!« an.

Steel residiert wie gesagt in der Zelle, die meiner gegenüberliegt. Er wird von allen so genannt, da er Konflikte mit harten, gut platzierten Kopfstößen löst, die wie die superschnellen Fäuste eines professionellen Boxers einschlagen. Aus Erfahrung kann ich natürlich bestätigen, dass sein Name zu ihm passt. Unter seinem Arm pulsiert eine hässliche Narbe, die über seinen Oberkörper nach unten verläuft. Wo sie endet, weiß ich nicht, aber mir kommt es vor, als hätte jeder einzelne Abschnitt einen eigenen Herzschlag.

Neben Steel haust der Häftling Maus, ein wahrer Sammler von Kuriositäten, der aus allem heimlich eine Waffe bastelt, um sich zu verteidigen oder um zu töten. Steel und Maus sind beste Freunde.

Ich bin demnach der Einzige mit einem Spitznamen, der keine Einschränkung offenbart, obwohl die anderen Insassen vielleicht anders darüber denken. Sie gaben mir den Namen aus Spott, vielleicht sogar ein bisschen aus Verachtung, auf jeden Fall zur Ausgrenzung, um mir meinen Platz zu zeigen: du dort und wir hier. Einsam auf den Tod wartend.

Aber immerhin: Dass mir dieser Spitzname gegeben wurde, hat mich hier eingefügt, es war für mich ein ausreichender Kontakt. Ungeachtet all dessen: Mozart ist ein Name, mit dem ich leben kann.

Eine Nachricht

Den Rest der Woche ging mir der merkwürdige Vorfall mit der Studentin nicht mehr aus dem Kopf. Immer wieder musste ich an den Moment denken, als ich das Salz der schwarzen Träne auf meiner Zunge geschmeckt hatte; diese Szene spukte ständig in meinem Kopf herum. Ich vermochte nicht genau zu sagen, ob ich befürchtete, Amal mit dieser trivialen Aktion sexuell belästigt zu haben, oder ob ich fasziniert war, weil ich im Nachhinein erkannte, dass eine leichte Erregung meinen Körper durchströmt hatte, als ich ihre Träne ableckte. Als ich an dem Abend aus der Dusche kam, auf meine aufgeweichte Fingerkuppe blickte und bemerkte, dass die Schwärze nicht mehr zu sehen war, durchfuhr mich eine seltsame Melancholie.

Doch im Laufe der Woche fing ich an, mich über mich selbst zu ärgern. Was zum Teufel war denn schon passiert? Ein kleiner erotischer Nieselregen, nicht so wild. Ich redete mir ein, dass ich den lächerlichen Vorfall vergessen sollte, aber es gelang mir nicht. Das harte, längliche Gesicht dieser Studentin tauchte unaufhörlich vor meinem inneren Auge auf. Ich glaubte, sie überall zu sehen. Im Supermarkt, in der Cafeteria, im Fahrzeug, das hinter mir fuhr, als Kandidatin in einer Quizshow, in einer Zeitung. Das Ganze entsprach auf geradezu lächerliche Weise einem romantischen Klischee. Je öfter ich an Amal dachte, desto ferner und unerreichbarer wurde sie. Wieso konnte mich diese belanglose junge Frau so in ihren Bann ziehen? Ich spürte, dass ich an einem gefährlichen Punkt angelangt war, hinter dem nur noch Verwicklungen auf mich warteten.

Erst als Helen und ich das Wochenende in unserem Haus im Hubbard Country Park verbrachten, verschwand Amal, und als sie einen kurzen Moment vor mir auftauchte – im zerknitterten Gesicht einer buckligen alten Dame, die ich beim Bäcker traf –, konnte ich nur noch darüber lachen. Die ganze Angelegenheit ließ sich nun leicht relativieren: Ich hatte auf den Vorfall wie ein Hypochonder reagiert, der sich bei einer leichten Erkältung für sterbenskrank hält.

Meine Frau und ich kamen Sonntagabend spätnachts nach Hause. Wir hatten ein ausgiebiges Abendessen auf der Terrasse im Golfclub Southampton genossen. Über dem Atlantik war in der Ferne ein Gewitter aufgezogen, das uns ein sehr romantisches Schauspiel bescherte. Am Horizont vermischte sich das gleißende Licht des Himmels mit den höllischen Farben feuriger Blitze. Wir tranken kalifornischen Rosé, aßen Trüffelrisotto und wurden von diesem imposanten Anblick zunehmend berauscht. Erst als die silbrige Weite des Meeres tiefschwarz wurde und dunkle Wolkengebilde den violett-roten Himmel verfinsterten, manövrierte ich den Porsche über die Straßen der flachen Küstenregion. Unser Haus lag in einem Nobelviertel von Southampton an der Little Plains Road.

Nachdem wir dort angekommen waren, ging Helen sofort zu Bett. Das Essen und die ausgiebigen Spaziergänge durch den Wald hatten sie erschöpft. Ich hingegen wollte noch kurz meine E-Mails checken, versprach ihr aber, bald nachzufolgen, um den Abend mit einer leidenschaftlichen Umarmung ausklingen zu lassen.

Ohne das Licht einzuschalten, setzte ich mich an den PC, startete das Gerät und dachte an das wunderbar harmonische Wochenende mit meiner Frau zurück. Die Beziehung zwischen Helen und mir war seit einem Jahr schwierig geworden, aber an diesem Wochenende auf Robin Island schien es, als würde Helen sich mir wieder vorsichtig annähern. Wir hatten lange Spaziergänge durch den Wald unternommen, begeistert die ersten Verfärbungen des Herbstes betrachtet, mit leichten Schuhen lachend die knackenden Zweige zertreten, all diese Dinge und fast immer Hand in Hand. Sie zeigte mir ihr Bedürfnis nach Zuneigung mit ein paar sanften Umarmungen und einem Kuss auf die Stirn. Selbst wenn dies nur kleine Gesten waren, verrieten sie eine unterschwellige Emotion. Wir sagten uns viel mit zwei, drei Worten, und manchmal war sogar das Schweigen beredt genug. Für mich war die Liebe in ihrer Unbegreiflichkeit stets wie die Morgendämmerung gewesen, die einen Neubeginn ankündigte. Helens aufkeimende Zuneigung musste ich jedoch behutsam angehen, da ich wusste, wie zerbrechlich die Liebe sein konnte.

Lächelnd öffnete ich den Posteingang.

Ich hatte vierzehn neue Nachrichten. Viele Newsletter mit dem Zitat des Tages und auch eine E-Mail von Amal. Schlagartig wurde ich aus dem Rausch der vergangenen Tage geschleudert. Am Wochenende hatte ich kaum mehr über den Vorfall mit der Studentin nachgedacht, aber für Amal war das anscheinend anders. Zögerlich öffnete ich ihre E-Mail.

Sehr geehrter Herr Döbbe,
anbei erhalten Sie die Ausarbeitung der Arbeitsaufgaben des kommenden und die überarbeitete Version des vorherigen Seminars über die Broschüren.
Viele Grüße, Amal.

Ich war erleichtert über den Inhalt. Kein einziges Wort über den Vorfall im Hörsaal. Auch sie sah offenbar keinen Grund, ihn zu erwähnen. Nicht einmal mit einem versteckten Hinweis oder einer Anspielung. Amal hatte einzig das getan, was alle Studenten taten: Sie hatte die Aufgabe erfüllt und mir das Ergebnis gemailt.

Ich öffnete das Foto, das sie der Mail angehängt hatte. Es war die Aufnahme eines Bettes, dessen Laken auf verlockende Weise aufgeschlagen waren. Unter dem Laken lud eine Hand zur leeren Stelle ein. Darüber stand: *»Oh komm und schau es dir mal an!«* Ich grinste. Da saß ich zum ersten Mal seit Langem wieder mitten in der Nacht an meinem Computer und sehnte mich danach, zu meiner Frau ins Bett zu kriechen. Und dann das. Ich hatte meine Studenten mit der Aufgabe betraut, einen Werbetext für eine fiktive Bettenmarke zu konzipieren. Bild und Text sollten gemeinsam eine Werbebotschaft transportieren und die Marke positionieren. Mit dieser Ausarbeitung zeigte Amal einmal mehr ihre Unfähigkeit, in die Gefühlswelt eines Verbrauchers einzudringen und eine attraktive Werbung zu gestalten.

Ich schaltete den Computer aus und ging nach oben. Beim Zähneputzen fragte ich mich, ob Amal mir nur eine dilettantische Werbung gemailt hatte. Oder sollte es am Ende eine plumpe Einladung sein? War die Hand, die unter dem Laken den Betrachter einlud, etwa ihre eigene Hand? War diese Geste nur für mich bestimmt? Und was sollte ich dann von dem Header halten, den sie über dem Foto platziert hatte? *»Oh komm und schau es dir mal an!«*

Ich kroch tief unter die Bettdecke und dachte an den verstohlenen Blick, den ich für einen Moment in ihren Augen hatte aufflackern sehen, als ich die Träne von meinem Finger leckte. Noch immer war »schändlich« das einzige Wort, das mir dafür einfiel. Wieso erregte mich dieser Gedanke so? Das Blut floss in meine Schläfen, meine Beine bewegten sich unruhig. Ich verkroch mich vor Scham noch tiefer in die Bettlaken.

Als das Licht schon eine halbe Stunde lang erloschen war, fragte meine Frau: »Warum seufzt du ständig und wälzt dich im Bett herum?«

»Was hast du gesagt?«, erwiderte ich nervös.

»Du hast mich schon verstanden«, antwortete sie.

»Es ist nichts«, murmelte ich im Dunkeln. Mehr zu mir als zu Helen. Entfernt man sich weit genug von Beziehungen, die einen binden, von den Menschen, die einen definieren, den vertrauten Landschaften und Tagesabläufen, die einen auf eine bestimmte Identität festlegen, konnte man mühelos sich selbst entfliehen, zumindest eine Zeit lang. Mit Amal legte ich mir ein neues Ich zu.

Ich schloss die Augen. Sah Amals schändliches Lächeln vor mir. Erregt und starr wie eine Marionette streckte ich dabei die Hand nach Helen aus und zog sie auf meine Oberschenkel. Später ging ich wieder zurück, legte mein neues Selbst wieder ab, war nackt, ungeschützt und blickte auf die alten Schwächen und Fehler.

Er hat ausgelacht

Goodman hat recht, wenn er sagt, dass es sicherer ist, in der Zelle zu bleiben und zu schreiben, als in den Innenhof zu gehen. Der einzige Ort im *Paradies,* an dem sich Häftlinge beibringen können, wie man sich gegenseitig tötet, ist das Betonquadrat von zwölf mal achtzehn Metern. Wir sind siebzig Männer, die dicht beieinanderstehen und versuchen, Basketball zu spielen, Gewichte zu heben oder einfach nur ein wenig verträumt über den Innenhof zu schlendern; dabei besteht eine hohe Wahrscheinlichkeit, dass du versehentlich das Territorium eines anderen Insassen betrittst. Wenn etwas in dieser Betonwelt heilig ist, dann ist es dein persönlicher Raum. Sobald ein Insasse dich ohne Konsequenzen berühren darf, läufst du Gefahr, öffentliches Eigentum zu werden. Eine leichte Kollision im Innenhof ist folglich der Anstoß, den unvorsichtigen Passanten bis ins Mark zu treffen. Egal wie groß und stark dein Gegner ist, du musst alles geben, um zu zeigen, dass du nur ein Ziel im Sinn hast: im Todestrakt zu überleben.

Achtlosigkeit ist nicht das einzige Risiko, das der Innenhof birgt. Vor etwa einem halben Jahr starb ein Mitgefangener an der Ostseite, weil er den falschen Platz gewählt hatte, um sich einen Kampf anzusehen. Sein Name war Smiley – wegen des ewigen Grinsens auf seinem Gesicht. Ursprünglich gehörte er zur Gruppe jener Häftlinge, die sich im nördlichen Teil des Innenhofes aufhielten. Da das Verhältnis zwischen Smiley und Steel von Woche zu Woche angespannter wurde, verlegten ihn die Wachen. Ich bedauerte die Entscheidung, denn ich führte mit Smiley angeregte Gespräche über Autos. Er war in seinem Leben vor dem *Paradies* Automechaniker gewesen und wollte alles über meinen Porsche wissen: welchen Motor er hatte, wie schnell er von null auf hundert kam, wie viel Benzin der Wagen verbrauchte, welche Farbe ich gewählt hatte. Faktisch führten wir jeden Tag das gleiche Gespräch. Smiley geriet ins Schwärmen, sobald ich ihm von meinem Auto erzählte. Nur die Drohgebärden von Steel störten gelegentlich unsere Unterredungen.

»Wie kommt ein Mann, der einen Porsche fährt, in den Todestrakt?«, fragte Smiley eines Tages. Eine gefährliche Frage. Ich sah ihn verwundert an, erwog aber einen Moment, ihm tatsächlich zu erzählen, wie es dazu gekommen war. Ich wollte ihm alles sagen, alles erklären. Aber ich hielt mich aus gutem Grund zurück, zuckte mit den Schultern und murmelte letztendlich nur: »Eifersucht.«

Das war kaum eine Erklärung, aber Smiley begnügte sich damit.

»Ich war in einer kleinen Garage angestellt«, sagte er am nächsten Tag. »Drei Mitarbeiter, alle miteinander befreundet, und der Boss. Eines Tages arbeitete ich mit meinem Boss an einem *Hummer;* ich schliff die Bremsscheiben, der Boss lag auf einem Rollbrett unter dem Geländewagen. Musik lief im Hintergrund, wir sangen mit oder quatschten über dies und das. Ein ganz normaler Arbeitstag. Plötzlich kam er unter dem Auto hervor. ›Ich muss dir etwas sagen. Die Dinge laufen schlecht, also muss ich jemanden feuern. Es tut mir leid‹, meinte er und rollte wieder unter den Geländewagen. Ich hatte diesem Hurensohn am Tag zuvor erzählt, dass meine Frau im dritten Monat schwanger war.« Dann lächelte Smiley still vor sich hin und starrte ins Leere.

Ich wusste nicht, was ich dazu sagen sollte. Gemeinsam beobachteten wir einige Gefangene beim Basketballspiel. Wenig später sagte Smiley leise: »Weißt du, mit welcher Leichtigkeit eine Hebebühne den Brustkorb eines Mannes zerquetscht, wenn man das Auto absenkt, unter dem er liegt?«

Eine Woche später wurde Smiley in den Innenhof Ost versetzt. Ich war so wütend darüber, dass ich nicht mehr das Bedürfnis verspürte, den Innenhof zu betreten, und verbrachte den Winter in meiner Zelle. Erst als die Sonne die Kälte aus dem Gebäude verdrängt hatte, wollte ich wieder frische Luft einatmen.

Ich suchte mir einen einsamen Platz an der Betonmauer, und wenig später sah ich dabei zu, wie sich zwei Häftlinge gegenseitig verprügelten. Der Kampf dauerte endlos lang, sodass die Wachen einschreiten mussten, indem sie auf die beiden Männer vom Wachturm aus schossen. Die erste Kugel traf das Bein des Stärkeren. Die nächste Kugel verfehlte die Kämpfer, prallte am Beton ab und drang in das Herz von Smiley ein, der den Kampf beobachtet hatte.

Als wir auf der Nordseite von Smileys Tod hörten, sagte Steel: »Jetzt hat er ausgelacht.«

Alle lachten, mich eingeschlossen.

Aus Selbstschutz.

Zufriedenheit ist ein Teufel

Als der Winter seinen Höhepunkt erreichte, starb meine Mutter überraschend. An einem eisblauen Dienstagmorgen brach sie ohne vorherige Anzeichen zusammen. Mein Vater hat ihr Sterben miterlebt. Er stand am Fenster und beobachtete, wie seine Frau beschwingt Brotkrümel in den Schnee warf und dann zur Seite kippte.

»Vielleicht kommen noch mehr Vögel«, hatte sie ihm kurz zuvor zugerufen – ihre letzten Worte.

Er rannte hinaus, schüttelte den schwerfälligen Körper, und als er sah, dass keine kalten Atemwölkchen mehr aus ihrem Mund kamen, machte er den Fehler seines Lebens. Statt sofort zum Telefon zu eilen, rannte er zum Haus des Nachbarn und geriet vor dessen Fenster in Panik, nachdem er festgestellt hatte, dass die Hintertür verschlossen war. Er klopfte an die Scheibe, wartete, klopfte noch einmal, und so gingen kostbare Sekunden verloren. Der Nachbar brauchte auch noch eine Weile, um seine Schlüssel aus dem Schlüsselkasten zu nehmen und seine Schuhe anzuziehen. Als sie einige Minuten später beim Körper meiner Mutter ankamen, war es bereits zu spät. Überflüssigerweise hielt es der Sanitäter für notwendig, meinen Vater darauf aufmerksam zu machen, dass er sofort hätte anrufen sollen, statt die Hilfe der Nachbarn in Anspruch zu nehmen; dann wäre eine Wiederbelebung noch möglich gewesen.

Hm ... Ich glaube, dass ein verängstigter Mensch anders denkt als ein Mensch mit Berufserfahrung, für den das nur ein weiterer Fall ist.

Vier Tage später stand ich neben meinem Vater am Rande des Grabes. Es war noch kalt, die Sonne schien tief durch die nackten Baumkronen und ließ die Eiskristalle auf den Grabsteinen funkeln.

Mein Vater blickte scheinbar ungerührt in die dunkle Grube. »Das ist doch ein schönes Loch geworden, nicht wahr?«, fragte er.

»Ja«, antwortete ich, »es ist ein kleines, aber perfektes Loch.«

Die ganze Woche hatte mein Vater befürchtet, dass die eisige Kälte ein ordentliches Grab in der frostigen Erde unmöglich machen würde. Er rief dreimal den Bestatter an, der stets versuchte, ihn zu beruhigen. Einmal fand ich ihn mit einer Schaufel im Garten vor. Er zeigte mir, dass der Spaten nicht in die Erde eindrang.

Die Grabrede war kurz. Die Kälte zwang den Pfarrer, schnell zu sprechen. Freundinnen, Familienmitglieder und Kollegen verkrochen sich in ihren Mänteln. Der Wind durchschlug meine Hose, aber die tief stehende Sonne gab mir ein angenehm warmes Gefühl. Hinter mir hörte ich Tante Johanna zu ihrem Kind sagen: »Weine nicht, Schätzchen, sonst gefrieren deine Augen.« Auf Beerdigungen bringen Erwachsenen den Kindern jede Menge Unfug bei.

Der Pastor hielt eine schöne Rede und kam, während der Sarg langsam in das Grab hinabgelassen wurde, zu dem Schluss, dass meine Mutter als zufriedene Frau aus einem erfüllten Leben geschieden war. Ein hektisches allgemeines Nicken bekräftigte seine Worte. Als der Sarg am Boden des Grabes ruhte, entfernten sich die Trauergäste mit dem Pfarrer, um sich in dem Raum neben der Kapelle mit Kaffee aufzuwärmen.

Mein Vater und ich blieben noch eine Weile schweigend am Grab stehen. Wir sprachen kein Wort, weinten nicht. Es war in jeder Hinsicht ein einsamer und leerer Moment. Erst als ich mich umdrehte und ebenfalls gehen wollte, um meinem Vater die Möglichkeit zu geben, sich allein von seiner Frau zu verabschieden, packte er mich am Ärmel meines Mantels.

»Versprich mir, dass du nie *zufrieden* sein wirst, mein Junge«, sagte er mit einer Stimme, die ich nicht wiedererkannte. Seine Lippen bewegten sich kaum, die Worte kamen von weit unten aus seiner Kehle. Er schüttelte mitleidig den Kopf: »Zufriedenheit ist ein Teufel. Diejenigen, die zufrieden sind, verlieren ihre Wünsche. Zufriedenheit ist der Anfang von Unzufriedenheit, vergiss das nie, mein Junge!« Dann schwieg er wieder und klammerte sich an meinen Ärmel. Und als ich nicht schnell genug reagierte, zerrte er an ihm. »Versprich es!«, wiederholte er. Diesmal lauter und drängender.

Ich schwieg. Ich wollte nichts versprechen. Nicht meinem Vater, nicht meiner verstorbenen Mutter, nicht einmal mir selbst. Aber mein Vater sah mich an, als ginge es um Leben und Tod. An den Tränen in seinen Augen erkannte ich, dass er mich nicht gehen lassen würde, bis ich ihm das Versprechen gegeben hatte.

Deshalb nickte ich schließlich und umarmte ihn. Vielleicht kam ich an diesem Tag, und das für lange Zeit, auf den Gedanken, dass ich mich, was immer geschehen würde, schon aus allen Schwierigkeiten herauswinden würde.

Was ich nicht wusste, war, dass ich das längst tat. Ich bestimmte alles, aber übernahm selbst keine Verantwortung.

Augenzwinkern

In der Nacht vor der nächsten Vorlesung kam mein erotischer Quälgeist zurück. Ich hatte einen Traum, der mich nicht loslassen will. Ich träumte von dem Wochenende, das ich mit Helen in unserem Ferienhaus im Hubbard Country Park verbracht hatte. Hier war die Natur von einer ergreifenden Reglosigkeit, das Meer die Geduld der Ewigkeit.

Die Sonne schien, die Türen zur Terrasse standen weit offen. Wir sprachen kaum und unternahmen nicht viel, aber ich musste immerzu innerlich schmunzeln, und alles und jeder um mich herum lächelte mit mir. Wir hockten am Esstisch und aßen Baguette mit Olivenpaste. Meine Frau saß neben mir, uns gegenüber das imaginäre Kind, das uns nie gewährt worden war.

Ich spürte, wie Helens Hand über mein Bein glitt. Wir tauschten einen flüchtigen Blick, ich schloss die Augen und folgte mit all meinen Sinnen den Kreisen, die Helen mit ihrer Fingerspitze über mein Bein zog. Ich wusste im Traum, dass ich mit meiner Frau und unserem Kind glücklich war, aber als ich meine Augen wieder öffnete, waren beide fort. Amal hatte vor meinem inneren Auge Helens Platz eingenommen.

Zwar hatte die Frau neben mir kein klar definiertes Gesicht, aber ich wusste, dass sie es sein musste, denn ihre Augen verrieten sie. Sie zwinkerte ein paarmal, als ob ein Staubkörnchen hineingeraten wäre, und mit einem Mal weinte sie Bluttränen, die sie auf ihre Hand tröpfeln ließ. Mit ihrem Zeigefinger fing sie eine Träne auf und schob mir ihre feuchte Kuppe in Zeitlupe zwischen die Lippen. Dabei blickte ich lange in ihr merkwürdig formloses Gesicht, in dem mich ihre Augen unentwegt musterten, bis ich zitternd erwachte.

Auf dem Weg zur Universität stellte ich mir vor, wie Amal schüchtern in den Hörsaal schlich und es nicht wagte, mich die ganze Zeit über anzusehen. Unbeholfen und verlegen durch die merkwürdige Situation. Ich konnte mir kaum vorstellen, dass sie in der vergangenen Woche nicht über den Vorfall nachgedacht hatte. Es war gewiss auch für sie ein seltsamer Moment gewesen. Deshalb beschloss ich, sie nach der Vorlesung zu mir zu rufen und mich für mein Verhalten zu entschuldigen. Ich hielt es für angebracht, sie wissen zu lassen, dass meine idiotische Reaktion nichts zu bedeuten habe. Es war keine große Sache gewesen. Irgendein Gefühl war dabei sicher im Spiel, aber nichts Weltbewegendes. Kein Grund zur Verwirrung.

Ich verspätete mich um fünf Minuten. Die Studenten hatten bereits ihre Plätze eingenommen, aber Amal befand sich nicht unter ihnen. Ich wurde nervös. Der Gedanke, dass ihre Abwesenheit auch ein Ausdruck ihres Abscheus sein könnte, sozusagen der Vorbote drohenden Unheils, ging mir immer wieder durch den Kopf. Hatte sie den Vorfall am Ende gar dem Dekan der Fakultät gemeldet?

Als ich mit der Vorlesung begann, hatte ich mich jedoch wieder im Griff. Anfangs war ich traurig, aber ich knickte nicht ein. Ich wies meine Studenten auf die Kraft der rhetorischen Frage in Werbetexten hin, lockerte meinen Vortrag durch Witze auf, verdeutlichte die Theorie anhand von Beispielen aus meiner täglichen Praxis und beantwortete all ihre

Fragen ausführlich. In dieser Stunde hatte ich das Gefühl, dass mir die Gabe zu lehren angeboren war. An diesem Ort fühlte ich mich zu Hause. Die Studenten hörten mir konzentriert zu und notierten die Anmerkungen, die ich an die Tafel schrieb. Ich genoss ihre Aufmerksamkeit sehr.

Die Vorlesung hatte bereits eine halbe Stunde gedauert, und ich zeichnete gerade ein Kommunikationsmodell an die Tafel, als die Tür des Hörsaals geöffnet wurde. Amal trat mit erhobenem Kopf ein, die Tasche über der Schulter. Sie trug ein eng anliegendes Oberteil, das ihre runden Brüste umspannte, und einen Rock, der ihr merkwürdigerweise das Aussehen eines verkleideten Mannes verlieh. Sie war beim Friseur gewesen, ihre dunklen Haare waren in Stufen geschnitten und mit Strähnen durchzogen. Ein kleiner Buddha baumelte an einer Halskette hin und her. In ihrem Gesicht zeigte sich eine Spur von Augenringen, und ihre Lider waren leicht geschwollen.

Sie hatte weder angeklopft noch um Erlaubnis gebeten, doch noch hereinkommen zu dürfen, sondern überschritt die Schwelle, als ob es das Normalste auf der Welt wäre, mitten in eine Vorlesung hineinzuplatzen. Ärger flutete meinen Körper, trotzdem wagte ich es nicht, etwas zu sagen, denn sie sah mich mit Augen an, die geradezu Feuer spien. Außerdem befürchtete ich, dass sie den Vorfall vor den Studenten ausposaunen könnte. Die Hitze schoss mir in die Wangen. Ich hustete nervös und gestikulierte, dass sie schnell Platz nehmen sollte.

Träge, fast paradierend, ging sie an mir vorbei, drehte ihren Kopf in meine Richtung und zwinkerte mir eindeutig zu. Ich drehte mich schnell um und machte weiter. Die Linien, die ich anschließend mit der Kreide auf die Tafel zeichnete, waren leicht zittrig.

Ich fuhr mit der Vorlesung fort und wagte es kaum, in ihre Richtung zu sehen, und ich ignorierte den Finger (es war der gleiche wie in meinem Traum), den sie blitzschnell immer wieder hob, sobald ich eine Frage an die Studenten richtete. Sie streckte ihn ganz bewusst hoch, das spürte ich und erkannte es an dem Blick, mit dem sie mich über den Rand ihrer eulenhaften Brille durchdringend ansah, wann immer ich sie versehentlich streifte.

Ich kämpfte mich, aus dem Konzept gebracht, durch den zweiten Teil der Vorlesung. Es gelang mir, mich davon zu überzeugen, dass ich ruhig bleiben musste, damit ich am Ende des Unterrichts die Angelegenheit mit ihr klären und bereinigen konnte.

Ich fing mich wieder und redete so leidenschaftlich wie vor ihrem Eintritt, aber ich war wachsamer. Wie ein vermeintlich schlafender Hund, der mit einem halb geöffneten Lid jede Bewegung in der Umgebung im Auge behielt. Obwohl mein Blick durch den Hörsaal schweifte, als suchte ich etwas, woran ich mich festklammern könnte, vermied ich es so weit wie möglich, Amal anzusehen. Im hinteren Teil des Hörsaals hing ein Poster eines Picasso-Gemäldes an der Wand – Picassos Sterbender Bulle. Meine Augen fuhren seine Falten und die Hörner entlang. Ich sah den Schmerz in den Augen des Stiers, sah, wie er sich im Todeskampf krümmte, und dachte nicht mehr, fühlte nur noch, drohte abzuschweifen und konzentrierte mich wieder auf die Tafel.

Am Ende der Vorlesung kam Amal zielstrebig auf mich zu. Sie würde mich ansprechen, das war offensichtlich. Ich wollte ihr zuvorkommen, also sagte ich, bevor sie sich meinem Pult näherte: »Amal, kannst du noch einen Moment bleiben?«

Ein spöttisches Lächeln erschien um ihren Mund (war es wieder schändlich? Ich vermag es nicht zu sagen), aber sie erwiderte nichts, setzte sich in die erste Reihe des Hörsaals und wartete, bis ihre Kommilitonen den Raum verlassen hatten. Dann kramte sie in ihrer Handtasche, ohne mich anzusehen.

Erst als ich mich räusperte und sagte: »Hör zu, Amal, ich muss mit dir reden«, schloss sie ihre Handtasche mit einer heftigen Bewegung, stand auf und ging zur Tür. Mit dem Rücken zu mir entgegnete sie: »Nicht hier. Heute Abend. Um sieben Uhr. Auf der Terrasse vom *Wilden Mann*. Sie werden das Lokal doch gewiss kennen?«

Ich hatte keine Wahl, ob ich diese oder jene Abzweigung nahm, ob ich mich für richtig oder falsch, Größe oder Niedertracht, Liebe oder Hass entschied. Alles, was ich tun konnte, war, mich festzuhalten und nicht die Kontrolle zu verlieren. Ich liebe Ordnung und Kontrolle.

Mir wurde klar, dass sich alles mit meiner Entscheidung einem unaufhaltsamen, längst festgelegten Ende entgegenbewegte.

Volltreffer

Das Leben im *Paradies* ist öde und beziehungslos, obwohl man hier fast nie allein ist. Zu jeder Tages- und Nachtzeit kann die Tür geöffnet werden, und die Wache betritt zur Routinekontrolle die Zelle. Im Innenhof wirst du immer wieder von den anderen Häftlingen ausgehorcht, weil sie hoffen, etwas von dir zu erfahren, das dich verletzlich oder erpressbar macht. Deshalb habe ich entschieden, mich möglichst wenig auf die anderen einzulassen. Ich gehe niemals auf jemanden zu, um mit ihm zu reden, und wenn sich mir ein Insasse nähert, sage ich nur das Notwendigste. Smiley bildete da eine Ausnahme.

Manchmal glaube ich, gegen die Last unglücklicher Tage ankämpfen zu müssen, und frage mich, ob meine tief sitzende Angst das Glücksband vor zwei Jahren hat reißen lassen oder ob das Glück vergangener Tage mich zu sehr belastet hat. Unwillkürlich muss ich dann an meinen Dad denken, der stets Goethe zitierte: »Alles in der Welt lässt sich ertragen, nur nicht eine Reihe von schönen Tagen, mein Junge.«

Was das betrifft, so bin ich innerhalb dieser Mauern zu keiner anderen Person geworden als der, die ich bereits außerhalb des Gefängnisses war. Die Anzahl der Besuche, die ich erhalte, zeigt, wie wenig ich mich in Wahrheit den Menschen geöffnet habe, die mir lieb waren. Helen ist einmal vorbeigekommen, gleich nachdem ich hierhergebracht worden war, danach nicht mehr. Aber mein Vater besucht mich einmal im Monat. Allerdings ist es mittlerweile fast drei Monate her ist, dass ich ihn das letzte Mal gesehen habe. Er reist um die Welt und genießt die Freiheit, die ihm sein Ruhestand ermöglicht.

Abgesehen von ihm und Jason Turner, dem Notar, der sich vor meinem Tod um meine Angelegenheiten kümmert, sehe ich niemanden mehr, der Teil meines bisherigen Lebens war. Das ist auch in Ordnung, denn für mich gibt es keine Zukunft außerhalb des *Paradieses.* Ich brauche nicht mehr in bestehende Beziehungen und neue Freundschaften zu investieren.

Die Stunden und Minuten, die ich nachts wach liege, zähle ich schon lange nicht mehr. Manchmal erlaube ich mir, dass mich jemand aus meiner Vergangenheit vor meinem inneren Auge besucht, wenn ich nachts nicht schlafen kann. Das Seltsame daran ist, dass diese Besucher nie die Menschen sind, die mir am Herzen lagen, sondern vor allem jene, die mich kaum berührt haben oder die aus einer längst verlorenen Vergangenheit stammen.

Einer der Zeitreisenden, der kürzlich in meinen Gedanken erschienen ist, war Billy Bash. Er saß in der Klasse neben mir, als ich die Büste meiner Mutter modellierte.

Billy war ein stiller Junge mit herunterhängenden Schultern. Er hatte kaum Kontakt zu den Mitschülern, folglich sprach er nicht einmal mit mir. Alles, was wir über ihn wussten, war, dass er Basketball spielte wie ein Profi. Billy war während der Schulstunden stets auf sich allein gestellt, aber im Sportunterricht war er ein sehr beliebter Teamkollege. Manchmal spielte er uns mit einer so erstaunlichen Eleganz in die Ecke, dass wir spontan applaudierten, obwohl er unser Gegner war. Selbst Frank Lewis, der Sportlehrer, spendete Beifall.

»Der Junge wird mal groß rauskommen«, sagte er mitunter. »Schaut euch seine Waden an, das sind die Waden eines Sportlers.«

Niemand antwortete. Fünfzehnjährige schauen nicht auf die Waden eines Klassenkameraden.

Kurz vor den Sommerferien luden wir Frank Lewis dazu ein, gegen Billy anzutreten, aber der Sportlehrer schüttelte wohlweislich den Kopf und lehnte das Angebot ab.

Die Abfuhr ließ Billy kalt. Er zuckte mit den Schultern, ließ den Basketball ein paarmal abspringen und zielte dann mit voller Wucht auf den Korb. Der Ball prallte auf dem Ring ab und schoss von dort gegen Lewis' Gesicht, wodurch dessen Brille in zwei Hälften zerbrach; das linke Glas zersplitterte auf dem Holzboden.

Frank Lewis drehte durch. Er betrachtete den Wurf unseres Klassenkameraden als Angriff. Billy sollte sich sofort umziehen und dem Schulleiter erklären, was ihn dazu veranlasst hatte. Als Billy mit herunterhängenden Schultern und Tränen in den Augen durch die Tür zur Garderobe ging, brüllte Lewis ihm nach: »Du verdammter Irrer, ich kann ohne diese Brille nichts mehr sehen!«

Einen Tag später, in der zweiten Stunde, kündigte der Schullautsprecher an, dass sich alle Schüler im Auditorium treffen sollten. Wir spürten instinktiv, dass etwas nicht stimmte. Es herrschte eine eigentümliche Atmosphäre im Schulgebäude. Niemand lachte. Keiner rannte über die Flure.

Lewis war tot. Ein Lastwagen hatte ihn am Vortag erfasst, als er von der Schule nach Hause radelte. Offenbar hatte Lewis ihn nicht gesehen. Ich schaute Billy an. Der Rektor sprach ein Gebet und bat um Hilfe für Lewis' Frau und Kinder. Ich blickte immer wieder zu Billy hinüber. Mit einem Mal weinte jemand vorne im Auditorium, und wie ein heraufziehender Regenschauer kam das Schluchzen näher. Die Tränen einer Person lösten die Tränen einer anderen aus. Aber ich wusste, dass ich nicht in Tränen ausbrechen würde. Ich sah noch immer Billy an, der blasser und stiller als je zuvor war. Ich stand einen halben Meter von ihm entfernt. Es erforderte nur eine kleine Anstrengung, meine Hand auf seine Schulter zu legen und ihm zuzuflüstern, dass der Unfall nichts mit seinem Wurf zu tun habe. Aber ich hielt mich zurück. So stand ich nur da und sah dabei zu, wie die Lebensfreude aus seinen Augen sickerte.

Als wir in der nächsten Stunde des Religionsunterrichts eine emotionsgeladene Diskussion über den Tod des Lehrers und den Sinn des Lebens führten und ich grübelnd aus dem Fenster über den Schulhof blickte, sah ich Billy, wie er am Arm seiner Mutter die Schule verließ.

Beim Abendessen erzählte ich meinen Eltern von dem tragischen Schicksal unseres Sportlehrers und von Billys unglücklicher Rolle bei dieser Sache.

»Nun, der Zeitpunkt, wann wir gehen müssen, kommt immer ungelegen«, kommentierte meine Mutter emotionslos.

Mein Vater nickte zustimmend. »Hör deiner Mutter aufmerksam zu, Junge. Haben wir noch Blumenkohl?«

Ich habe Billy nie wiedergesehen. Die Menschen in unserer Straße erzählten sich, dass seine Eltern ihn auf eine andere Schule geschickt hätten. Im Jahr meines Abschlusses traf ich einen alten Klassenkameraden auf einer Werbefachmesse. Er erzählte mir, dass Billy aufgehört habe, Basketball zu spielen, und sich heute sozial engagiere.

Meine Erziehung erklärt vielleicht, warum einige unschöne Charakterzüge in mir stecken – und so viel Fantasie.

Zufriedenheit ist ein Teufel. Ich habe in den vergangenen Jahren im *Paradies* viel über die Worte meines Vaters nachgedacht und bin nicht zuletzt dank dem nächtlichen Besuch von Billy zu dem Schluss gekommen, dass ich vielleicht nicht im Todestrakt wäre, wenn meine Mutter noch leben würde und ich meinem Vater kein Versprechen am Rande ihres Grabes hätte geben müssen.

Goodman glaubt, dass das bloß Bullshit sei. Er sagt, dass nur ich allein für meine Handlungen verantwortlich bin. Es waren meine Fingerabdrücke, die an Amals Hals gefunden wurden, mein Haar, das auf ihrer Haut klebte, und es war meine Haut, die der Gerichtsmediziner unter ihren Nägeln entdeckt hat.

Goodman hat recht. Aber was ich meine, ist Folgendes: Mein Vater war *mein* Billy Bash.

Keinen blassen Schimmer von Zeit

Ich war ungefähr zwei Wochen im *Paradies*, als Goodman zum ersten Mal das Gespräch mit mir suchte. Er hatte mich etwas früher vom Innenhof in meine Zelle zurückgeführt, denn es war an dem Tag, als ich mit Steel Ärger bekommen hatte.

Dessen blitzschneller und präziser Kopfstoß prallte gegen meinen Kopf, und meine Oberlippe riss oberflächlich ein, während ich Steel zwischen die Beine trat. Blut sickerte über mein Kinn auf mein Hemd, und meine Lippen schwollen an.

»Versuch doch mal, mit dieser Lippe zu pfeifen, Mozart«, rief Steel mir später lachend hinterher, als ich den Hof mit einer gequetschten Hand verließ. Ich antwortete nicht, wagte auch keine andere Reaktion, sondern ging mit erhobenem Kopf aus dem Innenhof. Ich hatte es geschafft, meine Angst zu verbergen und mich selbst von ihr zu lösen. Der Tritt zwischen Steels Beine würde meine Zukunft innerhalb dieser Mauern bestimmen. Das wusste ich in dem Moment, als ich den Innenhof mit Goodman verließ. Aber ich wurde an diesem Tag auch gewahr, dass ich nicht nur innerhalb der Mauern eines Gebäudes ein Gefangener war.

Goodman und ich gingen schweigend durch die leeren Gänge. Der einundfünfzigjährige Wachmann war mittelgroß und von kraftvoller Statur. Zum ersten Mal bemerkte ich die feinen Silberfäden, die sein kurzes, dunkles Haar durchzogen. Nachdem er die Zellentür hinter mir verschlossen hatte, öffnete er die Luke und begann zu reden. Ich erinnere mich noch sehr gut an diesen Moment. Ich stand vor der geöffneten Luke und wartete darauf, dass Goodman mich von den Handschellen befreite. Aber er tat nichts dergleichen. Als ich vorsichtig über meine Schulter zurückblickte, sah ich, dass er an mir vorbei auf die Wand über dem Klapptisch starrte. Ich hatte eine Seite aus einem Magazin aufgeschlagen. Nicht wegen eines schönen Fotos oder eines lesenswerten Artikels, sondern um mit kleinen Rissen am Seitenrand den Überblick zu behalten, wie viele Tage seit meiner Ankunft verstrichen waren.

Dann schloss Goodman die Luke und ließ mich stehen, meine Hände hinter dem Rücken gefesselt. Kurz darauf öffnete er die Luke wieder. »Setzen Sie sich aufs Bett!«, befahl er.

Ich tat nichts dergleichen. Ich war noch nicht lange genug im *Paradies*, um die Unberechenbarkeit der Wachen einschätzen zu können. Unter den Häftlingen wurden sie gewöhnlich als »Verbrecher« bezeichnet, und das machte mich wachsam. Plum, der diesen Namen seiner Feigheit verdankte, hatte mich zwei Tage zuvor im Hof vor unerwarteten Inspektionen der Zellen gewarnt, denn es wurde immer etwas gefunden, womit sie einen erpressen und unterdrücken konnten.

»Selbst wenn es nichts in deiner Zelle gibt, werden sie immer etwas finden, wenn sie etwas finden wollen«, erklärte Plum. »Sei auf der Hut! Du darfst einer Wache nie einen Grund geben, deine Zelle zu durchsuchen.«

»Setzen Sie sich aufs Bett!«, wiederholte Goodman scharf. Doch als er den Zweifel in meinen Augen las, fügte er sanfter hinzu: »Es ist okay. Setzen Sie sich einfach nur hin, Tom.« Jetzt lag eine gewisse Wärme in seiner Stimme, und vermutlich gab ich deshalb nach.

Goodman schloss die Luke wieder, öffnete die Stahltür und trat hinein. »Ich werde Sie von den Handschellen befreien. *Ich vertraue Ihnen.*« Er betonte die letzten Worte, aber ich konnte aus dem Mangel an Entschlossenheit und an der Art und Weise, wie er sich mir näherte, erkennen, dass er die Möglichkeit in Betracht zog, mich falsch eingeschätzt zu haben. Ich drehte mich auf halbem Weg um, sodass der Wachmann leicht an die Handschellen herankam.

Goodman hielt den Schlüssel hoch: »Wenn Sie jemals jemandem erzählen, dass ich Ihnen die Handschellen in Ihrer Zelle abgenommen habe, werde ich alles leugnen. Ich weiß ja dann, wo ich Sie finde.« Er bemühte sich, seiner Stimme eine gewisse Härte zu verleihen, wie die anderen Wachen es taten, aber es lief nicht gut für ihn.

Ich nickte zustimmend.

Goodman nahm mir die Handschellen ab und musterte mich. »Sie sind anders als die anderen hier.«

»Jeder ist anders als die anderen. Sie sind auch anders als die anderen Wachen«, entgegnete ich und berührte meine Handgelenke, die nach fast vierzehn Tagen Haft von den Handschellen aufgeraut waren. Tag für Tag war es eine Erleichterung, wenn sie mir abgenommen wurden. Ich empfand sie wie enge Gummibänder, die meine Blutversorgung drosselten.

Goodman steckte die Handschellen in seine Gürteltasche und starrte auf die Wand, an der die Seite aus der Zeitschrift hing. »Keine Poster aus einem Südseeparadies oder von heißen Ladys wie in all den anderen Zellen?« Er nickte der fast leeren Wand zu.

»Nein«, antwortete ich kurz.

»Keine große Liebe? Keine Kinder? Keine Eltern? Keine …?«

Ich schüttelte den Kopf und zeigte mit dem Zeigefinger auf meine Brust: »Kein Platz vorhanden.«

Goodman hakte nicht weiter nach. Er ging auf die Seite aus dem Magazin zu und ließ seinen Finger über die Risse gleiten. Insgesamt dreizehn.

»Zählen Sie schon die Zeit bis zum Ende?«, fragte er.

»Nein, damit fange ich erst an, wenn mein Todeszeitpunkt feststeht«, antwortete ich.

Der Wachmann nickte. »Somit zählen Sie nur die vergangenen Tage?«

»Ja. Ich war schon immer ein Mann mit einer festen Agenda. Ich muss wissen, an welchem Tag ich lebe.«

Goodman drehte sich um und ging wieder zur Tür zurück: »Warum ist das so wichtig für Sie?«

Ich zuckte mit den Schultern, denn ich kannte die Antwort auf diese Frage nicht, folglich zitierte ich eine Aussage meines Vaters: »Keinen blassen Schimmer von Zeit, keinen blassen Schimmer vom Leben.«

Goodman lächelte verhalten. »Ich muss Sie wieder einsperren.« Er wartete nicht auf einen Gruß von mir, sondern drehte sich um und schloss die Zellentür hinter sich zu.

In dieser Nacht schlief ich ruhiger als sonst, und wenn ich aufwachte, lauschte ich nur den Geräuschen.

Am nächsten Morgen brachte mir Goodmans Kollege aus dem Ostblock das Frühstück. Neben einem Pfannkuchen, einem Glas Milch und einem Ei überreichte er mir ein Paket. »Ein Gruß von meinem Kollegen«, sagte der Wachmann. »Er hat eine Woche Urlaub.«

Das war der Moment, der alles veränderte. Ich stellte das Frühstückstablett auf den Tisch, setzte mich aufs Bett, öffnete das Päckchen und sah mir den Inhalt an: ein Terminkalender und der Roman *Chronik eines angekündigten Todes* von Gabriel García Márquez. Vor dem Prolog klebte ein Post-it, auf das Goodman eine Notiz gekritzelt hatte. In einer anmutigen Handschrift mit langen Schlaufen stand dort: *Um die Tage zu zählen. Viele Grüße!*

An dem Terminkalender hing ein Bleistift.

Ich klebte die Notiz wieder in das Buch und las den ersten Satz des Romans. *An dem Tag, an dem sie ihn töten sollten, stand Santiago Nasar um fünf Uhr dreißig morgens auf…* Ich las den Satz nicht zu Ende, klappte das Buch zu, stand auf und versteckte es unter meinem Kopfkissen. Dann öffnete ich den Timer und blätterte bis zum heutigen Tag. Goodman hatte eine Woche Urlaub. Ich blätterte weiter und notierte eine Woche später: *Goodman aus dem Urlaub zurück.*

Den Terminkalender verstaute ich neben dem Roman und kroch dann zwischen die schmutzigen Laken. Zum ersten Mal seit meiner Ankunft im *Paradies* wurde mir klar, dass wir hier stets auf etwas warteten: Auf die nächste Mahlzeit, auf den Rundgang und ein Gespräch im Innenhof, auf die gelangweilten Wachmänner, die unseren Alltag diktierten – Goodman war eine Ausnahme. Ich vermisste ihn und empfand die Abgeschiedenheit von der Außenwelt als besonders schlimm. Die Stille dehnt sich, pulsiert zwischen mir und den Mauern. In ihr liegt etwas Archaisches, etwas absolut Schwarzes, fast wie stille Wut.

Mit einem Mal spürte ich, wie bedrückend es war, von nichts anderem als von den eigenen Gedanken umgeben zu sein.

Eine Übernahme

Heute frage ich mich, wieso ich nicht einen einzigen Gedanken daran verschwendet hatte, diese Aufforderung zu ignorieren, wieso für mich von Anfang an feststand, dass ich hingehen würde. Ich hatte keine Hintergedanken, ich sagte mir nur, dass es notwendig sei, um diese Sache endgültig aus der Welt zu schaffen. In Wahrheit fasziniert mich ihre Rätselhaftigkeit.

Ich rief Helen aus dem Auto an. Sie musste wissen, dass ich zum Abendessen nicht zu Hause sein würde, aber ich wagte es nicht, ihr den wahren Grund zu nennen. Ich erwähnte ein Treffen mit einem Investor, der sich für meine Werbeagentur interessierte.

»Eine Übernahme?«, wollte Helen wissen. Ich bereute sofort, dass ich meine Frau angelogen hatte. Dabei wäre es viel einfacher gewesen, ihr zu erklären, dass ich einen Termin mit einer Studentin hatte, um eine Meinungsverschiedenheit auszuräumen. Ich hätte Helen sagen können, dass die Studentin eine Erklärung für ihre Benotung verlange; den Vorfall mit der Träne hätte ich auslassen können, er war ohnehin belanglos. Ich kannte meine Frau, sie würde es akzeptieren, wenn ich beruflich bedingt nicht zum Abendessen nach Hause kommen würde.

Jetzt aber war ich gezwungen, die Lüge als überzeugende Wahrheit zu kaschieren. Ich beschloss, Adam More, meinen

Steuerberater, Wirtschaftsprüfer und Freund der Familie, ins Spiel zu bringen. Mein Vater sagte einmal: »Erkennbare Details verwandeln die größten Lügen in kleine Wahrheiten.«

Etwas unbeholfen erklärte ich, dass ich noch keine Einzelheiten kenne. »Natürlich könnte das interessant für uns werden. Adam möchte sich aber erst ihre Bilanzen ansehen, und deshalb treffe ich mich heute Abend mit ihm. Danach werde ich wissen, ob wir uns eine Übernahme leisten können. Tut mir leid, aber die Sache ist sehr dringend.«

Helen schwieg für einen Moment. Es war ein Schweigen, das nicht unbedingt zu meinen Worten passte. Es dauerte ein paar Sekunden, bis sie sagte: »Aber sicher, Liebling. Wir sehen uns später. Ich gehe heute Abend ohnehin zum Training.«

Ich bekam keine Gelegenheit, ihr zu antworten, denn sie legte auf. Ich war mir nicht sicher, ob meine Frau mir glaubte, so verstörte mich ihre fast heitere, sorglose Antwort ein wenig.

Deshalb rief ich sofort Adam an, bevor Helen auf dieselbe Idee kommen könnte, und erzählte ihm von meiner Notlüge mit der Übernahme. Ich bat ihn um ein Alibi.

»Was treibst du da, Kumpel?«, fragte Adam misstrauisch.

»Nichts Besonderes. Probleme mit einer Studentin. Es hat nicht viel zu bedeuten, aber du musst mir Rückendeckung geben. Wenn Helen dich nach unserem Deal fragt, dann bestätige bitte die Geschichte. Und geh gar nicht erst ran, wenn sie später am Abend anrufen sollte, denn wir sind ja irgendwo zusammen.«

»Was treibst du da?«, wiederholte Adam ungeduldig.

Ich lenkte den Wagen an den Straßenrand und brachte ihn zum Stillstand.

»Also, was verdammt noch mal ist los? Hast du ein Verhältnis?«

Ich holte tief Luft und verneinte. Dann erzählte ich Adam von dem Vorfall im Hörsaal, von Amals Tränen der Wut, meinem eigenen Zorn und sogar von der seltsamen Kraft, die mich gezwungen hatte, die schwarze Träne von meinem Finger zu lecken. Ich sprach über die herausfordernde und respektlose Art, die sie beim Betreten meiner Vorlesung an den Tag gelegt hatte, das freche Augenzwinkern und die gebieterische Verabredung für diesen Abend. Allerdings erwähnte ich die unerklärliche Anziehungskraft, die Amal auf mich ausübte, mit keinem Wort. »Ich möchte das nur wieder in Ordnung bringen«, schloss ich und glaubte es in diesem Moment selbst.

»Ich habe ein schlechtes Gefühl dabei«, brummte Adam. »Zumindest solltest du als Erster dort sein. Damit sie auf dich zukommen muss. Das gibt dir die Macht und verschafft dir psychologisch einen Vorsprung.«

»Danke! Das vergesse ich dir nicht. Noch heute Abend wird dieses Problem gelöst. Morgen werde ich Helen sagen, dass unser Interesse nach der Prüfung der Bilanz erloschen ist. Sollte sie dich je danach fragen, bestätigst du es einfach.«

Heute ist mir klar, dass es längst nicht mehr darum ging, für etwas um Verzeihung zu bitten, wie ich es zuvor an diesem Tag, im Hörsaal, noch in Betracht gezogen hatte. Mein wahres Ziel für dieses Gespräch mit Amal war, die Kontrolle zurückzugewinnen. Ich wollte wieder die Macht in unserer Dozent-Studentin-Beziehung übernehmen. Ich stellte hier die Regeln auf. Sie sollte verstehen, wo ihr Platz war. Dass sie nicht mitten in eine Vorlesung reinplatzen konnte. Dass sie nicht mitten in meine Träume reinplatzen konnte.

Deshalb ging ich frühzeitig in den *Wilden Mann*. Adam hatte recht: Wenn ich bereits im Restaurant saß, musste sie auf meinen Tisch zukommen, und ich konnte sie von meinem Stuhl aus beobachten, ungerührt und einschüchternd. Die Initiative lag dann bei mir.

Aber als ich die Terrasse betrat, saß Amal schon dort. Sie verbarg ihr Gesicht unter einer überdimensionalen Sonnenbrille, aber ich erkannte sie sofort an ihrem neuen Haarschnitt. Ich hielt einen Moment verschreckt inne und fluchte innerlich. Hatte sie etwa den ganzen Nachmittag hier auf mich gewartet? Ich war immerhin eine Stunde zu früh dran. Was war nur mit diesem Mädchen los?

Sie winkte mir auffällig zu.

Ich hob unsicher meine Hand und schritt möglichst gelassen zu ihrem Tisch. »Sie sind früh dran«, sagte ich mürrisch.

Sie zeigte auf den Stuhl gegenüber. »Sie auch. Konnten Sie es nicht länger aushalten?«

Mir missfiel der Ton, in dem sie die Frage stellte. Ich setzte mich hin und ärgerte mich über ihre Herangehensweise. Dieses Gespräch musste kurz und bündig sein.

»Amal, hör zu! Um das gleich mal klarzu…«

Sie hatte ihre Sonnenbrille abgenommen, sich ein wenig vorgebeugt und unterbrach mich: »Ich habe dich schon kommen sehen und dir Bier bestellt. Du magst doch ein Weißbier, oder?«

Sie sank wieder in den Stuhl zurück und setzte die Sonnenbrille auf ihr Haar. Ein Lächeln huschte über ihr Gesicht.

»Natürlich mag ich Weizen. Aber deswegen bin ich nicht hier. Ich …«

Wieder unterbrach sie mich: »Warum bist du denn dann hergekommen?« Sie schien absichtlich ein wenig zu laut zu sprechen.

Ein Paar am Tisch nebenan schaute in unsere Richtung. Ich lächelte freundlich.

Amal nahm eine Packung Zigaretten aus ihrer Tasche, schob eine Zigarette mit ihrer Zunge hoch und zog sie mit ihren Lippen aus der Packung. Was sollte das? Sie konnte lange darauf warten, dass ich ihr Feuer geben würde. Sie entzündete mit dem Feuerzeug die Zigarette und starrte mich an, ein schweigender Scanner. Die Spitze tauchte in die Flamme ein, und ihre roten Lippen zogen sich um das weiße Mundstück zusammen. Nachdem ihre langen Finger wie in einer einstudierten Pose die Zigarette herausgehoben hatten, blies sie mir den ersten Qualm kräftig entgegen.

»Weiß deine Frau, dass du hier bist?« Erneut sprach sie zu laut. Rauchfäden waberten noch immer über ihre Lippen.

Ich antwortete nicht, starrte sie nur an. Ich nahm es kaum wahr, als der Kellner ihr ein Glas Rotwein brachte und mir ein Weißbier.

Amal bedankte sich lächelnd bei dem jungen Mann, und da dachte ich merkwürdigerweise, dass ich es ihr zu verdanken hatte, wieder solch ein prickelndes Gefühl in mir zu spüren, das ich verloren geglaubt hatte. Ich fühlte mich auf merkwürdige Weise lebendig, fast wie Mann, der über einem Abgrund balancierte und die Gefahr genoss. Sie hatte gegen meinen Willen ein Begehren in mir geweckt, aber nun war es zu spät, denn ich konnte es nicht mehr bändigen. Ich ließ mir jedoch nicht anmerken, dass ich längst nicht mehr frei war, gefesselt von dem eindringlichen Blick, den sie mir zuwarf.

»Sie weiß es nicht!«, zischte sie, als der Kellner ging, und ihre Zigarette hob sich bei ihrem ein Ausrufezeichen setzenden Zug anklagend aus ihren Fingern.

War es der Rauch, der mir entgegenquoll und in meiner

Kehle kratzte, der mich so nervös machte? Es erschreckte mich selbst, wie schwach ich klang, als ich entgegnete: »Natürlich weiß meine Frau, dass ich hier bin.«

Sie lächelte verächtlich, sog in quälender Langsamkeit abermals an ihrer Zigarette, beugte sich leicht vor und blies mir spöttisch den Rauch ins Gesicht.

»Lügner!« Ihre Stimme klang unheimlich.

Lieber wäre mir eine zärtliche Geste von ihr gewesen.

Ich brauchte ein paar Sekunden, um mich von dem Schock zu erholen. Amal wirkte fremd, eiskalt und unerschütterlich, und ich wusste, dass ich es mit einer vollkommen unberechenbaren Frau zu tun hatte.

Sei auf der Hut, warnte mich meine innere Stimme.

Worte sind Hammerschläge

In dieser Nacht herrscht auf dem Gefängnisflur Panik, irgendwo in der Nähe meiner Zelle. Ich höre Goodman rufen, und wenig später vernehme ich ein hektisches Hin und Her. Mehrere Vollzugsbeamte rannten die Stahltreppe hinauf und tummelten sich vor einer Zelle. Entweder hat sich ein Insasse selbst verletzt, oder einer ist völlig durchgedreht. Letzteres bedeutet, dass von der Einrichtung seiner Zelle nur noch wenig vorhanden ist. Es gibt ohnehin nicht viel, das zerstört werden kann, aber wenn jemand die Kontrolle über sich verliert, überlebt selbst das wenige nicht.

Vor etwa einem Jahr erhielt Plum, der außerhalb der Gefängnismauern Jimmy Baker heißt, von seinen Eltern, Schwiegereltern und seiner Frau einen Brief, in dem sie ihn gemeinsam baten, ihnen nicht mehr zu schreiben, da es ihnen peinlich war, wenn der Postbote einen Brief aus dem Staatsgefängnis zustellte. Da sie in einem kleinen Dorf in Texas lebten, war es den Familienmitgliedern unangenehm, dass der Postbote und die Nachbarn, die sie täglich im Sportverein, im Café, im Supermarkt oder beim Dorffest trafen, an der Postsendung deutlich sehen konnten, warum Plum sich in den letzten Jahren nicht mehr zu Hause hatte blicken lassen. Denn jeder Brief, der nach der Inspektion das Gefängnis verlässt, wird mit einem großen Aufkleber versehen, auf dem steht: Sendung aus *Death row* – dem Todestrakt des *Paradieses.*

Nachdem Plum besagten Brief gelesen hatte, drehte er völlig durch. Die einzige noch offene Tür zur Außenwelt war zugeschlagen worden. Zwanzig Minuten lang schrie er sich die Seele aus dem Leib und schmiss seine wenigen Habseligkeiten gegen die Zellentür. Er zerfetzte seine Matratze, riss den Klapptisch aus der Wand und donnerte seinen Kopf gegen die Wand. Erst nachdem er sich ansatzweise beruhigt hatte, betraten die Wachen seine Zelle, um ihm mit einer Sedierungsspritze ein seliges Lächeln auf das Gesicht zu zaubern. Hier wird schnell reagiert, damit die Situation gar nicht erst eskalieren kann.

Plum behauptete später, er könnte sich nicht mehr daran erinnern, warum er durchgedreht war. Das war eine Farce, aber offenbar bedeckte sie die offene Wunde, sodass niemand mit dem Finger in ihr rühren konnte.

Die Reaktion von Plum ist nicht sonderlich überraschend; Postsendungen sind der Spiegel, der dir gnadenlos offenbart, was du bist: ein eingesperrtes Tier. Deshalb lese ich seit Ewigkeiten keine Post mehr.

Zu Beginn meines Aufenthalts im *Paradies* haben mich jeder Brief und jedes Paket noch glücklich gemacht. Ich war erfreut zu lesen, dass die Leute außerhalb der Gefängnismauern an mich dachten, dass sie sich die Mühe machten, mir mitzuteilen, wie sich das Leben trotz meiner Abwesenheit entwickelte. Kundenbetreuer aus der Firma, die mir mit heiteren Worten über Neukunden, über den Erfolg der Werbekampagne unseres größten Kunden, über die neuesten Umsatzzahlen, ja sogar über die Brüste und das Gesäß der neuen Empfangsdame Bericht erstatteten. Mein Vater schickte mir Fotos von seinen Urlaubszielen: er mit Emilia in einer Rikscha, mit Emilia an der Küste von Lands End, mit Emilia zwischen den Flamingos in der Camargue, mit

Emilia in Disneyland. Auf jedem Bild legte mein Vater seinen Arm um die Schultern seiner neuen Flamme.

Aber schon nach wenigen Wochen erfuhr ich, dass sich die Worte, die mir zunächst Trost gespendet und Halt gegeben hatten, im Laufe der Zeit als Vorschlaghammer erwiesen. Jeder Brief, den ich las, ließ die Mauern meiner Zelle stärker hervortreten; jeder Satz und jedes Wort ließen mich erkennen, dass ich nicht mehr am Leben teilnahm und dass der Todestrakt in Wahrheit ein oberirdisches Grab war.

Zudem änderte sich der Inhalt der Briefe. Diejenigen, die mir anfangs geschrieben hatten, weil sie mit mir sympathisierten, hörten eines Tages damit auf. Sie wurden von Leuten abgelöst, die etwas von mir forderten; Konkurrenten unterbreiteten mir Vorschläge zur Übernahme meiner Werbeagentur; mein Vater bat mich um Zustimmung für die Heirat mit Emilia; Chefredakteure von Zeitungen und Zeitschriften wollten meine Geschichte veröffentlichen; ein Talkshow-Moderator kam mit dem Vorschlag, über den Fall zu berichten und mich – einen erfolgreichen Geschäftsmann der New Yorker Upperclass – live im Todestrakt zu interviewen.

Ich empfand diese Anfragen als unglaublich schamlos, zudem konfrontierten mich ihre Worte immer wieder mit meinen Taten. Alles, was ich nahezu vollständig vergessen wollte, wurde durch diese Zeilen wieder aufgewühlt. Ich lernte schnell, dass es im *Paradies* wichtig war, das frühere Leben dort zu lassen, wo es hingehörte: außerhalb des Gefängnisses von Huntsville. Innerhalb dieser Mauern müssen wir nicht mehr über unser Handeln nachdenken, und das ist vielleicht die größte Befreiung, die uns das Paradies bieten kann.

Obwohl ich Helen mehrmals durch meinen Vater habe ausrichten lassen, dass ich seit einiger Zeit die Post nicht mehr öffne, hat sie mir im letzten Jahr jeden Monat einen Brief geschrieben. Ich muss die Umschläge nicht öffnen, um zu wissen, was Helen mich fragen wird: *Was zum Teufel heckst du da schon wieder aus?* Dass ich sie *»verdammt noch mal in Ruhe«* lassen solle, wie es ihr zustehe, *»nach allem, was passiert ist«*.

Sämtliche Briefe von Helen, die ich noch geöffnet hatte, endeten mit demselben Satz: *Warst du so begierig darauf, diese Schlampe zu ficken, damit sie dir endlich Kinder schenken kann?* Ich bin sicher, dass alle Briefe, die mich je erreichen werden, mit diesem Satz enden; sie erwartet vermutlich, eines Tages doch noch eine Antwort zu bekommen.

Ich habe aufgehört zu tippen, ich kann mich angesichts der lauten Schritte und der Schreie im Flur nicht mehr konzentrieren. Es beunruhigt mich, dass ich nicht genau weiß, was da los ist. Ich habe an der Tür gehorcht, aber ich kann an den Geräuschen nicht erkennen, was geschehen ist. Kurz nach Mitternacht ist ein Selbstmord die wahrscheinlichste Option. Nach der Lautstärke der Geräusche zu urteilen, muss es einer meiner Nachbarn sein. Das wiederum bedeutet, dass Plum, Spider oder Steel Anlass zur Sorge geben. Von diesen drei Männern ist Spider der Einzige, den ich entbehren kann.

Es schockiert mich sogar, dass einer der Häftlinge ausgerechnet diesen Tag gewählt hat, um Unruhe zu stiften. Ich erwarte jeden Moment das Schreiben, in dem mir der Zeitpunkt meiner Hinrichtung mitgeteilt wird, und ich hatte mir erhofft, dass dies dann Gegenstand der Diskussionen im Innenhof sein würde. Dass sich alle um mich sorgen und ein ehrwürdiges Schweigen bewahren.

Mir ist danach, zu lachen und zu weinen, und gleichzeitig habe ich Lust, die ganze Einrichtung meiner Zelle zu zertrümmern. Ich weiß nicht, was ich fühlen soll, ich bin im wahrsten Sinne am Boden zerstört. Ich kann nicht schlafen, treibe umher wie eine Schlingpflanze.

Jetzt sieht es so aus, als hätte mir jemand den Tod vor meiner Nase weggeschnappt.

Verletzlich

Ich fuhr schnell, nein, ich raste durch die abendlichen Straßen von Southampton und überholte, wo es nur eben möglich war, schnitt Radfahrern den Weg ab und ignorierte die Ampel an einer ruhigen Kreuzung; die breiten Reifen quietschten, als ich den Wagen durch eine scharfe Kurve jagte, der Motor heulte wegen der hohen Drehzahl auf. Es gab nur einen Grund für meine rücksichtslose Fahrt: Ich hoffte, dass sich Amal neben mir vor Angst in die Hosen machte und mich anflehen würde, damit aufzuhören. Dass sie sich aus freien Stücken aus meinem Leben verabschieden würde.

Aber Amal ließ sich weder durch überhöhte Geschwindigkeiten noch durch riskante Überholmanöver beeindrucken. Sie war entspannt in den Beifahrersitz gesunken, auf dem sonst meine Frau saß, und starrte geradewegs vor sich hin, als wäre sie schon immer da gewesen.

Ich sah aus dem Augenwinkel, wie sie das Leder des Sitzes mit ihren Fingerspitzen streichelte und andächtig das Holz des Armaturenbretts berührte. Ich wagte es nicht, ihr ins Gesicht zu sehen. Wie kam diese Frau nur in meinen Wagen? Hatte ich nicht das Lokal verlassen, um sie loszuwerden? Warum bin ich noch einmal zurückgegangen, um zu zahlen? Warum habe ich ihr erlaubt, mich zu meinem Porsche zu begleiten? Ich hätte ihr den Zugang zu meinem Auto verweigern können … Warum wollte ich sie nach Hause bringen? Wo war meine Entschlossenheit geblieben? Was war so besonders an dieser unattraktiven Frau, dass ich mich nicht mehr im Griff hatte? Und warum hatte ich auf keine dieser Fragen eine Antwort?

Als wir Foster Crossing erreichten, duckte Amal sich mit einem Mal, stöhnte auf und hielt ihre Hand halb vor ihr Gesicht. Ich sah flüchtig zur Seite. Sie versuchte, unerkannt zu bleiben, weil ihr womöglich klar geworden war, wie sehr mein Auto die Aufmerksamkeit der Passanten auf sich zog; und jeder, der hinsah, konnte Amal neben mir im Wagen sitzen sehen. Möglicherweise fragte sie sich, wie sie ihren Freunden erklären sollte, was sie im Sportwagen eines Vierzigjährigen machte.

Amal war wie verwandelt, sah sich nervös um, die Lippen zusammengepresst, die Augen weit geöffnet wie ein Reh. Blitzartig war sie nur noch ein Schatten der unverschämt selbstbewussten Frau aus dem Hörsaal und von der Terrasse. Offensichtlich vermochte sie innerhalb ihres vertrauten Heimatorts die Rolle der dominanten Studentin, die Macht über ihren Dozenten hatte, nicht mehr aufrechtzuerhalten, als ob sie die Anonymität der Großstadt bräuchte, um ihre Hemmungen zu verlieren.

»Lass mich bitte dort raus«, sagte sie hastig und zeigte auf einen Parkplatz an der rechten Straßenseite.

»Ich bringe dich nach Hause, kein Problem«, widersprach ich.

Aber Amal schüttelte unwillig den Kopf und zeigte nervös mit dem Finger auf den Bürgersteig: »Nicht nötig. Ich gehe das letzte Stück zu Fuß.« Sie klang gereizt und griff nach ihrer Handtasche.

Auf einmal fühlte ich mich erleichtert. Genau das hätte

ich an diesem Abend auf der Terrasse tun sollen: Abstand suchen. Nun erledigte sie das selbst für mich. Es war grotesk nach dem Geplänkel im Lokal, aber ich war froh darüber, dass sie so reagierte. Problem gelöst.

Als ich den Wagen auf dem Parkplatz abstellte, öffnete sie sofort die Tür und stieg aus.

»Amal, hör zu!«

Sie beugte sich nach unten und sah mich ungehalten an.

»Das mit deiner Träne tut mir leid. Ich weiß nicht, was da in mich gefahren ist. Das hätte ich nicht tun sollen. Am besten vergessen wir das Ganze. Tun wir doch so, als wäre nichts passiert.«

Sie blickte mich gleichgültig an und zuckte mit den Schultern: »Wenn es das ist, was du willst.« Dann knallte sie die Beifahrertür zu, blieb aber neben dem Porsche wartend stehen.

Ich fuhr los, befreit – doch nach mehreren Hundert Metern wendete ich den Wagen und raste zurück.

Amal war weit und breit nicht mehr zu sehen – als hätte ich sie mir nur eingebildet. Aber da hing noch ihr Duft im Auto, der mich ein wenig beruhigte, und ich atmete erleichtert auf.

Vermutlich hatte *sie* bereits alles vergessen. Was sie wirklich dachte, worauf sie wartete, wusste ich noch immer nicht. Vielleicht auf gar nichts. Aber ganz sicher nicht auf mich.

Und wieder hatte meine Erleichterung jede Aufmerksamkeit verwässert.

Eine neue Herausforderung

Mein Vater fing sich kurz nach dem Tod meiner Mutter wieder. Er brauchte dafür nur zwei Wochen. Seine stille Trauer wich lautstarken Aktionen; er und sein Bruder rissen die Wand zwischen dem Wohnzimmer und der Küche nieder, mauerten eine Art Theke und tapezierten das Wohnzimmer zusammen mit zwei Neffen.

Eines Nachmittags, als ich meinen Vater besuchte, fand ich ihn im Wohnzimmer mit einer etwa vierzig Jahre alten Frau.

»Das ist Emilia.« Er sah mich ein wenig befangen an und murmelte: »Emilia, darf ich dir meinen Sohn vorstellen. Emilia ist Innenarchitektin.«

»Innenarchitektin?«, frage ich und schüttelte ihre Hand.

»Ihr Vater möchte alles nach seinem Geschmack verändern. Richtig, Leo?« Sie sprach sehr artikuliert.

Mein Vater nickte zustimmend, seine Wangen glühten rot auf. Als ich die beiden drei Minuten später verließ, begleitete er mich zu meinem Wagen und klopfte mir jovial auf die Schulter. »Es ist Zeit für etwas Neues, Tom.«

Ich antwortete nicht, stieg ein und fuhr ohne Gruß davon. Im Innenspiegel sah ich, wie er mir zaghaft hinterherwinkte.

Erst zwei Wochen später ging ich wieder zu ihm. Nichts deutete darauf hin, dass mein Vater seine Frau erst vor kurzer Zeit zu Grabe getragen hatte. Jegliche Trauer war von der Innenarchitektin überpflastert worden. Die Wände wurden farbenfroh getüncht, Skulpturen, Bilder und andere wertvollen Dinge fanden einen anderen Platz und gaben dem gesamten Innenraum eine neue Dimension. Die Bibel, die immer an einer hervorgehobenen Stelle auf dem Sideboard gelegen hatte, fand ich in einer Schublade, zusammen mit den Fotos meiner Mutter. Ich wusste nicht, ob ich mich dafür schämen sollte.

Ich durchlief die Trauerphase auf eine ganz andere Weise. Es erschien mir unwirklich, dass ich keine Mutter mehr hatte, es ließ mich unruhig werden. Ich konnte jederzeit in Tränen ausbrechen: beim Binden der Schnürsenkel, beim Ein- oder Ausräumen der Spülmaschine, an der Kasse im Supermarkt oder wenn Helen ihren Tee auf eine bestimmte Weise trank. Zum ersten Mal in meinem Leben erkannte ich, dass die Anwesenheit meiner Mutter für mich so selbstverständlich gewesen war wie die Sonne am Himmel; sie war immer da gewesen, auch wenn ich sie nicht sah.

Ich nahm mir ein paar Wochen frei und übergab meine Führungsaufgaben bei TOM an die Account-Manager; ich brauchte Zeit. Während dieser trüben Wintertage irrte ich oft durch unser Haus und suchte nach einem Ort, der mir Stabilität und Ruhe geben könnte. Ich wechselte ständig zwischen Arbeitszimmer und Wohnzimmer hin und her. Setzte mich auf das Ledersofa, stand auf, ging zurück ins Büro. Begleitet von tiefen Seufzern, fuhr ich den Computer hoch und sofort wieder runter. Zurück im Wohnzimmer schaute ich fern. Ich weinte bei den Nachrichten und schaltete den Fernseher wieder aus. In der Küche, auf einem Barhocker sitzend, schaute ich zu, wie der Kaffee aus der Kaffeemaschine in die Glaskanne lief. Ich weinte über die letzten Tropfen, die durch den Filter tröpfelten. Ich ging wieder ins Wohnzimmer, setzte mich hin, weinte.

Nach zwei Wochen schritt Helen ein. »Warum gehst du nicht für eine Weile nach draußen?«, fragte sie, als sie mich eines Nachmittags von ihrer Arbeitsstelle aus zu Hause anrief. Ihre Stimme klang leicht verärgert. »Du wirst dich nicht besser fühlen, wenn du dich nur noch im Haus aufhältst. Dir fällt doch die Decke auf den Kopf. Geh spazieren oder fahr einfach mal hinaus in die Natur!«

»Nein, das gefällt mir nicht«, antwortete ich schroff, »es ist ungemütlich da draußen, und es stürmt!« Aber nachdem ich aufgelegt hatte, schnappte ich mir doch die Autoschlüssel und fuhr wenig später durch die Schneelandschaft.

Die Heftigkeit des langsam abziehenden Sturms ließ ein zitterndes Schimmern in der Luft zurück. Nebel kroch über den Boden, dampfende Finger, die die Landschaft in geheimnisvolle Schemen verwandelten. Der unentwegt auf das Dach tropfende Schneeregen klang wie Musik. Ich legte eine CD ein. Mozarts *Kleine Nachtmusik* hatte mir an trägen Tagen mehr als einmal geholfen, in die Gänge zu kommen. Die verspielten Klänge des Adagios machten mich glücklich. Eine Viertelstunde später schien die Sonne, und überall glitzerte der Schnee. Die Welt war nicht mehr trist und öde.

Helen hatte recht. Das Leben reicherte sich nicht an, wie ich es mir einmal vorgestellt hatte. Das Fahren durch den Sears Bellows und Hubbard Country Park ließ mich ruhiger werden. Ich genoss die Wintersonne, die dank des geöffneten Schiebedachs auf meinen Kopf schien, und eine Autostunde von unserem Haus entfernt, parkte ich den Wagen am gefrorenen Schilf des Penny Pond, um die Enten in dem großen See schwimmen zu sehen. Die schnatternden Geschöpfe erinnerten mich an die tröstenden Worte, die mir mein Vater nach dem Tod meiner Großmutter gesagt hatte. »Wenn jemand stirbt, kommt ein Vogel, um den Geist des Verstorbenen zu holen. Sterben ist nicht Sterben, sondern Befreit-Werden, mein Junge. Jeder Vogel, den du siehst, könnte deine Großmutter sein.«

Ich war damals sechzehn und zu alt, um der Mär meines Vaters Glauben zu schenken. Aber sein Versuch, mich zu beruhigen, war rührend. An diesem Nachmittag am See fand ich wahren Trost in dem Gedanken, dass Sterben nicht unbedingt bedeuten musste, dass man für immer fortging.

Einigermaßen heiter fuhr ich wieder nach Hause, aber die zaghaft aufkeimende Freude verschwand, als ich in einen Vogelschwarm geriet. Die Vögel stiegen gerade auf, ausgerechnet kurz nach einer scharfen Kurve, die ich viel zu schnell nahm. Sie wirbelten wie aufgescheuchte Fledermäuse vom Asphalt. Einer von ihnen schlug auf der Windschutzscheibe auf. Ich trat hart auf die Bremse und warf das Lenkrad nach rechts, als ob ich den Aufprall rückgängig machen könnte. Die Reifen quietschten über die Straße, es roch nach verbranntem Gummi. Im Rückspiegel sah ich die Krähe auf der Straße liegen, zappelnd wie ein Fisch am Ufer, nahezu rhythmisch zu den Klängen von *Eine kleine Nachtmusik.*

Ich stieg aus, aber ich ging nicht ganz zu dem verletzten Vogel hin. Der linke Flügel war gebrochen, und auch der Schnabel schien beschädigt zu sein. Tiefschwarze Federn lagen neben dem Körper, und dazwischen die Brotkrümel, die die Vögel aufgepickt hatten, als ich in sie hineinraste.

Meine Augen begannen zu brennen. Der taumelnde Vogelkörper zappelte unkontrolliert auf dem Asphalt umher und gab flehende Geräusche von sich. Wäre es nicht meine Pflicht, dass sich windende Tier von seinem Elend zu befreien? Aber wie? Mit den breiten Porschereifen über seinen Körper rollen? Ihm mit einem Werkzeug den Schädel einschlagen?

Ich stieg wieder ein, lehnte mich im Fahrzeug zurück, schaltete in den Rückwärtsgang und sah den Vogel im Rückspiegel an. Er kämpfte immer noch um sein Leben. Ich atmete tief durch, schaute nach links, nach rechts, nach vorn und zweifelte einen Moment lang. Dann wischte ich mir eine Träne von der Wange, legte den ersten Gang ein und fuhr weg.

In dieser Nacht fragte Helen vorsichtig: »Bist du sicher, dass es nicht um viel mehr geht?«

Ich wurde wütend wegen dieser Frage, aber ich schwieg und stand von der Couch auf. Schleppte mich in mein Büro. Meine Wut sagte mir unmissverständlich, was ich wissen musste: Da war augenscheinlich mehr in mir als die Trauer über den Tod meiner Mutter.

Erst nach einem Monat Tristesse keimte ein Verdacht in mir auf, und dieser Verdacht ließ mich nicht mehr los. Ich stand in der Küche und blätterte gedankenlos in dem Geburtstagskalender, der neben dem Kühlschrank hing. Unter dem 10. Juli stand Helens Name in goldenen Buchstaben. Da begriff ich mit einem Mal meine mich seit Wochen quälende Unruhe und erkannte den wahren Grund für meine Tränen. Es war die Angst, die mich umtrieb: Angst, ausgelöst durch die Worte meines Vaters am Rande des Grabes meiner Mutter: »Zufriedenheit ist ein Teufel.«

Helen wurde vierzig, wie ich schon drei Monate zuvor. Wir wollten an ihrem Geburtstag eine große Party veranstalten, um beide Jubiläen gemeinsam zu feiern. Mit vierzig hatte ich alles erreicht, was ich je begehrt und angestrebt hatte. Ich war zufrieden mit meinem Leben, meiner Firma, mit Helen, unserem Haus, unserem Ferienhaus in Hubbard Country Park, dem Porsche, meiner Kleidung, meinem Freundeskreis, dem Netzwerk von Geschäftsbeziehungen.

Die Worte meines Vaters hatten mich unbewusst erschreckt. Diese Errungenschaften schienen mir mit einem Mal nur noch Ballast zu sein. Hatte er nicht auch gesagt, dass Zufriedenheit der Beginn der Verdrießlichkeit sei? Vielleicht hatte mein Vater recht, und ich musste mir neue Ziele setzen, neue Grenzen ausloten. Um wachsam zu bleiben, um mich weiterzuentwickeln, um zu bewahren, was ich erreicht hatte.

In der nächsten Stunde traf ich eine Entscheidung. Ich rief Helen auf ihrem Handy an, sie shoppte gerade mit einer Freundin in der Stadt, und erzählte ihr von meinem Plan. Sie stimmte ohne Widerspruch und ohne mein Vorhaben kritisch zu hinterfragen zu und beendete das Gespräch. So als hätte ich sie mit etwas Belanglosem kurz gestört.

Es war mir egal. Freudig erregt rief ich einige Leute aus meinem Netzwerk an, und nach vier Telefonaten sprach ich mit dem Leiter der Fakultät für Kommunikation an der Fachhochschule. Ich wollte mein Wissen über Werbung und Marketing mit anderen teilen. Mein Anruf kam genau zur richtigen Zeit. Eine der Lehrkräfte sollte im April in den Mutterschaftsurlaub gehen, und für das Seminar hatte der Dekan noch keinen Ersatz gefunden. Mir blieben drei Wochen Zeit, um mich vorzubereiten.

Zufriedenheit ist ein Teufel.

Mein Vater behauptet heute, dass er diese Worte nie geäußert habe. Er erinnert sich, dass wir zusammen am Rande des Grabes standen, aber er weiß angeblich nichts mehr von dem Versprechen, das ich ihm geben musste. Er erzählte mir vor drei Monaten, dass er die Winterwoche, in der meine Mutter starb, wie im Zeitraffer durchlebt habe, als ob alles nur an ihm vorübergerauscht wäre. Bis heute erinnert er sich kaum an das, was ihm in dieser Woche widerfahren ist. Doch an eine Sache erinnerte er sich sehr genau, denn unvermittelt sagte er: »Als ich mit unserem Nachbarn zurückkehrte, waren wahrlich viele Vögel auf die Brotkrümel zugeflogen.«

Bevor ich weggefahren bin, fragte ich mich einen Moment, ob dieser sterbende Vogel vielleicht beim Tod meiner Mutter dabei gewesen war. Dieser merkwürdige Gedanke machte mir deutlich, dass ich einen Schritt nach vorne machen musste. Ich brauchte eine neue Herausforderung. Für meinen Vater war das Emilia, für mich die Lehrtätigkeit an der Universität, jedenfalls am Anfang.

Nichts, was passierte, war gut oder schlecht. Ereignisse an sich haben keine Bedeutung, dachte ich stets und … dass wir ihnen die Bedeutung gaben.

Mein größter Irrtum, wie sich herausstellte.

Geborgtes Glück

An einem Sommerabend strich Helen mir mehrmals mit der Hand übers Gesicht. Ich fand es merkwürdig; es kam mir vor, als hätte ich das tun sollen, dann sprach sie die unvermeidlichen Worte: »Ich bin bereit.«

Sie sah mich nicht an, sondern stocherte mit einer Gabel in ihrem Essen herum. Schüchtern. Ich legte das Besteck neben meinen Teller, lehnte mich zurück und fixierte meine Frau. Mit ihrer Gabel rollte sie Babykartoffeln von einer Seite ihres Tellers zur anderen.

Sie blickte auf, und ich verstand sofort, was in ihr vorging. Helen hatte einen tief greifenden Kinderwunsch. Sie hatte das natürliche Verlangen, sich fortzupflanzen, und genoss den Gedanken, ein Kind großzuziehen. Alles, was sie seit unserem Hochzeitstag für uns geplant hatte, plante sie in der Überzeugung, dass wir eines Tages Kinder haben würden. In den ersten drei Jahren kaufte sie auf Flohmärkten eine Wiege, einen Kinderwagen, eine komplette Babyausstattung aus zweiter Hand, und heimlich – aber nicht so heimlich, dass es mir verborgen blieb – machte sie Listen mit ihren Lieblingsnamen für das Baby. Ich beobachtete das alles aus der Distanz und sprach nie mit ihr über diesen verfrühten Sammelrausch.

Sie schabte mit der Gabel über den Teller. »Du weißt doch, dass ich Kinder will, oder?«

»Ich weiß. Aber ich …« Ich wog meine Worte sorgfältig ab, denn ich wollte Helen nicht unnötig verletzen.

»Wir haben noch nie explizit darüber gesprochen«, unterbrach sie mich.

»Nein, das ist es nicht. Ich war zu beschäftigt, um über Kinder nachzudenken.«

Das entsprach der Wahrheit. Die Werbeagentur hatte gerade ihr zweites Jahr überstanden, und die Zukunft sah vielversprechend aus. Immer mehr Großkunden beauftragten *TOM* mit der Entwicklung neuer Kampagnen oder Aktionen, und mit dem wachsenden Auftragseingang weitete sich auch die Belegschaft aus. Innerhalb weniger Monate wurde der Umzug in ein größeres Gebäude unvermeidlich. Die Mehrarbeit erforderte noch mehr Einsatz; das einstige Ein-Mann-Unternehmen wurde in eine GmbH umgewandelt. Ich musste Qualitätsmerkmale einhalten, Zusatzleistungen für die Mitarbeiter vereinbaren, Verträge ausarbeiten, Investorengelder auftreiben, neue Mitarbeiter einstellen, Kunden besuchen, Konzepte präsentieren und Zahlungen freigeben. So arbeitete ich Tag und Nacht an einer sorgenfreien Zukunft für mich und Helen, und deshalb waren Kinder momentan kein Thema.

Ich nahm mein Glas Wasser und trank in kleinen Schlucken, denn so musste ich nichts sagen.

Dieses Schweigen war offenbar zu viel für Helen. Sie nahm es als Bestätigung meiner ablehnenden Haltung, stand auf und begann wortlos, den Tisch abzuräumen, die Teller und das Besteck mit stakkatoartigen Bewegungen aufeinander zu schichten. Dann drehte sie sich mit einem Ruck um und ging zum Spülbecken. Ihre Absätze klackten traurig auf dem Steinboden. »Ich lass mich nicht länger von dir an der Nase herumführen«, sagte sie dann. »Also, mein lieber Tom

Döbbe, würdest du bitte in naher Zukunft darüber nachdenken?«

Helen stellte die Teller auf die Arbeitsplatte und öffnete die Geschirrspülmaschine. »Natürlich nur, wenn dich meine Frage nicht überfordert. Wir sind nicht mehr die Jüngsten, und ich möchte keine uralte Mutter sein.« Mit jedem Wort sprach sie etwas lauter. »Ich weiß schon: Diese Werbeagentur ist dein Baby.«

Sie schlug die Geschirrspülmaschine zu. »Ich möchte jemanden haben, der seine Arme nach mir ausstreckt, wenn ich in der Nähe bin«, knurrte sie. »Schon einmal von einer Werbeagentur gehört, die dir ein Lächeln schenkt?«

Natürlich hatte Helen recht. Die New Yorker Werbeagentur, unser Haus in Southampton, das fette Bankkonto, der Porsche, das alles war austauschbar und unpersönlich. Ich hatte in der Vergangenheit immer den Kontrast gesucht, hatte mich bemüht, meine Zeit aufzuteilen zwischen Privatleben und Beruf, meine Tage zu managen, meine Interessen auf die Reihe zu bringen. Und nun schwamm obenauf Helens Wunsch: ein Kind.

Ich sah mit einem Mal meinen Vater vor mir, der während der Besichtigung unseres Hauses seine Hände am Kamin im Wohnzimmer erwärmte, mit den Schultern zuckte und zum Makler sagte: »Ich empfinde ein so großes Haus immer als Ersatz für das Glück. Natürlich ist das geborgte Glück auch Glück, aber es bleibt dennoch nur ein Ersatz.«

Heute frage ich mich, ob meine Affäre mit Amal in Wahrheit auch nur geborgtes Glück war. Vermutlich war sie nur ein weiterer Beweis für das Scheitern meiner Ehe, aber einige Momente mit Amal waren so intensiv, dass sie sogar wahrem Glück nahekamen. Oder machte ich mir nur selbst etwas vor und beschwor das Glück beharrlich herauf? Wenn ich zu dieser Zeit nachts neben Helen aufwachte, hebelte ich in Gedanken Amal in mein Bett und bildete mir ein, dass mich ihre funkelnden Augen liebkosten. Ich konnte selbst ihre Hand an meinem Körper spüren; ich war wie jemand, der sich freiwillig der Insel der Sirenen nähert. Es heißt ja, sie seien hässlich, kämen einem aber wunderschön vor …

Kann vielleicht auch ein Kind nur geborgtes Glück sein?

Diese Frage stellte ich mir damals, als Helen die Küche verließ.

Ich leerte das Glas Wasser, stellte es leise auf den Tisch und hörte mich sagen: »Wenn du ein Kind willst, bin ich dabei.«

Stille.

Helen kehrte in die Küche zurück. Mit kleinen Schritten. Ein sanftes Lächeln lag auf ihrem Gesicht. »Was hast du da gesagt?«

Ich wollte meine Arme öffnen, aber für mich hätte ich mir in diesem Augenblick eher die Arme einer Mutter gewünscht. Doch da war keine mehr. Keine Mutter weit und breit. »Wenn du es so sehr willst, werden wir das in Angriff nehmen«, sagte ich sanft und legte Zärtlichkeit hinein.

Sie küsste mich nicht, sprach nichts, und ich dachte schon, wir würden schweigend in der Küche Wurzeln schlagen, doch auf einmal ging sie aus dem Raum, und ich hörte, wie sie im Wohnzimmer ihre Mutter anrief und leise sagte: »Wir werden ein Baby machen.«

Ich schloss meine Augen, suchte eine bequemere Position, musste ein wenig Kraft schöpfen. Ich war so müde. Vermutlich glaubte Helen fest daran, dass es in dieser Nacht passieren würde. Oder vielleicht hatte sie Angst, dass ich meine Meinung am nächsten Morgen wieder ändern könnte.

Helens Ansicht nach war die Empfängnis nur eine Formalität, eine Transaktion, für die der Termin nun endgültig feststand.

Herzschlag

Am nächsten Morgen fuhr ich früh in die Werbeagentur, um überfällige Arbeiten zu erledigen, bevor der Ansturm des Tages einsetzte. Aufgrund des Seminars fehlten mir zwei Arbeitstage im Büro. Die Kundenbetreuer warteten auf die Genehmigung der Ausschreibungen, und meine Sekretärin Nathalie wies mich unmissverständlich auf meine Fahrlässigkeit hin: Verträge mussten noch unterzeichnet, Zahlungen genehmigt, E-Mails beantwortet und Ideen für neue Kampagnen geprüft werden. Die Arbeitsprozesse waren nahezu zum Erliegen gekommen, weil ich unbedingt eine neue Herausforderung brauchte.

»Ich bekomme den ganzen Tag Anrufe von Leuten, die auf Sie warten. Ich habe das satt, also kommen Sie morgen besser früher ins Büro. Und wenn nötig, gehen Sie später nach Hause«, knurrte Nathalie, als ob sie und nicht ich der Boss der Firma wäre.

Um Viertel vor sieben war ich auf dem Highway in Richtung Innenstadt unterwegs. Zur Abwechslung steckte ich mal nicht im Stau fest, ein weiterer Vorteil einer frühen Startphase. Als ich die Autobahn in Richtung Zentrum entlangfuhr, dachte ich an die Worte, die Amal gestern Abend gesagt hatte, kurz bevor sie die Tür meines Wagens zuschlug. »Wenn es das ist, was du willst.« Obwohl sie diese Worte wie eine Nebensächlichkeit ausgesprochen hatte, als ob ich ihr völlig gleichgültig wäre, stellten sie mich kaum zufrieden. Ich hatte diese Studentin loswerden wollen, stattdessen bekam ich sie nicht aus meinem Kopf.

Ich musste stets an die Art und Weise denken, wie sie mir auf der Terrasse den Rauch ins Gesicht geblasen hatte, an die Selbstverständlichkeit, mit der sie neben mir in meinem Wagen gesessen war, und an ihre merkwürdige Verlegenheit, als wir die Foster Crossing Road erreicht hatten. Sie hatte so verletzlich gewirkt, das hatte mich tief berührt. Umso enttäuschter war ich gewesen, als ich nach ihrem kühlen Abschied davonfuhr.

Wenn es das ist, was du willst. Was mochte das bedeuten? Wollte sie die Angelegenheit vielleicht doch nicht ohne Weiteres als erledigt betrachten? Enthielten ihre Worte schon wieder eine unterschwellige Botschaft? Versuchte sie mir zu verstehen zu geben, dass sie mich durchschaute, dass sie wusste, dass ich mir und ihr etwas vormachte, wenn ich andeutete, dass nichts geschehen war? Im Grunde hatte ich mich schuldig bekannt und sie gleichzeitig gebeten, mir keine Vorwürfe zu machen. War die Sache damit erledigt? Wollte ich überhaupt, dass sie damit erledigt war?

Ich nahm die Ausfahrt, die zum Gewerbegebiet führte, fuhr auf die nördliche Main Street, änderte aber dann meine Meinung. Blitzschnell drehte ich den Wagen, fuhr wieder auf die Autobahn und wäre dabei um ein Haar mit einem Lkw kollidiert. Der Fahrer streckte mir wütend seinen Mittelfinger aus dem offenen Fenster entgegen. Ich drückte das Gaspedal und überholte den Lastwagen. Adrenalin strömte durch meinen Körper, das Herz pochte wild in meiner Brust.

Mir war durchaus bewusst, was ich da tat. Wie meine Chancen standen. Aber ich konnte es nicht länger leugnen.

Alles Schweigen dieser Welt, alles Atmen, das nach einer Pause wiederkehrte, das war Amal.

Dennoch kamen mir in diesem Moment die Worte meines Vaters in den Sinn, als er mitbekam, wie ich – als Sechsjähriger – mit leichter Aufregung die Flügel aus dem Körper einer Fliege zog, und zu mir sagte: »Ein schlagendes Herz ist der Auftakt zu einem quälenden Gewissen.«

Vertrocknete Saat

Ein Jahr später besuchte uns an einem Samstag Helens Freundin Kate.

Ich arbeitete im Wintergarten an der Ausschreibung für einen möglichen Auftrag, das Notebook auf meinem Schoß. »Heute Abend werden wir es wieder versuchen«, hörte ich Helen sagen. Sie saß mit Kate auf der Couch im Wohnzimmer. Vorsichtig warf ich einen Blick in ihre Richtung. Kate legte eine Hand ermutigend auf Helens Knie und sah dann mich an. Tadelnd, vorwurfsvoll. Oder bildete ich mir das nur ein? Ich lächelte freundlich zurück und beugte mich wieder über das Notebook. Als ich erneut aufblickte, fiel mir auf, dass die Frauen einander sanft berührten und mich dabei beobachteten. Ich wurde nervös und schaltete den Laptop aus, nahm die Unterlagen und tauschte den Wintergarten gegen mein Arbeitszimmer ein.

Ich startete den Computer und dachte an das vergangene Jahr zurück. Für Helen war es nicht besonders gut gelaufen. Die erhoffte Schwangerschaft blieb aus, und das drückte erheblich auf ihre Stimmung. Jeden Monat war sie einige Tage überfällig – was sie hoffen ließ –, aber der Schwangerschaftstest zeigte stets ein negatives Ergebnis. Innerhalb von vierundzwanzig Stunden nach einem solchen Test bekam sie ihre Periode. Helens wiederkehrende Periode war für sie ein Zeichen ihrer Unfähigkeit, sich als vollwertige Frau zu behaupten. Der minutiös geplante Geschlechtsverkehr zwang mir unweigerlich eine peinliche Kommunikation auf, und ich fragte mich, wohin das noch führen sollte mit uns beiden. Irgendwann sprachen wir kaum noch miteinander. Ich stumpfte ab, erfüllte meine Pflicht, fühlte mich leer. Meine Einstellung blieb jedoch das ganze Jahr über unverändert: Sollten wir ein Baby bekommen, war es ein wunderbares Geschenk; wenn nicht, war das auch in Ordnung.

Zwei Stunden später war ich mit der Ausarbeitung des Angebots fertig. Ich verließ das Arbeitszimmer. Kate hatte sich inzwischen verabschiedet. Helen saß auf der Couch, die Arme unmissverständlich verschränkt, und sah mich wütend an: »Endlich fertig mit deiner Arbeit?«

Ich grinste. »Du hast mich doch nicht vermisst, oder? Ihr habt so begeistert miteinander geschmust, dass ich dabei nicht stören wollte. Frauen untereinander.«

Ihr rechtes Bein wippte auf und ab. »Darum geht es mir nicht. Ich glaube, du arbeitest zu viel. Du siehst müde und gestresst aus. Das empfand Kate auch so. Weißt du, was sie gesagt hat?«

Ich zuckte mit den Schultern.

»Kate hat mal gelesen, dass ein Mann unter Stress oft kein optimales Sperma produziert.«

Ich lachte laut auf.

Helens Gesicht erstarrte. »Du und deine verfickten Lacher! Ich gebe mein Bestes, um ein Jahr lang schwanger zu werden, und du dörrst deinen Samen mit ein paar saftigen Slogans aus. Bravo!«

Sie schaute kurz zum Fenster hinaus, dann wieder zu mir und schüttelte verärgert den Kopf. »Und wenn du immer so müde bist, kannst du mich nicht lieben. Ich fange sogar an, mich zu fragen, ob du deine Orgasmen vortäuschst.«

Ich wollte reagieren, ich musste reagieren, aber mir fehlten die Worte. Helen benahm sich wie eine Frau, die ich nicht liebte, die mich nicht berührte und die mich nicht liebte, eine Frau, die da war und die mir erlaubte, sie zu besteigen, weil sie etwas von mir brauchte.

»Du glaubst, dass ich durchdrehe? Oh nein, ich bin froh, dass Kate hier war, sonst hätte ich das nicht erkannt.«

Als sie das sagte, begriff ich mit einem Mal alles.

Helen tippte sich mit dem Zeigefinger an die Schläfe, schwieg einen Augenblick und holte tief Luft.

»Du sitzt immer mit diesem Laptop auf deinem Schoß. Weißt du, wie heiß er wird? Denk mal darüber nach. Du kochst dein ganzes Sperma zu Tode. Und dein Handy. Du hast es immer in der Tasche, am Schritt. Das kann nicht gut sein! Das Ding sendet Strahlen aus!«

Helen stand auf, ging an mir vorbei, ohne mich anzusehen, und stürmte die Treppe hinauf. Innerhalb einer halben Minute war sie wieder im Wohnzimmer und winkte mit einer meiner Unterhosen vor meinem Gesicht herum.

»Und das tragen wir auch nicht mehr, so ein enger Slip ist ab jetzt tabu. Morgen bekomme ich eine Ladung Boxershorts. Wenn du eine Nacht in einem zu engen Slip verbracht hast, bist du auch am Morgen nicht mehr ganz so fit.«

Helen ging mit der Unterhose in die Küche. Der Mülleimer wurde geöffnet und wieder geschlossen. Dann hörte ich, wie sie die Hintertür zuschlug.

Erst da spürte ich unbändige Wut. Ich lief Helen nach, aber als ich von der Küche aus hinausschaute und sah, dass sie auf der Bank im hinteren Teil des Gartens saß und über den Fluss blickte, hielt ich inne … und tat nichts. Höchstens einen Schritt auf der Stelle.

Die Stille, die folgte, war lang. In diesem Augenblick der Leere und der Erschöpfung hätte ich Helen trösten müssen, wollte sie aber nur noch mit bloßen Händen töten.

Der entleerte Mann

Kurz vor Foster Crossing hielt ich meinen Porsche an. Ich war schnell gefahren, viel zu schnell, und stand hier, kurz vor dem Ziel, und wartete … auf gar nichts. Es war zehn nach sieben Uhr frühmorgens. Die Sonne schien über dem Fluss zu meiner Linken. Ein alter Mann fuhr vorbei und hob die Hand. Ich grüßte nicht zurück, sondern startete den Wagen und fuhr langsam in die Straße.

Was wollte ich mit dieser Aktion nur erreichen? Ich hatte keine Ahnung, wo Amal wohnte und ob ich sie zu Hause antreffen würde. Wie würden ihre Eltern reagieren, wenn so früh am Morgen der Dozent ihrer Tochter vor der Haustür stand? *Warum bin ich nicht zu meiner Werbeagentur gefahren?*, grübelte ich. Dort konnte ich etwas erreichen, hier konnte ich nur verlieren.

Ich fuhr die Foster Crossing Road rauf und runter, überlegte, wo ich sie einen Tag zuvor abgesetzt hatte. Vielleicht würde ich sie entdecken, sobald sie einen Vorhang öffnete, oder sie trat zufällig aus ihrem Haus, während ich vorbeifuhr.

Doch ich sah sie nicht.

Ich ärgerte mich über meine Planlosigkeit. In der Agentur überließ ich nichts dem Zufall. Ich war dafür bekannt, dass ich alles überprüfte, alle Einzelheiten checkte und immer nur ein kalkuliertes Risiko einging. Risiken, die kaum als solche einzustufen waren. Ich verließ Foster Crossing und nahm die Südstraße in Richtung Meer.

Fünf Minuten später schlenderte ich am Ufer entlang, spürte nur den Wind und hörte das Rauschen der Wellen. Ein paar Möwen kreischten über dem Ozean. In der Ferne ging ein Mann mit einem Hund am Strand entlang. Die Flut kam. Wellen schwollen an, bäumten sich schäumend auf, brachen auf dem Festland.

Ich beobachtete das Spektakel am Ufer und erinnerte ich mich an die Worte von Helens Frauenarzt. »Die Tatsache, dass die Flut existiert, bedeutet nicht, dass alle Wellen die Küste erreichen.«

Mit dieser schwach gewählten Metapher zeigte der Gynäkologe seine Unfähigkeit, uns eine konkrete Ursache für die ausbleibende Schwangerschaft zu nennen. Er konnte keine Unfruchtbarkeit feststellen, weder bei mir noch bei Helen. Er hatte keine plausible Erklärung, warum Helen nicht schwanger wurde. Aber meine Frau interpretierte seine Worte anders: *»Einige Wellen erreichen immer die Küste!«*

Wochenlang verlangte Helen jeden Abend eine Ejakulation von mir. Erst drei Monate später verstand sie die Bedeutung der Worte unseres Arztes – und veränderte sich. Wie immer blieb sie still und tränenlos. Sie hatte den damit verbundenen Kummer so lange in sich verschlossen, dass nichts ihre Starre aufzubrechen vermochte. Aber eines Tages entwich ihrer Kehle ein klagender Laut, ein dünner, kaum hörbarer Ton. Sie schnappte nach Luft, und ein Schrei brach aus ihr hervor, in dem sich der ganze aufgestaute Schmerz Luft machte. Die Heftigkeit ihres Gefühlsausbruchs erschreckte mich. Helen weinte und schrie, bis ihre Lungen schmerzten und die zahllosen Gefühlsregungen der Vergangenheit sich auf ihren Zügen abzeichneten. Doch irgendwann beruhigte sie sich wieder.

Eines Tages wollte sie keine Kinder mehr. Sie zerriss die Liste mit den Babynamen und verkaufte die Babyausstattung im Internet. Eines Abends hörte ich sie am Telefon zu einer schwangeren Freundin sagen: »Diese kleinen Biester verweigern der Frau jede Möglichkeit, sich weiterzuentwickeln.«

Selbst unsere hochschwangere Freundin Carly wurde von Helen beleidigt. »Die Fortpflanzung ist der Todesstoß für eine Ehe, na viel Erfolg!« Dann leerte sie das Champagnerglas in einem Zug, warf es gegen die Wand und ließ mich und unsere Freunde am Esstisch zurück.

Als ich eine halbe Stunde später ins Schlafzimmer kam, um nach ihr zu sehen, lag sie in ihrer Kleidung auf dem Bett und schlief mit ausgebreiteten Armen und Beinen. Auf dem Kissen waren Schmierer schwarzer Wimperntusche.

Ich sagte mir, dass wir reden mussten, aber ich misstraute schon vorher den Worten, auf die ich von nun an wartete. Berührungen sind konstruktiver als Worte, dachte ich.

Am nächsten Morgen versuchte ich aus ihrem Blick herauszulesen, ob sie mich noch liebte, aber ich sah nichts. Ihre Augen waren kalt, schwarz und leer. Ihr Körper glich sich der Kälte ihrer Seele an.

Behutsam wählte ich meine Worte: »Du kannst unseren Freunden ihr Glück nicht verwehren, Helen.«

Sie zuckte mit den Schultern, »Warum nicht? Mir wurde auch keines gewährt!«

»Wenn du so schroff auf Schwangerschaften und Kinder reagierst, verlieren wir unsere Freunde«, antwortete ich.

»Ach was!«, widersprach Helen heftig. »Freunde gehen verloren, sobald sie Kinder bekommen. Danach werden sie mit jedem Tag irritierender. Sie sprechen nur noch über ihre Sprösslinge; alles, was sie tun, dreht sich bloß um das Kind. Und das Schlimmste ist, dass ich daran teilnehmen muss.

Geburtstage am Nachmittag feiern, nicht mehr im Haus rauchen, auf eine saubere Sprache achten. Ich darf nicht mehr nach sieben Uhr abends oder mittags zwischen eins und drei Uhr anrufen. Wenn solche Leute den Kontakt zu mir nicht mehr aufrechterhalten wollen, kann ich gut damit leben.«

Es gab nichts mehr zu sagen. So ließ Helen abermals die Stille zwischen uns einfließen.

Auch der Sex änderte sich. Oder besser: Er wurde eingestellt. Helen sah keinen Grund mehr, mit mir zu schlafen. In ihren Augen diente der Sex zwischen einem Mann und einer Frau ausschließlich der Zeugung von Nachkommen, und da wir keine Kinder kriegen konnten, war Sex sinnlos geworden.

»Weil ich dabei noch nie Lust verspürt habe«, erwiderte sie barsch. »Keine Angst, ich habe genug Spaß, dafür brauche ich keinen Sex mit einem Mann.«

Um mir entgegenzukommen, erlaubte sie mir großmütig, sie jederzeit zu nehmen, aber sie unterbrach sofort jeden Versuch von mir, der darauf abzielte, sie zu befriedigen. Sie akzeptierte meine eigene Befriedigung und damit Schluss.

In einem geteilten Bett zu liegen konnte dennoch sehr sinnlich sein, wenn man eine rege Fantasie hatte; zumindest eine Zeit lang, dachte ich, denn irgendwann ging vom »Alleinschlafen« eine stille Traurigkeit aus. Ich nahm Helens Verfügbarkeit nämlich bald nicht mehr in Anspruch, seit ich merkte, dass sie von meiner Zurückhaltung profitierte. Das dauerte beinahe ein Jahr. Aber es gab Tage, an denen mich ihre Gleichgültigkeit fast verrückt machte, ihr abweisender Atem mich bei dem Versuch eines Kusses verödete. Ich näherte mich jenem zwielichtigen Zustand, in dem man beginnt, sich in seinem Selbstmitleid vergnügt zu suhlen.

Seit etwa vier Monaten lief es jedoch wieder etwas besser zwischen mir und meiner Frau. Wir hatten uns ein Wochenendhaus im Hubbard Country Park gekauft, eine Mea-culpa-Reise mit unseren Freunden gemacht und genossen uns nun zaghaft wieder gegenseitig. Das Leben schien zurückzukehren, jedoch ohne den einstigen Sternenstaub der Liebe.

Nach dem Tod meiner Mutter kümmerte sich Helen allerdings rührend um mich.

Fast anderthalb Stunden später stieg ich, erschöpft vom Spaziergang, aber mehr noch vom Nachdenken, wieder in meinen Porsche. Ich wollte keine Ordnung. Ich wollte Chaos, Leben. Ich wollte ihren Duft, mich davon betören lassen, wollte sie aufsaugen.

Ich rief in der Universität an und erkundigte mich nach Amals Adresse. Die Sekretärin zögerte, doch nachdem ich ihre Zurückhaltung gelobt und von einer versehentlich zu schlecht benoteten Arbeit gesprochen hatte, die für Verstimmung sorgen könnte, bekam ich, was ich wollte. Ich bedankte mich bei ihr, und meine Freude war echt.

Und wieder fuhr ich nach Foster Crossing. Ich konnte mittlerweile kaum mehr einen klaren Gedanken fassen, und in mir war eine Erregung, wie sie nur ein Mann empfinden konnte, der endlich in eine lang erwartete Schlacht zog.

Um Viertel vor neun stand ich vor dem Haus. Mit einem flattrigen Gefühl in der Brust und mit zitternder Hand drückte ich die Klingel. Amal öffnete fast augenblicklich die Tür. Sie trug einen seidenen Kimono, der ihre Körperformen betonte. Für einen Moment sahen wir uns in die Augen. Dann starrte ich ihre nackten Füße an, die in goldenen Sandalen steckten. Mein Blick wurde an ihren Hüften entlang nach oben gezogen, zugleich streckte sie die Hand nach mir aus, und ich sah ihre Lippen sich bewegen, verstand aber kaum, was sie sagte, etwas wie »Warum hast du so lange gebraucht?«

Erst als ich sie Stunden später verließ, kam ich wieder zur Besinnung. Ich dachte an Zeitungsberichte über Dozenten, die unehrenhaft entlassen worden waren, weil sie sich mit ihren Studentinnen eingelassen hatten; und ich erinnerte mich sogar an einen Lehrer, der Monate hinter Gittern verbracht hatte.

Trotzdem bereute ich nicht eine Sekunde. Amal war eine Unausweichlichkeit, die mich mit lächelnden Augen empfing. Sie entpuppte sich als unglaubliche Geliebte. Alles, was ich in ihren Texten so vermisst hatte, schenkte sie mir in ihrem Bett: Verführung, Leidenschaft, Zielstrebigkeit, ein Auge für Details, Sinn für Emotionen, hinreißende Brüste, ein verlockender Pelz, zarte Haut am Rande der Falte, um meine Lippen darauf zu betten.

Aber vorher bestätigte sie die Grobheit, die ich von ihr kannte; noch bevor wir das Schlafzimmer erreicht hatten, stöhnte sie mir ins Ohr: »Du willst endlich deinen Schwanz in mich rammen.« Ihre Worte dämmten jedoch meine Lust eher, eine Schmeichelei hätte mir mehr zugesagt, aber als sie zwei Minuten später nackt im Bett lag, ihre Beine einladend spreizte und Obszönitäten herausspie, wirbelte das Blut so schnell durch meinen Körper, dass ich nach nur einer Minute mit einem Aufschrei kam.

Nicht viel später rekelte sich Amal wie eine Lolita auf dem Bett. Auf dem Bauch liegend, die Ellbogen auf der Matratze aufgestützt, die Hände unter dem Kinn, die Unterschenkel in der Luft, lachte sie mich aus und plapperte: »Kennst du den Film *Hollow Man?* Darin wird ein Mensch durch einen chemischen Prozess unsichtbar gemacht. Während dieser

Reaktion schüttelt der Mann seinen ganzen Körper. Du siehst aus wie der entleerte Mann, wenn du kommst.«

Danach hatten wir noch dreimal Sex, und Amal holte sich von mir jeden Genuss, den sie wollte. Als ich mich ungeschickt im Flur wieder anzog, fragte ich mechanisch: »Und deine Eltern?«

»Für wie alt hältst du mich? Das ist mein Haus. Mein Vater hat es mir geschenkt. Du brauchst keine Angst zu haben, dass sie uns beim Ficken stören«, antwortete sie unverblümt.

Ich nickte und verabschiedete mich. Ein Kuss schien mir nach alldem zu banal.

Kurz bevor ich die Tür hinter mir schloss, hörte ich sie kichernd sagen: »Bis morgen, *Hollow Man!*«

Tagebuch

Der Terminkalender, den Goodman mir geschenkt hatte, wurde schon bald zu meinem Tagebuch. Neben einem kleinen Kreuz in der rechten oberen Ecke vermerkte ich die Tages- und Uhrzeit der Eintragung und erklärte in ein paar kurzen Sätzen, was ich an diesem Tag erlebt hatte. Das war kaum der Rede wert. Manchmal notierte ich eine kreative Idee oder einen Gedanken, der mir in den Sinn kam, manchmal die Aussage eines anderen Insassen. Gelegentlich beschrieb ich Dinge, die ich von meinem Platz im Innenhof aus beobachtete.

So heißt es am 30. November: Der Tod schleicht im Innenhof umher. Der Junge, der letzte Woche hier eintraf, hat sich während des Sports mehrmals mit Spider angelegt. Sie können sich nicht ausstehen. Spider spricht neuerdings öfter mit Steel. Jeder weiß, dass Steel der Supermarkt des *Paradieses* ist. Er organisiert Drogen und Stichwaffen wie Schraubenzieher oder flach gedrückte Parker-Stifte. Der Neue wird seine offizielle Hinrichtung nicht mehr erleben.

Meine Vorhersage erwies sich als richtig, wie man in meinem Tagebuch nachlesen kann: Der Neue kam zu mir, um sich mit mir zu unterhalten. Er stellte sich breitbeinig vor mich hin und fragte, warum ich allein in einer Ecke sitze und mich nie zu den anderen geselle. Ich antwortete nur: »Weil die anderen nie zu mir kommen.« In diesem Moment rollte ein Basketball in unsere Richtung, und einige Häftlinge folgten ihm, und da wusste ich: Jeden Moment würde es passieren.

Kurz bevor es geschah, hatte ich ein Déjà-vu, das ich am Morgen nicht richtig einordnen konnte, aber jetzt, wo ich es in mein Tagebuch schreibe, fällt es mir wieder ein: Die Szene hatte mich an einen Film oder eine Fernsehserie erinnert.

Im allerletzten Moment drehte sich der Junge um. Er sah das Unheil auf sich zukommen. Ich habe nichts getan und nichts gesagt. Die Männer stachen alle gleichzeitig auf den Jungen ein, und er brach unmittelbar vor meinen Füßen zusammen. Ich entfernte mich sofort und stellte mich in einer anderen Ecke des Innenhofs an die Betonwand.

Mich von diesem sterbenden Körper zu entfernen, war das einzig Richtige; wenn eine Wache dich mit einer Leiche zu deinen Füßen findet, bist du geliefert, schuldig oder nicht. Allerdings werde ich genauso wenig vergessen, was als Nächstes geschah: Während die Wachen den toten Jungen wegtrugen, kam Spider auf mich zu und stellte sich neben mich an die Betonwand. Wir schwiegen, aber als ich ihn kurz ungläubig ansah, zischte er: »Verdammt, was willst du eigentlich von mir, du Mistkerl?«

Wenig später gingen wir nebeneinander über den Innenhof; wegen des Vorfalls mussten wir früher zurückkehren. Bevor wir unsere Zellen betraten, flüsterte Spider mir zu: »Du verstehst es einfach nicht. Es war Notwehr. Dieser Junge hätte mir das Leben schwer gemacht. Hier kannst du das Schaudern auf dem Rücken spüren, wenn dir jemand den Tod bringen könnte. Das *Paradies* bis zur Hinrichtung zu überstehen, das bedeutet töten oder getötet werden, vergiss das nie!«

Spider erzählte mir damit nichts Neues. Dennoch hallen seine Worte in mir nach. Ich hatte diese Schauer ebenfalls während meiner ersten Woche im *Paradies* gespürt – nachdem ich Steel einen heimtückischen Tritt in den Schritt verpasst hatte. Und ich muss den hirnlosen Glatzkopf nur ansehen, um mich daran zu erinnern, wie der Schauer an meiner Wirbelsäule hochkroch, als Steel meine ausgestreckte Hand nahm und sie quetschte.

Eines Tages hörte ich damit auf, die Tageszeit zu notieren, Kreuzchen zu machen und Ereignisse aufzuschreiben. Ich erkannte die Sinnlosigkeit, die in dem Festhalten von vergangenen Tagen lag. Was hinter mir lag, war in Wahrheit bereits überholt, und was vor mir lag, war längst bekannt. Ich würde sterben. Zu einem ganz konkreten Zeitpunkt. Ich würde keine Erinnerungen mehr brauchen.

Außerdem wurde mir klar, dass das Tagebuch ebenso wenig mir gehörte wie meine Frau, meine Werbeagentur, mein Haus, mein Porsche, wie all die anderen Dinge in meinem Leben, die nie wirklich mein Eigentum geworden waren. Ich hatte sie mir ausgeliehen, nach meinem Tod gehörten sie mir nicht mehr. Selbst das Leben war nur eine Leihgabe.

Solange ich lebte, erlaubten sie mir, diese Dinge im Auge zu behalten; nach meiner Hinrichtung würde all mein Eigentum in den Besitz einer anderen Person übergehen. Ob ich das nun wollte oder nicht, der Gesetzgeber hatte das für mich bestimmt. Und wer würde dann das Tagebuch in die Hand nehmen? Wer würde der Besitzer meiner Geschichten werden?

So hörte ich auf, mir Notizen zu machen, und bewahrte das Tagebuch zwei Jahre lang unter meiner Matratze auf.

Heute, während ich meine Geschichte aufschreibe und sicherstellen möchte, dass ich mich richtig erinnere, schleppe ich mich durch Kapitel, von denen ich angenommen hatte, dass ich sie abgeschlossen hätte.

Die größte Angst

Wir hatten uns bereits einige Male getroffen, als Amal mir nach dem Sex eine merkwürdige Frage stellte. »Was ist dein größter Traum?«

Sie lag mit den Füßen zum Kissen diagonal auf ihrem Bett. Ich zog mich an, ihre Augen folgten meinen Bewegungen.

Ich musste zurück zur Werbeagentur, in mein anderes Leben, obwohl ich nicht den Wunsch danach verspürte, und setzte mich kurz ans Fußende des Bettes. Ich wusste nicht, was ich darauf antworten sollte, also sah ich sie an und sagte lächelnd: »Du bist mein größter Traum.«

»Was für ein Gesülze!« Amal verzog grimmig das Gesicht. »Und wie respektlos, dass du meine Frage nicht ernst nimmst.« Sie packte das Kopfkissen, schlug mir damit auf den Kopf und stand auf, umarmte und küsste mich und biss mir sanft in den Hals. »Du bekommst noch eine Chance, aber jetzt möchte ich eine richtige Antwort hören. Was ist dein größter Traum? Hab keine Hemmungen, ich will alles von dir wissen.« Ein gemeines Flüstern in meinem Ohr.

Amal ließ sich wieder rückwärts auf die Matratze fallen. Ich hatte gar keinen großen Traum. Erst einige Wochen zuvor war ich zu diesem Schluss gekommen. Ich hatte alles, was sich ein Mann wünschen konnte, und wenn ich etwas nicht besaß, konnte ich es mir kaufen.

Ich drehte mich zu ihr um. Mein Blick schweifte über

Amals Körper: kleine Füße, lange, kräftige, braun gebrannte Beine, weiße Haut um die knöchernen Hüften, flacher Bauch, große, feste Brüste. Nichts passte zusammen.

»Mein größter Traum ist … dass ich nie zufrieden sein werde«, antwortete ich.

Amal lachte verächtlich, setzte sich auf und kreuzte ihre langen Beine. Sie ähnelte jetzt der thailändischen Buddha-Statue auf ihrem Nachttisch.

»Das ist doch kein Traum!«

»Oh doch«, erwiderte ich, »ich möchte niemals zufrieden sein. Zufriedenheit ist ein Teufel. Zufriedenheit ist der Beginn der Unzufriedenheit.«

Amal machte eine ablehnende Geste. »Was für ein Schwachsinn! Zufriedenheit ist Zufriedenheit! Sonst gar nichts. Ein Teufel? Woher hast du den Nonsens denn her?« Sie stand auf und ging ins Badezimmer. »Zufriedenheit ist ein Teufel – ich glaub es nicht!«

Ihr Lachen hallte entlang der Badezimmerwände. Die Worte klangen aus ihrem Mund absurder als aus dem meines Vaters.

Ich hörte, wie sie urinierte, dann kam sie wieder ins Schlafzimmer, ließ sich mit ausgestreckten Armen rückwärts aufs Bett fallen. »Mein größter Traum ist, dass all meine kleinen Träume wahr werden.«

»Schön gesagt.« Ich fuhr mit der Hand durch ihr dunkles Haar.

»Nein«, antwortete sie. »Schön geträumt!«

Ich gab ihr einen Klaps auf den linken Oberschenkel und drückte einen Kuss auf ihren Bauch.

Sie stieß meinen Kopf weg und zeigte mir den Mittelfinger. »Genug genascht! Wir unterhalten uns jetzt. Was ist deine größte Angst?«

Noch bevor ich antworten konnte, sagte sie: »Meine größte Angst ist, dass der Albtraum aus meiner Jugend zurückkehren wird. Zwischen meinem fünften und zwölften Lebensjahr träumte ich fast jede Nacht, dass ich mit Freunden auf einem Bauernhof Verstecken spielte. Und jede Nacht rannte ich zum gleichen Versteck, einer großen eisernen Milchkanne. Schon während des Laufs wusste ich, dass das Unheil über mir schwebte, doch das laute Zählen derjenigen, die mich suchen sollten, peitschte mich vorwärts, und vor lauter Panik fiel mir wieder nur die Milchkanne als Versteck ein.« Sie schwieg einen Moment und rollte sich auf den Bauch. »Ich kletterte mühsam in die Milchkanne, aber als ich einmal drin war, war ich für alle unsichtbar. Auch für den Landwirt, der kurz darauf kam, um die Milchkanne zu verschließen. Ich wusste schon vorher, dass der Bauer kommen würde, denn er kam jede Nacht, aber ich konnte nichts dagegen machen. Dann wurde es langsam dunkel über mir, denn der Landwirt warf einen langen Schatten. Ich hörte, wie er den Metalldeckel vom Boden nahm, und das war das Zeichen, dass ich blitzschnell hochkommen musste, um zu schreien, aber jede Nacht bewegte ich mich zu spät. Der Bauer hatte den Deckel schon draufgelegt, hörte mich nicht, sah mich nicht und schraubte ihn in Windeseile zu. Eingesperrt in undurchdringlicher Schwärze und feuchtwarmer Luft, verlor ich sofort jedes Zeitgefühl. Ich wusste nicht, wie lange ich dort eingesperrt war. Allmählich ging der Sauerstoff zur Neige, und ich spürte, dass ich sterben würde. Ich verlor das Bewusstsein und merkte, wie mein Kopf gegen die Wand der Milchkanne sank. Während ich im Traum starb, erwachte ich keuchend.«

Auf dem Bett lag mit einem Mal ein niedergeschlagenes, tieftrauriges Mädchen, das in seiner Nacktheit noch verletzlicher wirkte. »Und du?«, fragte sie leise. »Was ist deine größte Angst?«

Mir lief die Zeit davon, Termine warteten in der Agentur auf mich. Ich musste los, und weil ich ihre Traurigkeit mitnehmen wollte, sagte ich im Scherz: »Meine größte Angst? Das bist du.«

Sie grinste mich an, und ihre Augen blitzten kalt.

Noch mehr schwarze Tränen

In meinem Tagebuch stehen auch kurze Ausschnitte meiner Gespräche mit Goodman. In der Regel ging es um alltägliche Dinge wie das Wetter, Goodmans Kinder, das raue Toilettenpapier, die Qualität der Gefängnisnahrung oder die Protestkundgebungen gegen die Todesstrafe, die regelmäßig vor den Toren der Gefängnispforte stattfanden.

Ich überfliege noch einmal folgende Passage.

»Draußen ist es heute sehr stürmisch«, sagte der Wachmann.

»Wie schafft es der Wind nur, auf diesen kleinen Platz zu gelangen, der von vier hohen Betonmauern umgeben ist?«

»Seitenwinde«, antwortete der Wachmann. »Nein, es heißt anders.«

»Fallwinde?«

Goodman nickte.

»Ist Ihnen schon einmal aufgefallen, dass im Herbst Laub im Innenhof liegt?«

»Ja, und?«

»Es gibt keine Bäume in dieser Gegend.«

Goodman lachte und schloss die Luke.

Diese belanglosen Gespräche bedeuten mir sehr viel. Goodmans Offenheit macht die Realität hinter der ewig geschlossenen Metalltür ein wenig erträglicher. Aber nicht weniger konfrontativ, nicht weniger schmerzhaft, nicht weniger unwürdig. Nur erträglicher.

Eines Tages fragte der Wachmann: »Was ist Ihre Geschichte, Tom?« Er lehnte sich mit der Hüfte an den Klapptisch, die Hand wie fast immer am Holster.

Ich war vorsichtig; ich wollte weder über meine Geschichte und die Vergangenheit noch über mein Versagen sprechen, aber vor allem wollte ich nicht, dass meine Offenheit mich verletzlich machte. Augenscheinlich vertraute ich ihm doch weniger, als ich angenommen hatte.

»Das sollten Sie die anderen Insassen fragen, die kennen meine Wahrheit besser als ich«, antwortete ich ein wenig barsch.

Goodman schien mein Misstrauen zu spüren. Er ging vom Klapptisch zur Zellentür, drehte sich an der Tür aber noch mal um.

»Ich habe mich nicht nach Ihrer Wahrheit erkundigt, sondern nach Ihrer Geschichte.« Er schloss die Tür, öffnete die Luke und schaute mich einen Moment lang an.

Ich ging zur Luke. »Meine Geschichte ist eindeutig. Das habe ich vorhin gemeint. Eine Frau wurde ermordet, und es ist meine Schuld.«

Goodman schwieg einen Moment und fragte dann: »Und wo ist Ihre Träne?«

»Meine Träne?«

»Haben Sie keine Augen im Kopf? Fast alle Häftlinge in diesem Flügel haben sich eine schwarze Träne unmittelbar unter einem Auge oder zwischen Zeigefinger und Daumen tätowieren lassen. Damit zeigen sie uns, dass sie jemanden getötet haben. Die schwarze Träne ist Teil ihres Geltungsbedürfnisses, so wie die Katze ihre Haare hochzieht, um dem anderen Artgenossen ihre Größe zu zeigen.«

Natürlich hatte ich diese Träne bei Steel und Spider gesehen. Nicht aber bei Smiley und Plum.

»Wo ist Ihre Trophäe, Tom?«, fragte er ungeduldig.

»Ich habe nie behauptet, dass ich stolz auf diesen Mord bin. Ich habe gestanden, und die Beweise haben das Gericht überzeugt. Was möchten Sie sonst noch wissen? Alles ist klar und deutlich. Von diesen Tränen weiß ich nichts.«

»Beweise bringen nicht immer die Wahrheit ans Licht.« Goodmans Stimme verriet seine Irritation. »Ich könnte beweisen, dass Gott existiert, aber meine Beweise werden keinen überzeugen, der nicht an ihn glaubt. Sie bedeuten überhaupt nichts!« Er schlug die Klappe zu und ließ mich in der Stille zurück.

Eine Woche später erkundigte sich der Wachmann wieder nach meiner Geschichte.

»Ich habe Ihnen alles gesagt, was es zu sagen gibt«, knurrte ich. »Ich will nicht mehr darüber reden.«

Goodman ließ nicht locker. »Und genau das beunruhigt mich. Ich habe das Gefühl, dass Sie in Wahrheit doch reden wollen! Jeder sollte eine Chance dazu bekommen.«

Ich wurde wütend. »Und was dann? Im Todestrakt hat man nicht gerade die besten Aufstiegschancen. Vielleicht darf ich als Küchenhilfe arbeiten und mich unter der Dusche in den Arsch ficken lassen!«

»Vorurteile!«

»Ha! Lebenserfahrung! Warum lassen Sie plötzlich den Psychologen raushängen?«

»Ich habe die Medienarchive durchsucht und jede Menge Berichte über den Prozess, über das Geständnis, die Schuld, die Beweise, die Zeugen und die Verurteilung gelesen. Aber all diese Worte sagen mir nichts. Sehen Sie sich das einmal an!«

Er reichte mir einen Zeitungsausschnitt. Seine Hand drang durch die Luke in meine Zelle, und er bewegte sie vor mir auf und ab. Die Zeit schien sich zu verlangsamen. Und da dachte ich: Diese Hand kommt ohne Zögern, ohne Angst in meine Zelle. Wenn ich wollte, konnte ich nach ihr greifen und den Arm an den Kanten der Luke mit einem Knacken brechen.

Ich nahm den Artikel und grinste freundlich – eine Art Entschuldigung für meine unschönen Gedanken.

»Sehen Sie sich das Foto an, Tom!«, forderte er mich auf.

Ich erkannte den Moment sofort. Das Foto wurde aufgenommen, als ich den Gerichtssaal verließ. Mit erhobenem Kopf und in Handschellen, begleitet von zwei Polizisten. Fünf Minuten nach der Urteilsverkündung des Richters. *Schuldig. Berühmt. Gefangen.* Jemand aus dem Publikum hatte es offenbar geschafft, mich frontal zu fotografieren, und den Schnappschuss später an die wichtigsten Zeitungen verkauft, vermutlich für viel Geld. Im Hintergrund war die Staatsanwaltschaft zu sehen, ganz vage wegen der geringen Tiefenschärfe.

»Achten Sie besonders auf Ihre Augen«, sagte Goodman. »Das sind nicht die Augen eines Killers.«

Ich hob die Augenbrauen. »Wie sehen denn die Augen eines Mörders aus?«

Goodman zog seine Hand zurück und zeigte auf das Bild, auf dem ich hilflos – ja, trotz meines erhobenen Kopfes – in die Kamera blickte.

»So jedenfalls nicht!«

Und wieder überließ Goodman mich der Stille.

Ein paar Sekunden stand ich noch da, dann warf ich mich auf das Bett und presste mir das Kopfkissen auf den Kopf. Doch ich fand keine Ruhe, selbst die Stille war zu laut.

Der Brief

Goodman hat soeben meine Zelle verlassen. Er übergab mir das Schreiben, in dem mir der Tag und die Uhrzeit meiner Hinrichtung mitgeteilt wurden.

»Wir sind heute etwas zu spät mit der Post dran«, sagte er und blickte zur Seite. »Es lag an Plum. Er hat soeben die Scheidungsklage seiner Frau von einem Anwalt erhalten und wollte sich mal wieder umbringen.«

Ich nahm den Brief entgegen: ein Umschlag aus dickem weißem Papier, einzig der schwarze Trauerrand fehlte, sonst hätte es eine nette Einladung zu meiner eigenen Beerdigung sein können.

»Seine Frau will ihn loswerden, bevor der Tod ihr das abnimmt«, fuhr Goodman fort. »Plum war völlig von der Rolle, aber jetzt grinst er wieder.« Der Wachmann mimte mit seiner Hand das Injizieren einer Beruhigungsspritze und lächelte zurückhaltend. »Sollten Sie mit dem Gedanken spielen, Selbstmord zu begehen, werde ich das zu verhindern wissen. Seit Augustinus gilt der Suizid unter allen Umständen als verboten.«

»Ein Staat, der Menschen dazu ermächtigt, andere Menschen kaltblütig zu töten, untergräbt das Gebot der unbedingten Achtung vor dem menschlichen Leben. Warum kann ich dann nicht die Art und Weise meines Ablebens selbst bestimmen?«

»Das Leben ist ein Geschenk Gottes, das der Mensch annehmen und verantwortlich gestalten muss. Wenn Sie sich das Leben nehmen wollen, kommt das einer Todsünde gleich«, antwortete Goodman und sah mich seltsam an.

»Eine antiquierte Ansichtsweise«, fuhr ich fort. »Die Todesstrafe, wie sie in Huntsville angewandt wird, ist eine abscheuliche Schlächterei. Sie ist eine auferlegte Schmach für den Geist *und* für den Körper eines jeden Insassen. Dieses Entzweischneiden ... All dies rührt noch von einer barbarischen Zeit her, als man glaubte, das Volk durch entwürdigende Schauspiele beeindrucken zu können. Hier wird dieser unwürdige Tod verstohlen gehandhabt. Wo liegt also der Sinn der Hinrichtung?«

»In dem Verbrechen, das Sie begangen haben, Tom.«

Stille.

»Die Todesstrafe ist keine angemessene Antwort auf Mord oder auf andere kriminelle Handlungen. Wo sich der Staat zum Richter über Leben und Tod aufschwingt, nimmt nicht Gerechtigkeit ihren Lauf, sondern Rache und Vergeltung. Staaten können nicht gleichzeitig die Menschenrechte achten und die Todesstrafe verhängen und vollstrecken.«

»Sie können das sehr wohl, Tom. Woher nimmt sich denn ein Täter das Recht, aus Habgier, Mordlust oder anderen niederen Beweggründen einem Mann, einer Frau oder einem Kind das Leben zu nehmen?«

»Da stimme ich Ihnen zu. Aber manchmal geschehen diese Dinge nicht aus niederen Beweggründen.«

»Das muss am Ende ein Gericht beurteilen. Wer hier landet, hat keinen Anspruch auf die schützende Hand Gottes. Schließlich sitzt hier niemand ein, weil er seine Großmutter beklaut hat.«

»Verdammt, die Todesstrafe verwehrt einem Menschen

die Möglichkeit, eine Tat durch Wiedergutmachung und Reue zu sühnen.«

Goodman seufzte. »Ach, Tom. Sie quälen sich nur. Das Recht steht über Stimmungen. Das wissen Sie doch.«

Ich stand vor der Luke, hielt den Umschlag in Händen und fühlte mich einige Sekunden lang genauso wenig als Mensch wie in den Momenten der Körperinspektion vor dem Rundgang durch den Innenhof.

Kurz bevor Goodman die Luke schloss, sagte er: »Warum schreiben Sie nicht, Tom?«

Ich murmelte etwas über einen Mangel an Inspiration.

»Inspiration? Blödsinn! Sie müssen sich nur hinsetzen und tippen«, spottete er und ließ mich zurück, mit dem Brief und der Leere.

Es trifft mich sehr, dass Goodman mit keinem Wort auf mein Schreiben eingegangen ist. Es ist unfassbar. Die Ankündigung des Hinrichtungstermins zu erhalten ist wohl der erschütterndste Moment, den ein Insasse des *Paradieses* erleben kann, aber Goodman hat nur ein Auge für das Elend der anderen Häftlinge, die sein Mitleid anscheinend mehr verdienen als ich. Dabei wäre ein Wort der Aufmunterung angebracht gewesen.

Der Umschlag liegt auf dem Klapptisch. Zum ersten Mal, seit ich das *Paradies* betreten habe, bin ich wirklich nervös. Es fühlt sich an, als würde eine unsichtbare Hand langsam meine Kehle zuschnüren. Nicht zu fest, aber gerade stark genug, dass ich würgen muss.

Ich atme ein paarmal tief durch und blase die Luft langsam aus, drehe mich um und entferne mich von dem Brief. Ich lege meine Hände gegen die Wand und mache einige Stehstützen, spanne die Muskulatur an, lockere sie wieder.

Das Blut fließt durch meinen Körper, ich beruhige mich einigermaßen.

Dann drehe ich mich wieder um. Der Umschlag ist noch da. Natürlich ist er noch da. Sogar *mehr* als vor einer Minute. Ich wische meine verschwitzten Hände an meiner Hose ab und nehme ihn in die Hand. Er ist schwer, viel zu schwer für meine Tat. In Gedanken hebt mein Körper ab, ich bin leichter als je zuvor. Eine unsichtbare Hand verstärkt ihren Griff um meinen Hals und drückt mich an die Wand und dann … Meine Füße heben vom Boden ab. Ich hänge in diesem Griff wie das Pendel in einem Uhrwerk. Nach jeder Pendelbewegung meiner Beine bleibt mir weniger Zeit. Ich ringe nach Luft, während alle Kraft aus mir herausströmt.

Es ist kurz vor neun, vom Tageslicht ist nicht mehr viel übrig. Der Mond schwimmt am staubgrauen Himmel als kahler Schatten vor dahinziehenden Wolkenfetzen. Meine Zelle wirkt heute Abend noch öder, sie ist und bleibt ein Ort, der den Tod herbeiwinkt, ein toter Ort.

Ich blicke auf den Umschlag, der wie ein schlafender Drache auf dem Tisch liegt. Mit einem Ruck reiße ich ihn auf, nehme den Brief heraus und beginne zu lesen. Heute in einer Woche, um drei Uhr nachmittags, bekomme ich eine tödliche Injektion und tausche das *Paradies* gegen … ja, gegen was genau?

Horrorstorys

Eine Woche später klingelte ich bereits zum fünften Mal an Amals Wohnungstür. Während ich darauf wartete, dass sie öffnete, ging ein älterer Herr auf dem Bürgersteig vorbei. Ich nickte ihm freundlich zu.

Er blieb einen Moment stehen, musterte mich. »Sie ist nicht zu Hause«, sagte er abfällig.

»Ich glaube schon, dass sie da ist«, antwortete ich knapp, denn ich hörte etwas hinter der Tür.

»Sie ist fast nie da«, beharrte der Mann. »Das ist doch seltsam, nicht wahr? Heutzutage ist fast niemand mehr zu Hause.«

Da öffnete Amal die Tür und sah verärgert an mir vorbei.

Der Alte hob mahnend seinen Zeigefinger. »Jetzt ist sie da, aber eines Tages wird sie es nicht mehr sein. Heutzutage ist fast niemand mehr zu Hause.«

»Kümmer dich um deine eigenen Angelegenheiten, du alter Idiot!«, fauchte Amal ihn an, worauf der Mann kopfschüttelnd weiterging.

»Wer war das denn?«, fragte ich und schaute ihm hinterher.

»Der Dorftrottel. Er lebt bei seinem Sohn, ein paar Häuser weiter.« Amal ließ mich herein und knallte die Tür hinter mir zu.

»Wir werden an diesem Nachmittag keinen Sex haben.

Eine Woche Pause. Leider«, sagte sie traurig, setzte sich auf die Couch und zeigte schamhaft auf ihren Schritt.

Als ich neben ihr saß, fragte ich mich, warum man solche Szenen nie in Filmen sieht. Mein Vater hätte diese Frage beantwortet. *Weil solche Details dem Leben den Glanz nehmen.*

»Enttäuscht?«, fragte sie. »Wir könnten uns gegenseitig in der Dusche einseifen …«

Ich schüttelte den Kopf. Sex war nicht wirklich wichtig. Obwohl unsere Beziehung in den ersten zwei Wochen fast nur auf körperlicher Ebene stattgefunden hatte, war es Amals Anwesenheit an sich, die mir Befriedigung verschaffte. Vor weniger als zwei Wochen hatte ich mich in ihrer Gegenwart noch sehr unwohl gefühlt, doch jetzt war alles anders. Dennoch ging ich im Hörsaal auf Distanz, blieb ihr Dozent und sie meine schlechteste Studentin. Ich kritisierte auch weiterhin ihre Texte, und sie warf mir stets vernichtete Blicke zu, nachdem sie meine Kommentare gelesen hatte. Aber selbst das hatte etwas von einem Spiel an sich, das nur wir beide wirklich verstanden, denn jedes Mal, wenn ich ihre Leistungen zerpflückte, hatte ich das Gefühl, ihr derbe Liebkosungen zuzurufen. Und ich glaube, auch sie genoss die veränderte Rollenverteilung innerhalb des Hörsaals.

Amal kochte uns einen Tee. Als sie aus der Küche zurückkam und mir eine Tasse reichte, sagte sie: »Erzähl mir von deiner Frau.«

Diese Aufforderung machte mir Angst. Ich wollte keinesfalls über Helen sprechen. Amal und Helen waren zwei Welten, die ich unbedingt getrennt voneinander halten wollte. Dennoch fragte ich: »Was willst du über sie wissen?«

»Alles.« Entschlossen setzte sie sich und sah mich abwartend an.

»Das funktioniert so nicht, Amal.«

Sie seufzte genervt: »Ist sie schön?«

Ich dachte einen Moment nach. »Sie ist sehr schön. Viele Frauen sind eifersüchtig auf ihre Brüste. Sie ist stolz darauf.«

Amal grunzte missbilligend und umfasste einen Moment ihre eigenen Brüste: »Meine Titten mögen etwas zu groß sein, aber dir gefallen sie doch, oder?«

Ich nickte, fuhr jedoch fort: »Ich habe Helen einmal dabei erwischt, wie sie vor dem Spiegel stand und ihre Brüste mit den Händen hob. Als ich das Badezimmer betrat, sagte sie: ›Ich habe wirklich perfekte Brüste. Wenn ich eine andere Frau wäre, wäre ich neidisch.‹ Sie meinte es genauso.«

Amal stand abrupt auf, ging zum Fenster und berührte den Traumfänger, der vor der Scheibe hing. Auf der Fensterbank standen drei kleine buddhistische Figuren.

»Hast du Kinder?« Ihre Stimme verriet eine leichte Verunsicherung.

»Nein«, antwortete ich knapp. Über Kinder wollte ich schon gar nicht sprechen und vor allem nicht in Verbindung mit Helen.

»Warte nur, bis deine Frau Kinder geworfen hat«, erklärte sie boshaft. »Diese kleinen Vampire werden schon die Perfektion aus ihren Eutern heraussaugen.« Sie nahm einen Schluck Tee und schaute mich an. »Aber wir können natürlich über schönere Dinge sprechen. Oder über wirklich bedeutende Themen. Hast du jemals etwas Schlimmes erlebt?«

»Was für eine Frage!«

»Etwas wirklich Schlimmes. Etwas, das dein Leben verändert hat. Ein Unfall, eine Krankheit oder der Tod eines geliebten Menschen?«

Ich dachte an den Tod meiner Mutter. Das war ein trauriges Erlebnis, aber die Worte meines Vaters nach ihrem Tod hatten mehr Einfluss auf mein Leben gehabt. Dennoch sagte ich lapidar: »Der Tod meiner Mutter.«

»Und?«

»Nichts weiter. Danach beschloss ich, zur Universität zu gehen und dieses Seminar zu beginnen, und dort traf ich dich.«

Amal schüttelte den Kopf: »Ich meine etwas Schwerwiegenderes als das. Ich habe seit einiger Zeit eine Maus in meinem Haus. Ich habe dieses Mistvieh wirklich gehasst. Jeden Morgen, als ich aufwachte, wusste ich, dass diese Kreatur schon da war und alle Arten von Verpackungen angefressen hatte. Irgendwann hatte ich es so satt, dass ich mich abends im Dunkeln in die Küche setzte und wartete.« Sie zeigte dorthin. Direkt neben der Tür befand sich ein Totempfahl, der fast bis zur Decke reichte. »Vier Stunden lang saß ich bewegungslos da und wartete vergebens auf die Maus. Erst um zwei Uhr morgens kam das Biest heraus.«

Amal stand auf, setzte sich auf die Fensterbank im Erker und blickte einen Moment hinaus. »Ich war müde und mürrisch«, fuhr sie leise fort. »Als die Maus direkt an mir vorbeilief, überlegte ich nicht lange, sondern zertrat sie mit dem bloßen Fuß. Ich glaube, ich trampelte mindestens zehnmal auf das Tier; meine nackte Ferse war rot vom Blut der Maus. Rot und glitschig, es war ekelhaft.«

Sie seufzte und setzte sich wieder neben mich. »Was ist mit dir? Was ist deine Horrorstory?«

»Ich habe keine«, entgegnete ich entschlossen.

»Unsinn. Jeder Mensch hat eine Horrorstory. Eine Geschichte, die man auf einer Party nie erzählen würde. Ein Ereignis, für das du dich schämst, wie eine Sünde aus deiner Kindheit.«

Natürlich hatte ich auch eine Horrorstory, Amal hatte es in meinen Augen erkannt.

»Los, ich hab dir auch meine Geschichte erzählt.« Sie saß da, wartete und beobachtete die Regentropfen, die wie Tränen gegen die Fensterscheibe platschten, das einzige Geräusch, das neben dem knisternden Kaminfeuer die Stille im Raum durchbrach.

Ich räusperte mich. Außer Helen hatte ich noch nie mit jemandem darüber gesprochen. »Ich war etwa fünfzehn Jahre alt und radelte an einem schönen Sommertag zum Strand. Ganz allein. Ich wollte im Sand spazieren gehen und dann in die Wellen eintauchen. Der Strand war nicht sehr voll. Ich zog mich aus und sprang in meine Badehose, bevor jemand mich entblößt sehen konnte. Dann lief ich den Strand ein Stück in Richtung Southampton Beach entlang. Nach einer Viertelstunde kam ich zum Coopers Beach, der ziemlich belebt war. Familien mit Kindern tummelten sich dort. Ich setzte mich vor die Wellen und beobachtete einen kleinen Jungen, der allein im Meer schwamm, immer weiter und weiter hinaus. Das Meer war unruhig, und der Wellengang wurde stärker. Die Warnboje leuchtete bereits, um die Schwimmer auf die starke Unterströmung hinzuweisen. Ich starrte gedankenverloren auf das Meer. Ab und zu sah ich hinter einer sich brechenden Welle ein Schiff am Horizont entlangsegeln.«

Amal umschloss mit ihren Händen ihre Teetasse und lauschte mir aufmerksam.

»Plötzlich sah ich, wie der Junge mit den Armen winkte, hörte ganz leise, wie er um Hilfe rief. Ich stand auf und erkannte, dass der Junge – er war ungefähr acht Jahre alt – Probleme beim Schwimmen hatte und gelegentlich untertauchte. Wellen krachten über seinen Kopf. Er tauchte immer öfter unter und kam immer seltener hoch. Ich stand nur da und schaute ihm dabei zu. Der Wind blies mein Haar auf, und ich erinnere mich, dass ich einen Moment lang dachte: Es wird frisch. Erst dann durchfuhr es mich, dass ich dem Jungen helfen musste. Aber ich tat nichts, war wie gelähmt. Der Unterstrom floss über den Sand unter meinen Füßen, und die Wellen trafen schon meine Knie. Ich drehte mich um und blickte über den Strand. Ein Mann stand auf und sah auf das Meer hinaus. Ich wollte ihn auf den Jungen aufmerksam machen, aber meine Lippen blieben verschlossen. Völlig erstarrt, blickte ich immer wieder zu dem Jungen, bis er nicht mehr auftauchte. Regungslos starrte ich auf die leere Stelle, an der er geschwommen war. Die Wellen hatten ihn verschlungen. Dann rannte erwachsener Mann an mir vorbei. Er sprang ins Wasser, tauchte unter und zog den Jungen ein wenig später an den Strand. Er lebte noch, und ein Krankenwagen wurde gerufen. Mehr und mehr Menschen versammelten sich um den Jungen. Ich schleppte mich zurück zu dem Platz, an dem ich mein Fahrrad abgestellt hatte, radelte nach Hause und weinte fast ununterbrochen auf dem Heimweg. Als ich zu Hause ankam, hatte der Wind meine Tränen getrocknet. ›Warst du schwimmen?‹, erkundigte sich meine Mutter. Ich nickte, setzte mich an den Tisch und genoss den Tee und die Kekse. Ich hatte einen Riesenhunger.«

Amal schwieg, spielte mit ihrer Teetasse. Sie sah mich nicht an, sondern ließ die Oberseite ihres Zeigefingers über den Rand kreisen. Die Stille schien endlos zu dauern.

Ich stellte meine Teetasse auf den Couchtisch. Mir war warm geworden, und ich fühlte mich müde. Ich überlegte, ob ich aufbrechen und nach Hause fahren sollte.

Plötzlich fragte Amal: »Warum hast du keine?«

Die Frage verblüffte mich, und ich sah sie entgeistert an. »Was?«

»Kinder.«

»Keine Chemie.«

»Keine Kinder, keine Chemie. Was zum Teufel habt ihr dann überhaupt zusammen?«

Ich dachte einen Moment lang nach, war zu keiner überzeugenden Antwort fähig und zuckte mit den Schultern. »Ein Ferienhaus im Hubbard Country Park.«

Amal ließ ihre Tasse fallen und sprang auf. »Klasse! Wann fahren wir los?« Sie lächelte geheimnisvoll. »Ich glaube, es war kein Fehler, dich wegen deiner süffisanten Verrisse meiner Arbeiten im Hörsaal zur Rede zu stellen!«

Unser kleines Haus

Auf dem Highway nach Hubbard Country wollte Amal von mir wissen: »Wie hast du das hier deiner Frau erklärt?«

Ich schaute zur Seite, flüchtig. Amal saß wieder da, wo Helen hätte sein sollen, und warf mir einen spitzbübischen Blick zu. In der Regel fühlte ich mich in meinem Wagen geschützt, aber mit Amal war das anders. Ich hätte sie nicht hier reinlassen sollen. Sie spielte weiter ihre Spielchen, und manchmal machte mir das Angst.

Ich lenkte den Porsche durch eine S-Kurve. »Dass der Umsatz der Werbeagentur stagnieren würde und dass ich an diesem Wochenende deshalb zusammen mit meinem Wirtschaftsprüfer die Finanzen checken und mich mit ihm in unserem Ferienhaus über neue Geschäftsmöglichkeiten wie weitere Übernahmen beraten würde.«

Wieder schaute ich zur Seite. Amal hatte ihre Arme übereinander gekreuzt und presste sie an ihren Körper.

»Und deine Frau nimmt dir das ab?«

Ich nickte und drückte auf das Gaspedal. »Alles okay, Baby?«

Fast zur gleichen Zeit lachten wir beide laut auf. Sie etwas lauter als ich. Es war ein seltsamer Moment und es kam mir vor, als würde ich Helen verhöhnen. Ich sagte mir, dass es überhaupt kein Problem sei, ein Wochenende mit meiner Geliebten in dem Ferienhaus zu verbringen, das ich mit meiner Frau erworben und eingerichtet hatte. Als ob die Beziehung mit Amal und meine Ehe einander nicht ausschließen würden.

»Und der Wirtschaftsprüfer spielt mit?«, hakte sie nach.

»Adam lügt für mich, weil seine Kanzlei für mich arbeitet und ich ihn gut bezahle. Offiziell besucht er an diesem Wochenende einen Geschäftspartner, der eine neue Niederlassung eröffnet hat, aber er hat seiner Frau gesagt, dass er an diesem Wochenende mit mir unterwegs sei.« Ich zwinkerte Amal verschwörerisch zu.

Sie hingegen starrte vor sich hin, ins Leere, aber mit einem zufriedenen Lächeln auf dem Gesicht.

Zwanzig Minuten später hielt ich an einem Aussichtspunkt an, was ich auch jedes Mal tat, wenn Helen und ich zum Wochenendhaus fuhren. Von dort aus konnte man bei klarem Wetter bereits das Haus in der Ferne sehen.

Ich stieg sofort aus, ging zum Rand des Plateaus und lehnte mich nach vorne, meine Unterarme am Zaun, der verhinderte, dass leichtsinnige Touristen versehentlich in den Abgrund stürzten. Der Zaun knackte und wackelte, er musste allmählich erneuert werden.

Amal blieb im Wagen sitzen und starrte noch immer vor sich hin, aber weiter nach unten.

»Komm her und sieh dir das an, von hier aus kannst du schon unser kleines Haus erkennen«, rief ich.

Amal reagierte nicht, schaute nicht einmal her. Etwas hatte ihre Aufmerksamkeit erregt. Sie beugte sich nun vor und kramte im Handschuhfach herum. Ich drehte mich wieder um und genoss die Aussicht. Auf diesem Plateau bekam ich immer ein Gefühl für meinen Standpunkt im Leben, warum ich zu dem geworden war, der ich war, und warum ich tun konnte, was ich tat. Weil ich stets in allem auf diesem mittleren Plateau stand, an diesem stabilen Punkt zwischen dem Tiefpunkt und dem höchsten Gipfel. Mein Vater hatte mich in der Vergangenheit gelehrt, dass ein Mensch, der ganz oben war, auch tief stürzen konnte, und ein Mensch, der ganz unten war, würde immer schweißgebadet hochklettern müssen.

»Jetzt komm schon«, rief ich erneut und sah berauscht in die Ferne. Als ich mich wieder umdrehte, stieß mein Gesicht fast gegen das von Amal, so nah stand sie hinter mir. Ich erschrak und hielt mich instinktiv am Zaun fest, sah nicht das Sichtbare, sondern nur die Dunkelheit in ihren Augen.

Ich fürchtete mich davor, darin abzustürzen.

Amal bemerkte meine Reaktion und grinste. »Keine Sorge, ich werde dich nicht hinunterschubsen.« Sie kam noch näher an mich heran und schob mich ein wenig weiter in Richtung Abgrund.

Das Geländer in meinem Rücken wackelte gefährlich.

Sie lauerte auf irgendetwas in meinem Blick. »Ich liebe die Aufregung, aber schubsen? Nein, das würde ich nie tun.« Sie küsste mich hart auf meinen Mund und drückte mit ihrer vorschnellenden Zunge meinen Kopf nach hinten, sodass sich mein Oberkörper leicht über das Geländer beugte. Der Holzzaun gab ein Knirschen von sich.

Mein Herz pochte, mein Puls beschleunigte sich, ich lächelte unbehaglich und klammerte mich fest an das Holz, in der Hoffnung, dass es nicht brach. *Irgendetwas hat sie,* durchfuhr es mich. War es Traurigkeit oder Groll? Immer dann benahm sie sich seltsam.

Unverhofft ließ Amal von mir ab und trat einen Schritt zurück. »Das war ein Vorgeschmack auf den Tod, Tom. Wir wollen leben, aber wir sind uns nicht bewusst, dass er sich stets in unserer Nähe aufhält.« Sie ging zurück zum Wagen, drehte sich aber wieder nach mir um. »Übrigens, es ist dein kleines Haus, nicht *unser* kleines Haus.«

Eine halbe Stunde später bog ich in die Einfahrt ein, stellte den Motor ab und wollte aussteigen.

Amal packte meinen Arm. »Sieh dir das an!« Ihre linke Hand zeigte mir ein Ausweisfoto von Helen in einem kleinen schwarzen Rahmen. Darauf stand in Helens anmutiger Handschrift: *Wisse, wen du zurücklässt. Fahr bitte vorsichtig.*

Amal fing an zu lachen. »Weißt du denn, wen du zurücklässt? Ich glaube, wir beide wissen das an diesem Wochenende ziemlich genau.« Amal lachte noch lauter und legte das Foto wieder ins Handschuhfach. »Wisse, wen du zurücklässt. Deine Frau mag *Star Trek.* Möge sie lang und in Frieden leben, während wir sie zurücklassen«, schloss sie bissig und stieg aus.

Ich erschauderte zum zweiten Mal an diesem Nachmittag.

Ein Scherz

Auch bei diesem Besuch war die Aussicht von der Veranda atemberaubend. Wir setzten uns in die Schaukel und blickten über das Tal hinaus. Amal hatte um ihre Füße eine Decke gelegt, um sie gegen die Brise des Spätsommers zu schützen, und lehnte sich an mich, wie in einer romantischen Szene aus einem Hollywoodstreifen. Wir tranken Wein, aßen Tapas. Manchmal schauten wir still in die Ferne, um die Aussicht und unsere Nähe zu genießen.

Irgendwann am Nachmittag stand Amal von der Schaukel auf, ging zum Ende der Terrasse, lehnte sich nach vorne auf den Zaun, der die Veranda umgab, und starrte in die Tiefe. Mir fiel wieder auf, wie unproportional ihre Beine und Hüften zum Rest ihres Körpers waren. Ein manieristischer Künstler schien diese Formen verzerrt zu haben. Und doch war sie auf seltsame Weise attraktiv. Eine unansehnliche Frau, die sich ständig zu verwandeln schien. Immer wieder verstand sie es, das Beste aus sich zu machen. Obwohl ich bislang nicht herausgefunden hatte, was wirklich das Beste an ihr war. Gewiss nicht ihr Groll.

Amal drehte sich um, zog den Pullover über ihre Hüften, als hätte sie meine Gedanken eingefangen, und setzte sich auf den Zaun. »Du bist ziemlich wohlhabend.«

Ich antwortete nicht, es war überflüssig.

»Hast du überhaupt noch irgendeine Motivation, wenn

du dir alles kaufen kannst, was dein Herz begehrt, beziehungsweise wenn du dir schon jeden Wunsch erfüllt hast?«

Ich lächelte. »Dass ich mit dir hier bin, liegt an meiner Motivation.«

Sie zog ihre linke Augenbraue hoch, »Was ist das für ein Antrieb?«

»Glücklich sein.«

Ihre Augenbraue sank. Traurigkeit schimmerte in ihren Augen. Sie rutschte vom Zaun und setzte sich wieder neben mich, kroch tief in meine Armbeuge.

»Ich würde so gerne glücklich sein«, sagte sie leise. »Nicht, weil ich unglücklich bin, sondern weil ich das Glücksgefühl gar nicht kenne. Erzähl mir von deinem Vater. Was für ein Mann ist er?«

»Mein Vater ist mein Vater«, antwortete ich. »Ein Mann, der immer recht hatte, auch wenn es nicht der Fall war.«

»Wie war euer Verhältnis nach dem Tod deiner Mutter?«

Ich musste nicht lange nach der Antwort suchen. »Sehr eng, aber schwierig.«

»Wie meinst du das?«

»So wie ich es sage, eng, aber auch mühselig.«

»Inwiefern?«

»In jeder Hinsicht.« Ich fühlte mich ein wenig bedrängt, als hätten wir durch ihre Fragen über meinem Vater wieder bei nichts, bei null angefangen.

Amal nahm mir das Weinglas aus der Hand und nippte kurz daran. »Die Bindung zu meinen Eltern ist auch schwierig. Schwierig und deshalb zerbrochen.«

»Inwiefern?«

»Hm … In jeder Hinsicht«, antwortete Amal. Da war wieder dieser Blick in ihren Augen, als hätte sie die Vergangenheit weggesperrt, damit sich keine Gefühle in ihr ansammeln konnten. Sie stand auf, ging hinein und kam mit ihrer Brieftasche zurück. Aus einem Fach holte sie einige Passfotos heraus.

»Schau mal. Das habe ich letzte Woche machen lassen.«

Sie legte mir das Foto in die Hand. Auf dem Bild lächelte sie nicht, ihr Gesicht kam mir seltsam verzerrt vor. Ich bemerkte zum ersten Mal, dass ihre Nase ein wenig schief war.

Amal nahm ein anderes Passfoto. »Das ist mein Vater.« Sie lächelte. »Er nannte mich bis zu seinem Schlaganfall *Southampton-Girl*. Meine Eltern gehören zu den gut situierten New Yorkern, die sich es sich leisten können, ihrer Tochter in Foster Crossing ein Haus zu kaufen. Hier nennt die Upperclass ihre Töchter Southampton-Girls und verbindet den Begriff mit Schönheit, Anmut und Intelligenz.« Sie betrachtete das Foto ihres Vaters. »Ich bin alles andere als ein Southampton-Girl«, fuhr sie fort. »Ich bin keine Elle McPherson, Toni Garrn oder Kate Moss, sondern vielmehr eine *Southampton-Annie-Wilkes* wie in Stephen Kings *Misery*. Mich wird niemand jemals *The Body* nennen. Ich weiß sehr wohl, dass ich keine besonders attraktive Frau bin, nach der sich die Männer umschauen. Mich streifen sie höchstens mit einem Blick. Aber ich bemühe mich, das Beste aus mir zu machen. Selbst du lässt mich ja spüren, dass ich kein Model, sondern ein hässliches Entlein bin!«

Verdammt! Es stimmt. »Warum besuchst du mein Seminar, Amal?«, fragte ich, obwohl ich die Antwort zu kennen glaubte.

»Weil ich mich schon immer für die Werbung in Hochglanzzeitschriften interessiert habe. Ich werde dort bestimmt nie abgebildet werden, aber ich könnte im Hintergrund meinen Teil dazu beitragen, indem ich im Zeitschriftenverlag meines Vaters Werbetexte schreibe. Das erwartet er nämlich von seinem *Southampton-Girl.*« Es klang unendlich traurig.

Obwohl mich das Foto nicht interessierte, nahm ich es in die Hand. Ein älterer Mann blickte mir freundlich entgegen. »Nett«, sagte ich, nur um etwas zu sagen.

Amal war völlig fassungslos. Ich sah Verachtung in ihren Augen aufblitzen. »Nett? Du solltest dich in Acht nehmen. Ich könnte deinem Schutzengel die Flügel brechen.«

Sie riss die Aufnahmen aus meiner Hand und steckte sie wieder in ihre Brieftasche, doch das Foto ihres Vaters zerriss sie und ließ die Fetzen über das Geländer ins Tal schweben.

Ich liebte sie später auf der Couch im Wohnzimmer. Unsere Körper begegneten sich diesmal auf eine andere Weise: Aus der rohen Leidenschaft unserer ersten Kontakte waren zarte Berührungen geworden, sachte Küsse an sensiblen Stellen, und ein gedämpftes Stöhnen hatte die lauten Schreie abgelöst. Diese Zärtlichkeit passte zu dem Wochenende, das romantisch und intim begann.

Aber dieser zaghafte Anflug von Romantik wurde durch meine praktische Veranlagung im Keim erstickt. Nach dem Sex zog ich mich sofort an: »Ich muss kurz zu Hause anrufen, es tut mir leid.«

Ich gebe zu, der Moment war schlecht gewählt. Aber ich befürchtete, dass meine Frau sich womöglich fragen könnte, warum ich nichts von mir hören ließe. Zudem bestand die Möglichkeit, dass sie Carly anrufen würde, um sich zu erkundigen, ob Adam sich schon gemeldet habe. Nicht unbedingt wünschenswert.

»Und deshalb lässt du mich hier wie einen Lumpen zurück«, fauchte Amal mich an. Sie lag immer noch nackt auf der Couch, ihre Schenkel gespreizt, als wäre ich noch dazwischen. Ich starrte in ihren Schritt. Sie schloss schnell ihre Beine und erhob sich, ein verächtlicher Blick lag in ihren Augen.

»Es muss sein, aber es wird nicht lange dauern. Ich sitze hier angeblich mit meinem Wirtschaftsprüfer und Freund des Hauses, schon vergessen? Also wäre es doch seltsam, wenn ich nicht kurz anrufen würde, oder?«

Amal zog ihr Oberteil über den Kopf. »Du *möchtest* gern anrufen?« Es klang weniger nach einer Frage, sondern mehr nach einer Feststellung.

»Das auch«, antwortete ich wahrheitsgemäß. »Aber das hat mit dir nichts zu tun, es ist völlig losgelöst von dir.« Auch das entsprach der Wahrheit.

»Dann tu einfach, was du tun musst«, sagte sie grob. »Wozu Rücksicht auf mich nehmen? Ich bin ja gar nicht hier!« Sie wandte sich von mir ab, schnappte sich willkürlich ein Buch aus dem Schrank und legte sich auf das Sofa, das Buch vor ihrem Gesicht. Schmollte wie ein verzogenes Mädchen.

Ich ging in die Küche, um in Ruhe den Anruf zu erledigen. Es dauerte eine Weile, bis Helen abhob. Sie klang überrascht. »Bist du schon da?«

Ich sah auf meine Uhr. Zehn vor fünf. »Natürlich bin ich hier. Den ganzen Nachmittag schon.«

»Dumm von mir. Wie ist es dort? Funktioniert euer Brainstorming überhaupt?« Sie kam mir abwesend vor.

»Gut«, antwortete ich viel zu schnell, »zumindest schauen wir uns den Fall genau an und versuchen, die Nadel im Heuhaufen zu erkennen«.

»Schön«, entgegnete Helen.

Stille, bis ich diesen langen Moment überwand: »Geht es dir gut?«.

»Alles bestens hier. Kommt Adam zurecht?«

»Ja, er ist mit seinen Zahlen beschäftigt.«

»Schön«, wiederholte Helen.

»Okay, bis morgen Abend!«

»Bis morgen …«, antwortete meine Frau und legte auf, bevor ich mich von ihr verabschieden konnte.

Amal lehnte sich an das Bücherregal direkt hinter der Tür. Ihr Gewicht ruhte auf einem Bein, sodass ihre knöcherne linke Hüfte eine gewisse Rundung zeigte. Noch immer trug sie nur ihren weißen Schlüpfer und ihr Top. Sie streckte mir ihr Weinglas entgegen und schaute mich durch das konvexe Glas erwartungsvoll an.

Langsam kam sie auf mich zu, drückte sich an mich und nahm mir das Handy aus den Händen. Ich widersetzte mich nicht, ließ es geschehen.

»Gehörst du jetzt wieder mir?«, flüsterte sie mir mit der Stimme eines Kindes ins Ohr, das spielen möchte. Eine kurze Stimme, mit beinahe trockener Lautbildung. Sie wartete nicht auf meine Antwort, sondern wandte sich entschlossen von mir ab, ging ins Wohnzimmer und warf das Telefon auf die Couch. Dann breitete sie ihre Arme aus. »Ich habe eine Überraschung für dich. Ich habe etwas in diesem Raum verändert. Kannst du es erkennen?« Sie lachte schrill.

Amal war offensichtlich dabei, sich zu betrinken. Die tröstliche Wirkung des Weins zeigte sich schon allzu deutlich. Mir war in diesem Augenblick nicht nach einem ihrer Paukenschläge zumute. Ich ahnte nichts Gutes.

»Mir fällt nichts auf«, antwortete ich gereizt.

Amal nahm einen großen Schluck Wein. »Sieh doch genau hin«, sagte sie verschlagen lächelnd. Dann taumelte sie zum Kamin. »Komm schon. Streng dich an, Mister Kreativdirektor.«

Ich ging auf sie zu und betrachtete mir die Holzklötze unter dem Kamin.

»Warm, warm, wärmer.« Amal lehnte sich gegen den Kaminsims. »Oh, du bist jetzt ganz nah dran.« Es machte ihr Spaß. In ihren Augen lag etwas Ungeheuerliches, das mich abstieß.

Urplötzlich schoss mir ein Gedanke durch den Kopf: *Ich könnte sie schlagen.*

»Heiß, heiß«, sagte sie mit einem betrunkenen Lächeln und neigte den Kopf zur Seite.

Da sah ich es. »Was zum Teufel hast du getan?«

Erst einen Augenblick innehalten und dich beruhigen, dachte ich, doch dann nahm ich wutentbrannt den Bilderrahmen vom Kamin, in dem eine Aufnahme von mir und Helen steckte. Amal hatte Helens Kopf aus dem Bild herausgerissen und ihn durch ihr Passfoto ersetzt. Es tat weh, diese Abnormität zu sehen. Amals Kopf war zu groß für Helens Körper – ein prall gefüllter Luftballon auf einem zierlichen Leib.

»Wie konntest du das nur tun?« Meine Stimme zitterte.

Amal rollte mit den Augen. »Sei kein verdammter Narr. Es ist nur ein kleiner Scherz«, johlte sie unerwartet laut. Dann warf sie das Weinglas mit einer unkontrollierten Armbewegung in den Kamin.

Ich versuchte, ruhig zu bleiben, aber es gelang mir nicht: »Ein Scherz? Das nennst du einen Scherz?« Ich hielt ihr den Bilderrahmen direkt vors Gesicht und hätte sie am liebsten damit geschlagen, hielt mich aber zurück.

Amal schob meinen Arm beiseite und ging an mir vorbei. »Jesses, du hast auch nicht den geringsten Sinn für Humor. Es ist nur ein blödes Foto!«

Ich atmete tief durch und zwang mich, leise zu reden.

»Für dich vielleicht. Aber dieses Foto steht seit zwei Jahren hier, und es gibt keinen Grund, es zu entfernen. Also, was soll ich deiner Meinung nach Helen sagen, wenn sie das nächste Mal hier ist?« Ich schwieg ein paar Sekunden lang, dann wurde ich lauter als beabsichtigt und schrie sie an. »Dass dies das Werk von Gnomen ist?«

»Warum nicht?«, sagte sie unvermutet ruhig und fügte verächtlich hinzu: »Oder erklär ihr doch, dass du so einsam warst, dass du ihr Gesicht zum Wichsen gebraucht hast.«

Amal stieß mich so fest von sich, dass mir der Bilderrahmen aus den Händen glitt und das Glas auf dem Marmorboden zerbrach. Ihre Augen strahlten eine diabolische Dunkelheit aus, die ich so noch nie an ihr wahrgenommen hatte, nicht einmal bei höchster Ekstase.

Sie ging mit großen Schritten durch das Wohnzimmer, schob die Schiebetüren auf und betrat die Terrasse. Setzte sie sich auf die Schaukel. Starrte eine Weile in meine Richtung, wandte sich dann aber von mir ab.

Ich neigte meinen Kopf. Helens herausgerissenes Gesicht lag lächelnd zu meinen Füßen.

TORNADO

Vor etwa eineinhalb Jahren, an einem sonnigen Tag, kam Jason Turner zu mir ins *Paradies.* Ich sah dem Notar an, wie unwohl er sich in dieser Umgebung fühlte. Es gibt Orte, die stets etwas Bedrückendes hervorrufen. Draußen ist der Himmel strahlend blau, aber trotzdem strahlt das Gebäude das Böse aus. Es hängt in der Luft, in den Atomen, und man möchte schreiend davonlaufen.

Als er mir griesgrämig in seinem schwarzen Anzug hinter der Glaswand gegenübersaß, den Aktenkoffer auf seinem Schoß, seine linke Hand mit dem neongelben Stempel, den sie Besuchern aufdrücken, fest um den Griff geschlungen, erinnerte er mich eher an einen Bestatter. Nur der Zylinder und der spitze Adamsapfel fehlten.

Jason griff zum Hörer. »Ich habe Krankenhäuser immer als besonders unangenehm empfunden, aber das hier …«, begrüßte er mich. »Ich denke, das ist eine Leichenhalle für Menschen, die den Tod spüren, obwohl sie noch nicht tot sind.« Er sah sich unbehaglich um und hob seine Nase geräuschvoll an.

»Danke für deine anregenden Worte, Jason«, entgegnete ich. Ich meinte es ernst. Von meinem Notar akzeptierte ich solche Bemerkungen. Er war stets aufrichtig und drückte sich unmissverständlich aus. Ich wusste, dass ich mich auf ihn verlassen konnte.

»Was mache ich hier, Tom?«, fragte er.

»Du bist gekommen, um mir behilflich zu sein. Ich brauche dich, um ein paar geschäftliche Angelegenheiten zu erledigen.«

»Geschäftlich? Was für ein Geschäft?« Argwohn, aber auch eine Prise Ironie lag in seinen Augen.

»Weißt du, wer hier vor dir sitzt? Die meisten Leute sind hier, weil sie Kriminelle sind, aber die Tatsache, dass ich hier bin, bedeutet nicht, dass ich kriminell oder in ein Kapitalverbrechen verwickelt bin.«

»Sicher, sicher.« Jason schnaubte. »Du bist nur ein verurteilter Mörder.«

»Hör zu! In sechzehn Monaten bin ich tot. Ich möchte mein Erbe regeln und das Fortbestehen der Werbeagentur testamentarisch absichern. Die Firma soll nach meinem Tod weiterhin existieren.«

»Tod. Ja, stimmt. Tod. Okay.« Jason Turner holte tief Luft, lächelte. »Willst du die Agentur verkaufen?«

Ich schüttelte den Kopf. »Nein, mein Vater wird sie übernehmen. Das stand bereits fest, bevor ich in diese Scheiße geriet. Es geht um eine neue Gesellschaft und um das Erbe.«

Jason hob eine Augenbraue. »Erbe? Soll deine Frau aus dem Testament gestrichen werden?«

Ich beugte mich näher zur Glasscheibe vor und flüsterte in den Hörer »Nein, ich möchte, dass sie *mehr* bekommt. Sie soll all das erhalten, was ihr zusteht.«

Jason sah mich erstaunt an. »Mehr?«

Ich nickte. »Richtig. Mehr. Ich kann sie doch nicht mit leeren Händen zurücklassen, nach allem, was passiert ist?«

Jason legte den Hörer zur Seite, schob den Stuhl etwas zurück und öffnete den Aktenkoffer auf seinem Schoß. Wenig später hielt er einen Stapel Papiere vor die Glasscheibe.

Ich konnte es nicht hören, sah aber, dass er wieder schnaubte. Dann griff er erneut zum Hörer, klemmte ihn zwischen Schulter und Ohr und blätterte durch die Papiere.

»Warte einen Moment! Verstehe ich das richtig? Als du geheiratet hast, hast du Helen diesen Ehevertrag unterschreiben lassen, in dem sie erklärt, dass sie auf ihre gesetzlichen Rechte und Ansprüche verzichtet – übrigens ohne dass Helen wusste, was sie da unterschrieb – und im Falle einer Scheidung eine gesonderte Vereinbarung mit dir treffen wird. Richtig? Und nun möchtest du ihr ebendiese Rechte einräumen?«

Als Helen und ich heirateten, hatte mein Vater mir geraten, vorab einen Ehevertrag zu schließen. »Du kannst nicht einmal dir selbst vertrauen, geschweige denn jemand anderem«, sagte er zwei Monate vor der Hochzeit. Einen Monat später gestand ich ihm, dass ich mich bei dem Gedanken, meiner Ehe mit Helen Bedingungen aufzuerlegen, unwohl fühlte.

»Unwohl?«, erwiderte mein Vater aufgebracht. »Weißt du, mein Junge, was ärgerlich wäre, wenn du deine Firma verkaufen müsstest, weil Helen dich verlassen will. Der ganze Ärger beginnt, wenn das Vermögen aufgeteilt werden muss. Da werden die Menschen zu Piranhas. Dann wirst du dich nicht nur *unwohl* fühlen, sondern dich verfluchen, dass du meinen Rat nicht befolgt hast. Sei vernünftig und schließe deine zukünftige Frau von all deinem Besitz und deinen Errungenschaften aus.«

Ich glaubte meinem Vater und ließ von Jason einen Ehevertrag ausarbeiten. Aber ich wagte es nicht, Helen aufzuklären. Ich sagte nur, dass der Vertrag im Falle einer Insolvenz der Werbeagentur oder meines Todes unser Privatvermögen schützen würde. Sie unterschrieb jede Seite, ohne das Dokument zu lesen.

»Du hast mich schon richtig verstanden, Jason«, sagte ich nach meiner Gedankenpause.

Jason hörte auf zu blättern, schloss den Aktenkoffer und sah mich ungerührt an. »Gut. Was soll geändert werden?«

»Zunächst möchte ich, dass du zum 1. Januar eine neue Personengesellschaft mit dem Namen TORNADO gründest.«

»Tornado? Ist das dein Ernst?«

»Ja. Tornado wie ein Hurrikan. Natürlich sind mein Vater, Helen und ich die einzigen Gesellschafter dieser Kommanditgesellschaft. Du entnimmst die gesetzlich vorgeschriebene Einlage für das Startkapital aus meiner Firma. TORNADO übernimmt übrigens auch die Mitarbeiter meiner Firma.«

»Dann wird jeder Mitarbeiter einen neuen Vertrag erhalten, weil sie dann Angestellte von TORNADO sind.« Jason machte sich Notizen. »Helen wird vor Freude an die Decke springen. Sie wird nach deinem ... äh ... Tod eine steinreiche Frau.«

»Wenn du das sagst. Kümmere dich bitte darum«, fuhr ich fort. »Die neue KG wird jedoch erst dann offiziell ihre Tätigkeit aufnehmen, wenn ich es sage. Bis dahin wird sie nach außen hin keine Geschäfte abwickeln und keine Verträge abschließen. Ich gebe dir alle Vollmachten und wünsche, dass du diese Dinge auch nicht mit Adam More besprichst. Er arbeitet ab sofort nicht mehr für meine Firma; ich möchte, dass du eine andere Wirtschaftskanzlei für mich findest. Mein Vater kann dich beraten. Und tu mir bitte einen Gefallen und setze für Adam ein Schreiben auf, in dem du ihm mitteilst, dass wir seine Dienste nicht mehr in Anspruch nehmen werden.«

Jason blickte von seinem Notizblock auf. »Adam ist dein Freund.«

»*War* mein Freund«, sagte ich emotionslos.

»Was ist passiert?«

»Regel die Dinge bitte einfach nur für mich, Jason.«

Jason schnaubte zweimal hintereinander und legte den Notizblock in den Aktenkoffer. »Warum möchtest du das alles?« Er klopfte mit der Rückseite des Stifts auf den Aktenkoffer.

Ich zuckte mit den Schultern: »Muss alles immer einen Grund haben?«

Er schenkte mir das feine Lächeln eines Notars. »Ich denke schon. Was glaubst du?«

Ich dachte an die Worte meines Vaters, wenn ihn jemand um seine Meinung bat. »Wenn ich schon an etwas glauben soll, dann an das Glück«, antwortete ich und stand auf. »Auf Wiedersehen, Jason!«

Wieder in meiner Zelle legte ich mich aufs Bett, schloss die Augen und ließ mich fallen.

Denkst du etwa über deine Sünden nach?

An den Tagen nach dem Wochenende in Hubbard Country fuhr ich mehrmals pro Woche zu Amal. Ich war ohnehin schon zu weit gegangen, um jetzt noch Zweifel zu haben. Ich tat es mit beschleunigtem Puls und pochendem Herzen, ohne mich jedoch Helen gegenüber schuldig zu fühlen. Ich sprach mich frei, weil meine Frau mir erlaubte, sie jederzeit zu nehmen, wann mir danach war, und weil sie mich dabei stets ihre emotionale Kälte spüren ließ. So benutzte ich Helens Mangel an Empathie als Entschuldigung, um weiterhin meine Studentin zu besuchen. Ich redete mir sogar ein, dass ich Helen dadurch entlastete.

Jede Begegnung mit Amal endete mit einem *Vergnügungsprogramm,* wie Amal den Sex nannte, und von Mal zu Mal begegneten sich unsere Körper intimer. Ich streichelte sie überall in der Wärme ihres Bettes, und sie flüsterte mir nach jedem Orgasmus *Hollow Man* ins Ohr. Ihr Körper passte sich jedem meiner sexuellen Wünsche an und stellte sich vollkommen auf meinen Körper ein.

Ich begann, Amal mit ganz anderen Augen zu betrachten. Ihr Gesicht erwies sich nun als weniger hässlich, die hohen und kantigen Wangenknochen gaben ihr ein slawisches Aussehen, und ich fand das auf einmal ziemlich aufregend. Ihre Haut wurde prall und feinporig, ihr Körper geschmeidig. Sie wurde immer schöner, weicher und weiblicher. Die großen

Schritte, mit denen sie immer vor mir ins Schlafzimmer ging, waren mit einem Mal nicht mehr maskulin, sondern energisch. Und in ihrer Unvollkommenheit lag eine unwiderstehliche Anziehungskraft.

Ihr Anblick entfachte meine Begierde immer wieder aufs Neue. Manchmal hatte sie den glühenden Wunsch, sich selbst zu berühren, und ihre Erregung steigerte sich noch, wenn sie es sich versagte. Sie übte Verzicht, damit es, wenn sie sich mir hingab, noch leidenschaftlicher wurde. Sie wusste, dass sie mich mit ihrer Hemmungslosigkeit immer wieder überraschte, doch ich nahm das wortlos hin und schenkte ihr das, was sie brauchte. Doch das konnte nicht lange gut gehen, und so kam der Tag, an dem sie mir wieder ihr wahres Gesicht zeigte.

Vierzehn Tage nach dem Wochenende in Hubbard Country lud ich sie zu einem Abendessen ins Restaurant ein. Bislang hatten wir uns noch nie in der Öffentlichkeit gezeigt, aber die zunehmende Vertrautheit machte uns übermütig.

Auch diesmal wartete sie bereits auf mich, als ich die Terrasse betrat, aber sie winkte mir nicht freudig zu, während ich auf sie zuging. Sie bewegte sich überhaupt nicht, starrte auf ihren Schoß, zupfte an ihren Fingern und blickte nicht einmal hoch, als ich mich an den Tisch setzte.

Ich spürte sofort das Gewitter in ihr. Ein Sturm kam auf, da war ich mir sicher. Dennoch fragte ich scherzhaft: »Denkst du etwa über deine Sünden nach?«

Amal sah mich über den Rand ihrer Sonnenbrille an. »Über Sünden nachdenken? Das klingt eher nach dir«, antwortete sie bissig, stand auf und entfernte sich in das Innere des Restaurants.

Ich war verwirrt. Offenbar hatte ich das Falsche gesagt. Oder hatte ich damit versehentlich einen Nerv getroffen?

Der Stuhl auf der anderen Seite des Tisches blieb fast eine Viertelstunde leer. Den Kellner, der eine Bestellung aufnehmen wollte, bat ich, später wiederzukommen.

Ich machte mir langsam Sorgen. Vielleicht war ihr auf der Toilette unwohl geworden, ob ich mal nachsehen sollte? Oder wäre es besser, noch eine Weile zu warten? Ich war ungeübt in diesen Dingen.

Ich stand auf, schaute auf meine Armbanduhr, setzte mich wieder, sah mich um, schaute wieder auf die Uhr. Biss mir nervös auf die Unterlippe.

Als ich den Kellner ein zweites Mal wegschicken musste, erhob ich mich, um hineinzugehen. Im selben Moment betrat Amal mit angehobenem Kinn und zu einem schmalen Strich zusammengepressten Lippen wieder die Terrasse und setzte sich wortlos hin.

Ich räusperte mich. »Du hast eine Viertelstunde gebraucht.«

»Ja, fünfzehn Minuten können eine Ewigkeit sein«, keifte sie mich an.

Ich antwortete nicht, was hätte ich sagen sollen? Dass eine Viertelstunde mitunter ewig sein konnte, wenn man auf jemand wartete?

Amal schüttelte verärgert den Kopf. »Weißt du, wo ich war? Ich war nur da drinnen, saß an der Bar auf einem Hocker. Eine Viertelstunde lang!« Sie betonte die letzten drei Worte mit lauter Stimme.

Ich schob meinen Stuhl um den Tisch und setzte mich direkt neben sie. Ich hatte wieder die hässliche Szene vom Wochenende in Hubbard Country vor Augen. Ich war auf der Hut, denn ich befürchtete, dass sie wieder ausfallend werden könnte.

»Warum?«, fragte ich leise. »Warum solltest du fünfzehn

Minuten da drinnen sitzen wollen, wenn ich hier draußen auf dich warte?«

»Weil du mich auch fünfzehn Minuten hast warten lassen, Klugscheißer«, zischte sie.

Ich sah auf meine Uhr. Sie hatte recht. Wir waren vor einer halben Stunde verabredet gewesen. Ich war bereits seit fünfzehn Minuten hier, so hatte ich mich um eine Viertelstunde verspätet. Im Stadtverkehr ging die Zeit leicht verloren: eine Baustelle, eine Lkw-Entladung, überfüllte Straßen, rote Verkehrsampeln. Ein Stadtmensch rechnete mit Verzögerungen. Ich hatte mir nichts dabei gedacht.

Ich presste meine Zähne zusammen und ballte meine Hände zu Fäusten. Sie ist verrückt, dachte ich. Ich wollte ihr sagen, dass mich ihr ganzes Gehabe anwidere, dass sie so unberechenbar wie ein bockiges kleines Kind sei. *Bei einem Erwachsenen nannte man das wohl infantil, oder Amal?*

Aber bevor nur ein einziges Wort über meine Lippen kam, lachte Amal unerwartet laut auf. Sie beugte sich vor und küsste mich auf den Mund. »Ich habe dir ein Weizen bestellt. Du magst doch Weizen, oder?«

Die Antwort auf diese Frage, die wie ein Nachhall aus der Vergangenheit war, hätte lauten sollen: *Ja, aber nicht mehr in deiner Gegenwart. Es ist vorbei, Amal, aus und vorbei.*

Aber ich blieb still sitzen, und fünf Minuten später leerte ich meinen Giftbecher bis zum letzten Tropfen.

Ein großer Auftritt

Nachmittags um fünf nach drei wird mir mit aller Macht bewusst, was dieser Brief bedeutet. Dass ich in acht Tagen tot sein werde. Zum ersten Mal seit meinem Aufenthalt im *Paradies* gibt es etwas wirklich Klares und Unumkehrbares. Ich fühle mich fast schon erlöst. Die unsichtbare Hand, die mir vor dem Lesen der Ankündigung meines Todes die Kehle zu zerquetschen schien, hat mich wieder losgelassen, und ich möchte jetzt am liebsten meine Augen schließen und schlafen.

Doch dafür bin zu aufgewühlt. Da mein Ableben eine konkrete Zeitangabe erhalten hat, denke ich an meine Ankunft im *Paradies* zurück. Das ist jetzt zwei Jahre her. Ich hatte mir ein grandios inszeniertes Entree vorgestellt, in dem ich mit hoch erhobenem Kopf und selbstbewusstem Blick das Gefängnis betreten würde. So gelassen wie Tim Robbins in *Die Verurteilten.* Ich wollte den Häftlingen meinen unzerbrechlichen Stolz zeigen, damit sie gleich merkten, dass ich hier nicht hingehörte – zwischen all den Abschaum, in diesen muffigen Geruch und diese kalte Leere.

Aber in dem Moment, als die Tür hinter mir ins Schloss fiel, strömte alle Selbstsicherheit aus mir heraus. Ich stand in meiner Gefängniskluft am Anfang der langen, hohen Halle, durch die ich gehen musste, um zum Todestrakt Nord zu gelangen. Ich folgte dem endlosen Korridor, der verlassen wirkte. Meine Schritte hallten von den Wänden wider. Die gelblich verblasste Mauer und das grelle Neonlicht der Deckenbeleuchtung übertrugen ihre Farbe auf das Gesicht des Wachmannes neben mir und verliehen ihm eine gespenstische Blässe.

Ich folgte der Wache und bemerkte, dass ich langsam die Kontrolle über meine Muskulatur verlor. Alles zitterte unter dem Baumwollanzug, unter meiner Haut brodelte es in meinen Magen, und mein Herz zersprang fast in der Brust. Ich atmete tief durch und ballte meine Hände zu Fäusten, um die Spannung im Körper einigermaßen aufrechtzuerhalten. Ich wollte mich auf der Stelle umdrehen, umkehren und wieder durch die Gittertür in die Freiheit rennen, zurück in meine Welt, zu meinem Vater, zu meiner Frau, zu Adam, meinem Steuerberater und meinem Notar. Sie alle anrufen. Mit ihnen reden. Es ihnen erklären. Das sollte ich tun. Zeit, ich brauchte mehr Zeit, um mein Leben in Ordnung zu bringen. Wussten meine leitenden Angestellten, wie sie die Werbeagentur erfolgreich weiterführen konnten? Wusste mein Vater, was auf ihn zukam? Würde Helen sich um unser Anwesen in Southampton kümmern? Wusste sie, dass der Porsche zur Inspektion musste? Dass der Wartungsvertrag demnächst auslief? Man brauchte mich doch!

Blut schoss mir in die Wangen, meine Ohren rauschten, und jeder Schritt, jede Vorwärtsbewegung kostete mich unendliche Mühe, denn eine unsichtbare Hand hatte mich ergriffen und zwang mich zu Boden. Mein Atem beschleunigte sich. Vor meinen Augen sprenkelte sich die Dunkelheit, die kalt war und mich wie ein Tornado in die Tiefe zog, bis eine Stimme mich wieder aus der Schwärze zurückholte.

Ich lag ausgestreckt auf dem Betonboden, ein Wachmann – Goodman, wie ich später erfuhr – beugte sich über mich. Mein Kiefer schmerzte, und Blut aus einer tiefen Platzwunde floss an meiner rechten Schläfe entlang. Aus dem Flügel Ost eilte eine zweite Wache herbei, begleitet von aufbrandendem Jubel und Applaus.

So haben die Häftlinge mich doch wie einen Star empfangen, weil es sie amüsierte, dass ich das Bewusstsein verloren hatte.

Die zwei Jahre seit meinem großen Auftritt sind wie von einem heftigen Windstoß hinweggefegt worden. Ich hätte es nie zugegeben, aber ich habe oft gehofft, dass sich das Blatt doch noch zu meinen Gunsten wendet, zumindest bis mein Vater während eines seiner Besuche diesen geheimen Wunsch mit einer seiner Lebensweisheiten erstickte: »Vergiss die Hoffnung, mein Junge, sie ist eine gefährliche Sache. Hoffnung kann dich in den Wahnsinn treiben. Am besten, du hältst dir das immer vor Augen, denn hier musst du dein Leben auf den einfachsten Nenner bringen: Du musst dich entscheiden, ob du während der Zeit, die dir noch bleibt, leben oder langsam sterben willst. Nur darum geht es noch.«

Und nun nähert sich mein Ende. Der Brief liegt neben der Schreibmaschine, oben auf dem Stapel der leeren A4-Seiten. Ich habe ihn bis zu zehnmal gelesen und weiß nun auswendig, was passieren wird: Drei Injektionen werden mich in einen schmerzfreien Tod treiben. Drei aufeinanderfolgende Injektionen von äußerst giftigen Substanzen. Das klingt nicht unbedingt schmerzlos, aber im Vergleich zu den Methoden, die in anderen Gefängnissen praktiziert werden, erscheint mir der Tod durch drei Injektionen geradezu wohltuend. Eine Erlösung. Kein Stromschlag, der brutal versucht, den Herzrhythmus zu unterbrechen, und der das Herz in Stücke reißt, kein Galgen, der die Halswirbelsäule bricht, keine Gasdusche, in der eine unsichtbare Gewalt ihre Hände um meinen Hals legt und meine Lungen schmoren lässt.

Ich muss auch nicht in den Lauf einer Waffe schauen, kein Klacken und keinen Schuss hören, bevor eine Kugel in meinen Kopf eindringt, und ich werde nicht kahl geschoren, um den Stromfluss meines letzten Throns zu optimieren. Es werden keine Sandsäcke um meinen Stuhl deponiert, um mein Blut aufzufangen, wenn ich von Kugeln durchsiebt werde. Ich werde höchstens im Sitzen gefesselt, sodass ich mich dem Eindringen der dicken Nadel nicht widersetzen kann. Mein Tod wird ein stiller Tod sein; ich kann mich hinlegen und ihn genießen, wenn er langsam zu mir kommt.

Ich nehme den Brief wieder in die Hand und lese ihn erneut, gehe dabei im Kreis durch meine Zelle. Mein Versuch, dir Komplexität der Ereignisse zu erfassen, bringt mich unmerklich ins Grübeln.

In acht Tagen holt mich eine der Wachen aus meiner Zelle und bringt mich in die Todeszelle, in der ich mich in Ruhe auf die Hinrichtung vorbereiten kann. Ich kriege dort eine letzte Mahlzeit, die ich mir aussuchen darf, und man schenkt mir Zeit, um noch einmal über meine Sünden nachzudenken. Der Pfarrer kommt vorbei, um mit mir zu beten oder zumindest allein für meine Seele zu beten, und wenn ich das Bedürfnis danach verspüre, darf ich sogar noch kurz mit meiner Frau sprechen.

Ich werde dieses Bedürfnis allerdings nicht haben.

Um Viertel vor drei beginnt das Protokoll. Eine Wache wird mich in den ›Weißen Raum‹ bringen. Keiner der Gefangenen weiß, wie dieser mysteriöse Raum aussieht, denn jeder, der ihn betritt, verlässt ihn nicht mehr lebend. Doch natürlich kursieren Geschichten über eine weiße Wand, aus der drei dünne, transparente Schläuche ragen. Die Schläuche sind jeweils mit einer Nadel verbunden, und das Gift wird mit erschreckender Geschwindigkeit durch sie in meinen Körper strömen. Die Schläuche sind transparent, sodass die Familienmitglieder des Opfers, die im Zuschauerraum vor Hass schäumen, dem Gift dabei zusehen können, wie es in die Venen fließt.

Der Tod kommt in drei Etappen: Zuerst werde ich mit einem Schlafmittel in einen Rauschzustand versetzt, sodass ich nicht mehr mitbekomme, wie alle Muskeln in meinem Körper erlahmen. Die zweite Injektion lässt meine Lungen implodieren. Das dritte Gift ist der Gnadenstoß, der mein Herz zum Stillstand bringt. Ich kann selbst entscheiden, ob ich die Zuschauer während der Hinrichtung anschauen möchte. Das ist die letzte Möglichkeit, meiner Frau in die Augen zu sehen.

Dieses Bedürfnis werde ich *gewiss* haben.

Liebesbotschaften

In der darauffolgenden Woche fuhr ich nicht nach Foster Crossing und suchte Amal nicht auf. Der Grund lag nicht unbedingt an ihrem merkwürdigen Anfall, der den ganzen Abend ruiniert hatte. Auch wenn ich mit Befremden an ihren Wutausbruch wegen dieser Lappalie zurückdachte und auf dem Heimweg zwischen uns eine Kälte herrschte, hielt mich nicht das von ihr fern.

Unterrichtsvorbereitungen, Meetings, ein Geschäftsessen mit einem Marketingleiter und einem Großkunden sowie mehrere Präsentationen neuer Kampagnen beschäftigten mich die ganze Woche über.

Außerdem brachte mir Helen überraschenderweise erstmals seit anderthalb Jahren wieder körperliche Zuneigung entgegen. Am Sonntagabend kroch sie ins Bett, streichelte und küsste mich, nahm meine Hand und führte sie langsam an ihre linke Brust, und als ich mich etwas später auf sie legte, stöhnte sie lustvoll auf. Aufgrund dieser unvorhersehbaren Zuneigung nagten die Treffen mit Amal an meinem Gewissen, und mein Verlangen nach ihr wurde von Schuldgefühlen gedämpft.

Am Mittwochnachmittag hatte ich einen Termin in der Zentrale von »Women's Life«, einem Franchiseunternehmen, das mit Schlankheitsmethoden für die Frau viel Umsatz gemacht hatte, aber dann ins Trudeln gekommen war. Das

Unternehmen hatte deshalb TOM gebeten, eine kreative Werbekampagne zu entwickeln. Die meisten Filialen der Firma wurden schlecht besucht, das Unternehmen hatte seit Jahren kleinere Verluste zu verzeichnen, und Untersuchungen hatten ergeben, dass nur fünf Prozent aller Frauen den Namen »Women's Life« mit einer Schlankheitsmethode in Verbindung brachten.

Ich war zehn Minuten vor Beginn der Präsentation im Konferenzraum, um mich vorzubereiten. Ich startete den Laptop und stellte die Geschenke – eine kleine Box mit einem Handtuch, auf das wir den Text *TOM & Women's Life – ziemlich beste Freunde* hatten drucken lassen – auf den großen Tisch, an denen die Entscheidungsträger Platz nehmen würden.

Obwohl ich viele Präsentationen für Kunden gemacht hatte, war ich angespannt, als wäre es mein erstes Mal. »Women's Life« war ein fetter Fisch; jeder Franchisenehmer musste einen stattlichen Anteil des Jahresbudgets investieren, um die landesweite Kampagne zu einem Erfolg zu machen, und das bedeutete, dass der Jahresumsatz von TOM um zwanzig Prozent steigen würde, wenn der Kunde diesen Schritt mit meiner Agentur wagte. Eine Woche zuvor hatte Adam bei der monatlichen Finanzbesprechung betont, dass TOM zwar nicht auf den Abschluss mit »Women's Life« angewiesen sei, der Auftrag aber eine willkommene Finanzspritze wäre.

Als die Franchiseunternehmerinnen den Präsentationsraum betraten, traf ich meine letzten Vorbereitungen und nahm mein Handy aus der Tasche, damit ich die Zeit im Auge behalten konnte. Die Geschichte, die ich ihnen erzählen wollte, sollte nicht länger als fünfzehn Minuten dauern. Die Konzentration der meisten Marketingmanager ließ dann nämlich nach.

Erst als ich das Handy auf den Tisch legte, sah ich die SMS.

Wo hast du dich denn vor mir versteckt? Love, deine geile Nymphe Amal.

Einerseits musste ich innerlich schmunzeln, andererseits fühlte ich mich unbehaglich, weshalb ich den Entschluss fasste, Amal erst nach dem Treffen vom Auto aus anzurufen.

Die Präsentation begann sehr gut, ich hatte die ganze Aufmerksamkeit und konnte die Damen in meine Geschichte einbeziehen. Sie hörten interessiert zu, nickten, was in der Regel ein gutes Zeichen war. Ich skizzierte das Bild einer Frau, die durch ein paar überflüssige Pfunde unsicher wurde und bei »Women's Life« ihr Selbstvertrauen zurückgewinnen konnte. Der Laptop warf das Bild einer Frau an die Wand, die sich nicht traute, in einem Laden für Bademoden die Umkleidekabine zu verlassen, um sich im Spiegel zu betrachten, aus Angst, dass der Badeanzug ihre überflüssigen Pfunde freilegen würde.

»Geben Sie es zu, meine Damen. Jede Frau kennt diese Momente der Unsicherheit. In einer Kabine oder wenn sie vor einer Gruppe steht und sich bückt, um eine Bowlingkugel zu werfen, am Strand oder zu Hause vor dem Spiegel. Und gerade wegen solcher Momente will Frau ihre schlanke Linie zurück. Wer fühlt sich schon gerne unsicher? Niemand. Und deshalb streckt ›Women's Life‹ den Frauen die helfende Hand entgegen und schenkt ihnen den Körper, der sie mit Stolz erfüllt. Dank ›Women's Life‹ werden alle Frauen bald so aus den Kabinen treten …«

Ich zeigte die Aufnahme einer selbstbewussten Frau, die vor der Umkleidekabine im Badeanzug stand, die Hände auf den Hüften, und sich selbst anerkennend im Spiegel betrachtete.

Als ich das nächste Foto an die Wand projizieren wollte, zuckte ich zusammen, weil mir mit einem Mal klar wurde, warum ich mich bei Amals SMS so unbehaglich gefühlt hatte. Woher hatte sie meine Rufnummer? Ich hatte sie bewusst nicht an sie weitergegeben, weil ich das Risiko vermeiden wollte, dass Amal mich anrufen oder mir eine SMS schicken konnte, wenn Helen in der Nähe war.

Ich suchte nach Worten, weil ich nicht mehr wusste, was ich sagen wollte. Die Damen warteten, aber als sie den Eindruck bekamen, dass ich den Faden verloren hatte, kicherten sie leise.

Ich stammelte: »A… also, nach… nachdem wir dieses Bild g… gesehen haben, kommen wir zur nächsten Aufnahme, d… die …«

Mein Handy vibrierte. Nur einmal. Eine weitere SMS traf ein.

Ich atmete tief durch, riss mich zusammen und sprach so ruhig wie möglich: »Entschuldigen Sie! Ich meine, die Botschaft an alle Frauen ist: Zeig ihnen, wer du bist! Das wird das Motto der Kampagne sein. ›Women's Life‹ verhilft dir dazu, den anderen zu zeigen, wer du bist!«

Ich zog mit der Hand eine imaginäre Linie in die Luft, als ob ich den folgenden Satz unterstreichen würde, und fuhr fort. »›Zeig, wer du bist!‹, heißt unser knackiger Slogan. Die selbstbewusste Frau ist stolz auf ihren Körper und wagt es, sich zu zeigen. Sie zeigt uns überall, wer sie ist, auf der Bowlingbahn, *vor* der Umkleidekabine, am Strand, zu Hause vor dem Spiegel.«

Wieder vibrierte mein Handy, eine Minute später noch einmal. Ich war mir sicher, dass die Nachrichten von Amal stammten, und fragte mich nach wie vor, woher sie meine Nummer hatte. Hatte sie das College angerufen, um sich danach zu erkundigen? Nein, unmöglich, die Verwaltung hatte die Nummer meines Handys gar nicht. Es gab nur eine Möglichkeit, oder nein, es gab eigentlich zwei: Entweder hatte sie die Nummer von meiner Sekretärin bekommen, oder sie hatte es gewagt, meine Privatnummer anzurufen, und meine Handy-Nummer von Helen erhalten. Vor allem das letzte Szenario ließ mir den Atem stocken. Amal, die mit Helen sprach … Schweiß perlte auf meiner Stirn.

Ich hatte meine Präsentation noch nicht beendet. Die Entwicklung des Konzepts hatte ich noch gar nicht erklärt. Aber ich war dabei, die Beherrschung zu verlieren. Zwei Sätze spukten mir ständig durch den Kopf: *Amal hat meine Handynummer* und *da geht dein Umsatz den Bach runter.*

Unkonzentriert kürzte ich das Konzept der Kampagne. Ich wollte nur noch hier raus, musste herausfinden, woher Amal meine Nummer hatte. Ich beantwortete gezwungen lächelnd einige kritische Fragen der Damen und erhielt drei weitere Nachrichten von Amal, die mich wie Peitschenschläge trafen. Die Geschäftsführerin von »Women's Life« sah jedes Mal verärgert auf mein Handy, das ich nicht abstellen wollte, und erklärte nach zwanzig Minuten: »Danke für Ihre Präsentation, Sie werden von uns hören.«

Ich öffnete die Tür meines Wagens und schlug sie mit voller Wucht wieder zu, ohne einzusteigen. Ich lehnte mich vor und stützte mich mit den Händen am Dach ab, atmete tief ein und aus und stieg dann ein. Mein Herz pochte zu heftig, zu schnell in meiner Brust. Ich bekam kaum noch Luft.

Ich fuhr vom Parkplatz von »Women's Life«. Sobald ich außer Sichtweite war, parkte ich den Wagen am Straßenrand, nahm mit zitternden Fingern mein Handy und öffnete den Posteingang. Fünf neue Nachrichten.

15.45 Uhr: Zum letzten Mal: Wo steckst du? Amal.

Zwischen der ersten und zweiten Nachricht lagen höchstens zehn Minuten. In der nächsten SMS wurde sie noch ungeduldiger.

15.47 Uhr: Hast wohl keine Lust zu antworten? Bin ich nicht mal eine Entschuldigung wert, Werbeplayboy?

Darauf folgte eine weitere SMS:

15.48 Uhr: Wenn du mich zum Ficken brauchst, bist du in Windeseile da, und jetzt behandelst du mich wie eine Hure.

Ich starrte eine Weile auf den Text, scrollte zurück und las die Textnachrichten noch einmal. Ich suchte zwischen den Zeilen eine Spur Humor. Vergeblich.

15.49 Uhr: Du lässt mich schmoren, was? Ich werde deine verfickte Frau anrufen und mit ihr plaudern. Vielleicht weiß sie ja noch gar nicht, was für einen Dreckskerl sie geheiratet hat!

Ich las die SMS-Nachrichten noch einmal. Würde sie diese Drohung wahr machen? Meine Lippen waren trocken, mein Nacken völlig verspannt, unter meiner Jacke bekam ich Schweißausbrüche. Ich schaltete die Klimaanlage ein und aktivierte meine Adresse im Navi. Doch dann änderte ich meine Meinung. Was hätte ich Helen sagen sollen? Dass es da eine Studentin gab, die sie anrufen würde, um ihr mitzuteilen, dass ich es mit ihr trieb? Und dass die Lady einen Dachschaden hatte …

Ich öffnete die letzte Nachricht.

15.51 Uhr: Alternder Dozent vögelt seine junge Studentin. Na, wie findest du diese Schlagzeile, du Scheißkerl? Fick dich! Du hast bis 17.00 Uhr Zeit.

Ich stieß einen Fluch aus und schlug mit der Faust auf das Lenkrad, das einen Moment lang vibrierte. Dann warf ich mein Handy auf den Beifahrersitz, startete den Wagen und gab Gas. Kleine Kieselsteine sprangen hoch. Es war vier Uhr nachmittags. Wenn ich mich beeilen würde, könnte ich um halb fünf bei ihr sein, um alles zu beenden.

Amal hatte es endgültig zu weit getrieben.

Das musste aufhören!

Du bist ein Gewinner

Amal saß im Erdgeschoss auf der Fensterbank im Erker und blickte zu mir heraus. Sie rührte sich nicht.

Ich stand auf dem Bürgersteig vor ihrer Haustür und klingelte immer wieder, schlug meine Faust gegen die Tür, schrie durch den Briefkasten, dass sie verdammt noch mal öffnen sollte. Ich entfernte mich ein paar Schritte.

Ein alter Mann ging mit seinem Hund an mir vorbei – ich erinnerte mich, dass ich ihn schon früher einmal gesehen hatte. Ich kehrte wieder zur Haustür zurück, als er um die Ecke verschwunden war, trat dagegen, aber Amal starrte mich von ihrem Fensterbrett aus immer nur an – mit dem Traumfänger zwischen uns. Sie lehnte ihren Kopf gegen den Rahmen, hatte ihre Arme überkreuzt und schnupperte wie eine Katze in der Luft. Manchmal lag ein verächtliches Lächeln auf ihren Lippen.

Ich musste ihr die Meinung sagen. Niemand konnte so mit mir umspringen, wie sie es an diesem Nachmittag getan hatte. Ich hielt mich für einen freundlichen Menschen, aber wenn jemand mich ungerecht behandelte oder mir gar drohte, konnte ich schnell sehr unangenehm werden.

Wieder trat ich gegen die Tür und brüllte durch den Briefkasten: »Öffne die verdammte Tür, ich muss mit dir reden!« Als sie immer noch nicht reagierte, stellte ich mich vors Fenster, brachte mein Gesicht direkt vor das ihre und sah ihr einen Moment lang fest in die Augen.

»Aufmachen! Sofort!«, zischte ich und zeigte mit dem Finger auf die Haustür. »Oder ich zertrümmere die Scheibe!«

Amal zeigte ein spöttisches Lächeln, stand auf, entfernte sich vom Fenster und verschwand aus meinem Blickfeld. Ich ging zur Tür, atmete tief durch, ballte langsam meine Hände zu Fäusten, sodass meine Knöchel weiß hervortraten, und lockerte sie wieder. Die Anspannung in Hals und Schultern ließ langsam nach. Ich wiederholte die Übung, schloss kurz meine Augen, atmete tief ein und langsam aus. Dann hatte ich mich einigermaßen wieder im Griff. Doch als ich meine Augen öffnete, saß Amal wieder im Erker auf der Fensterbank, jetzt mit einer Tasse Tee in der Hand. Genüsslich trank sie. Die Kontrolle über meinen Körper war sofort dahin: zitternd, schweißnass, vor allem die Hände, erhöhter Puls, wilder Herzschlag, ein Zustand mörderischer Wut.

Ich holte mit den Fäusten vor der Scheibe aus und ließ sie gleich wieder sinken. Ich war machtlos, aber ich *musste* mit ihr reden. Ich *musste* mich vergewissern, dass sie Helen auf keinen Fall anrufen würde. Langsam beugte ich mich vor, öffnete den Briefkasten und sagte mit möglichst sanfter Stimme: »Amal, bitte öffne die Tür für mich! Bitte lass mich rein …« Es war die Stimme der Kapitulation.

Sie stand auf und machte wenige Sekunden später die Tür auf. »Hättest du mich sofort höflich gebeten, hättest du dir jede Menge Zeit erspart.«

Ich schluckte, da ich glaubte, dabei einen Funken Wahn in ihren Augen aufblitzen zu sehen. Es hätte mir eine Warnung sein sollen.

War es bereits der Augenkontakt an der Tür, der mich

unterwarf, die gelangweilte Lässigkeit ihres Körpers und dazu der samtene Ton ihrer Stimme?

Ein einziger Satz, ein kaum merkliches Nicken, ein Schulterzucken, kleine, emotional aufgeladene Gesten in dem dämmrigen Wohnzimmer. Und schon war ich entwaffnet. Ich war bereits verloren, als sie die Tür hinter mir ins Schloss warf und mir ins Ohr flüsterte: »Du bist geil, nicht wahr?«, als ginge es nur darum, dass ich Sex brauchte.

Ich folgte ihr zum Bett, weil ich wusste, dass ich Amal nicht aufhalten konnte. Sie hatte nicht lange gebraucht, um meine dunkle, glühende Leidenschaft zu entdecken, die mit Sex allein nicht zu stillen war. Aber sie schien alle Linderungen zu kennen.

Einmal brach im Bett meine aufgestaute Wut aus mir heraus, und etwas Tiefes und erschreckend Beängstigendes kam hervor. Ich nahm sie brutal und tat ihr weh, aber sie stachelte mich sogar noch an. Kurz bevor ich in ihr kam, stöhnte sie: »Solange du mir gehörst, muss deine Frau nichts erfahren.«

Eine halbe Stunde später zog ich mich wieder an. Ich wollte so schnell wie möglich zu Helen nach Hause. Von hier verschwinden. Alles, woran ich dachte, war, dass es aufhören musste.

Nackt auf ihrem Rücken, die Hände über dem Bauch gefaltet, beobachtete Amal mich. Ich hingegen lauschte den wütenden Worten meiner inneren Stimme, die sich zu einer leidenschaftlichen Hasstirade steigerten: *Sag es ihr! Sag ihr, dass es vorbei ist!* Aber ich schwieg.

Als ich gehen wollte, öffnete Amal die Schublade ihres Nachttischchens und nahm ein Päckchen heraus. »Ein Geschenk für dich«, sagte sie ein wenig schüchtern.

Es war ein Lederbändchen, an dem ein Lederbeutel hing.
»Das ist eine Mesa, sie stammt aus der Kultur der Indianer. Schau dir den Beutel an!«
Ich öffnete das lederne Säckchen. Es enthielt eine Notiz in schönen, handgeschriebenen Ornamentbuchstaben.
»Junge Indianer bekommen eine Mesa, wenn sie Mut oder Reife bewiesen haben. Durch die Mesa erhalten sie einen irdischen Namen oder einen Beinamen.« Amal zeigte auf die Notiz. »Lies es!«
Ich nahm den Zettel in die Hand.

Du bist ein Gewinner. Ein Krieger, der die größte Beute jagt. Deine Geduld wird dich an Orte führen, die außer dir niemand erreicht. Im Konflikt bist du manchmal unsicher, aber im Handeln entschlossen. Dein irdischer Name wird *Der aufrechte Stier* sein.

Amal lächelte schüchtern. »Es ist speziell für dich ausgewählt.«
Der Beutel war eine nette Geste, mit der ich nicht gerechnet hatte. Ich wusste nicht, was ich sagen sollte.
An der Tür küsste sie mich zum Abschied auf die Stirn. »Bis Samstag!«, sagte sie leise.
Ich runzelte die Stirn. »Samstag? Samstag kann ich nicht. Tut mir leid.«
»Ich sagte: Bis Samstag! Du hörst mir wohl nicht richtig zu.« Amal sah mich noch immer freundlich an, dennoch lauerte etwas Gefährliches in ihren Augen.
»Amal, ich würde wirklich gerne kommen, aber es geht nicht. Ich gebe am Samstag eine Gartenparty. Helen …«
Amal presste ihre Lippen zusammen. Ihr Gesicht verzog sich zu einer hässlichen Grimasse. Mir drehte sich der Magen um.

»Es ist ihr Geburtstag«, murmelte ich.

Amal öffnete die Tür und stieß mich unbeherrscht hinaus. »Montag, zwölf Uhr. Aber sei pünktlich!«

Sie schlug die Tür so heftig zu, dass selbst das Fenster vor dem Erker zitterte.

Geisternacht

Wenn ich in dieser Geschwindigkeit weiterschreibe, wird meine Geschichte in zwei Tagen auf dem Papier stehen. Endlich habe ich die Worte gefunden und den ursprünglichen Plot wieder klar im Kopf.

Kurz bevor Goodman heute Nachmittag seine Schicht beendet, sucht er mich für unser tägliches Ritual auf: Ich sitze hinter der Schreibmaschine, er öffnet die Luke, ich schau über meine Schulter, er lächelt, und ich zwinkere ihm zu. Wenn er dann den Eindruck hat, dass es gut läuft, verschwindet er wieder. Goodman weiß ohne Zweifel meinen rastlosen Geist zu beruhigen, sobald ich mich dem Schweigen und der Stille meiner Zelle anvertraue.

Mittlerweile senkt sich die Sonne am Horizont. Ich werfe einen Blick durch das vergitterte Fenster. Die Luft wird in der Dämmerung stets blau, beinahe violett, und kalt. In diesem Licht verschwinden alle Details des Tages. Und wenn der Mond später am Himmel schillert, ist die Dunkelheit samtig und hüllt mich in meine Zelle ein.

Ich scheue manchmal die Nächte. Sobald sich die Tür schließt, ist jeder Häftling wieder eingesperrt – mit sich und seinen Dämonen. Vor dem Einbruch der Nacht kommt mir meine Zelle ziemlich groß vor, aber im Laufe des Abends habe ich oft das Gefühl, dass sie schrumpft. Goodman glaubt, dass jeder Häftling diese Vision hat, weil die Nacht dich komplett auf dich selbst zurückwirft. Die Wände einer Zelle haben nachts eine erdrückende Wirkung, die erst dann nachlässt, wenn die Wache morgens die Tür für den Rundgang im Innenhof aufschließt.

Einige Häftlinge verlieren nachts plötzlich den Verstand oder brechen zusammen und sind am nächsten Tag völlig andere Menschen. Vielleicht liegt es daran, dass wir aus dem *Paradies* nicht – wie die normalen Häftlinge – arbeiten dürfen. Essen ist uns erlaubt. Ein Mann ohne Aufgaben und ohne Arbeit, für unbestimmte Zeit auf den Tod wartend, wird regelmäßig in eine Depression fallen. Ich spreche mich davon nicht frei.

Eine Nacht, in der sich jemand verändert, nennen wir hier die »Geisternacht«, aber sie ist niemals vorhersehbar. Wir erkennen sie nur daran, dass ein Häftling am darauffolgenden Tag kraftlos ist, der Blick in seinen Augen sich verändert hat und er weniger Entschlossenheit ausstrahlt. Er ist gebrochen und ohne Hoffnung.

Bis heute habe ich nicht herausgefunden, was mit einem Häftling in der Geisternacht passiert. Wir sprechen im Innenhof nie miteinander darüber. Ich behaupte, dass die schweigsame Allmacht der Nacht die Seele eines Häftlings, die im *Paradies* für Dritte unzugänglich ist, zerbrechen kann. Und wenn dieses erinnerungslose Kind der Nacht die Morgenröte durchbricht, hat es Zeit und Ort für einen Neuanfang gefunden. Aber zu welch schrecklichem Preis?

Wir erfahren nichts darüber. Nur der Priester und der Psychologe tauschen sich mit dem Insassen aus. Was ich aber sehr wohl weiß, ist, dass die Geisternacht nicht den psychisch Schwächeren vorbehalten bleibt, auch die harten Jungs aus dem Todestrakt Ost fallen der Geisternacht zum Opfer. Goodman behauptet immer: »Der Teufel hat ihnen persönlich in der Stille der Nacht die Augen geöffnet und ihnen einen Blick in die Hölle gewährt. Das Gewissen hat sie besucht.«

Manchmal endet eine Geisternacht auch tödlich. Im *Paradies* tun sie alles, um sicherzustellen, dass sich Häftlinge nicht ihrer Hinrichtung entziehen, aber die zum Tode Verurteilten können sehr erfindungsreich sein. Einige benötigen weder ein Seil noch einen Balken, um aus den Geisternächten zu entfliehen und dem Tod entgegenzutreten.

Vor etwa vier Monaten beging Gull, die Möwe, Selbstmord, indem er sich an seiner Gefängnishose erhängte. Der korpulente Chinese litt oft unter Verstimmungen. Dann ging er immer im Innenhof dicht an der Mauer entlang, blieb stets unverhofft stehen und bückte sich. Mit seiner breiten, mit der schwarzen Träne bestückten rechten Hand hob er Ungeziefer vom Boden auf oder zog ein Bündel Gras aus einer Rille, starrte beides fasziniert an und schob sich alles in den Mund. Gull war wie jede Möwe ein Allesfresser.

Ich erinnere mich an den eigenartigen Geruch, den er ausdünstete, sobald er an mir vorbeiging. Heiß. Animalisch. Faulig. Stets biss ich mir dann auf die Zunge, um das Zucken meines Kiefers zu unterdrücken. *Seltsam.* Manchmal trafen sich unsere Blicke, und ich erkannte das unausgesprochene Verständnis zwischen uns: Wir gehörten beide nicht hierher.

Goodman erzählte mir, dass Gull in der Geisternacht seine Hosenbeine zusammengebunden, die Schlinge um den Klapptisch gelegt und sich dann mit dem Hals, den Händen auf dem Rücken, hineingehängt hat. Es scheint fast unmöglich, seinem Leben auf diese Weise ein Ende zu setzen, aber der Chinese hat es getan. Es muss eine Tortur gewesen sein, ein langsames, qualvolles Sterben. Er berichtete mir auch, dass der Arzt, der den Tod festgestellt hat, vermutet, dass Gull mindestens sechs Minuten lang in der Schlinge gezappelt hat, bis es vorbei war. »Die Tatsache, dass er diese Zeit bis zum Ende in der Schlinge verbringen musste, zeigt seinen Willen, den Todestrakt zu überleben«, meinte Goodman dazu. Er spricht mir gegenüber oft Dinge aus, die er nicht sagen darf. Wenn der Wachmann mit »überleben« meint, das Schicksal in den eigenen Händen zu halten und selbst zu bestimmen, wann du gehst, mag er vielleicht recht haben.

Auch Plum hat einmal versucht, sich umzubringen. Es war jedoch eine lächerliche Darbietung. Es geschah kurz nachdem er die Nachricht von seiner Frau erhalten hatte, dass sie ihn nicht mehr besuchen würde. Er stand mitten im Innenhof. »Ich kann ohne meine Frau nicht leben. Ich will nicht mehr. Ich werde dem ein Ende setzen«, schrie er, umfasste mit beiden Händen seine Kehle und drückte zu. Wir alle sahen ihm dabei ungerührt zu. Plum lief rot an, seine Augen waren weit geöffnet. Er röchelte und würgte, wurde ohnmächtig und kam eine halbe Minute später wieder zu sich. Alle lachten laut auf, einige klatschten in die Hände, und selbst die herbeieilenden Wachen konnten ein Grinsen nicht unterdrücken. Game over! Plum stand auf, klopfte sich den Staub von der Hose und sah sich nach einem ruhigen Ort an der Betonwand um, als wäre nichts geschehen.

Steel zog Plum tagelang mit dem Vorfall auf. »Hey, Plum, ich mache dem ein Ende«, äffte er ihn nach, legte seine Hände um seine eigene Kehle und ließ sich auf den Boden fallen. Seine Bankdrückerkumpels brüllten vor Lachen. Doch das hörte auf, als Plum nach fünf Tagen leise sagte: »Wenn diese Hände das nächste Mal eine Kehle drücken, dann ist es deine, Steel.«

Die Party

Am Samstagmorgen bauten der Caterer und seine Mitarbeiter das Buffet, die Stehtische und eine Bar auf. Helen und ich halfen, so gut wir konnten. Unsere Beziehung bekam jeden Tag neue Impulse. Meine Frau zeigte mir immer stärker ihre Zuneigung, umarmte mich tagsüber spontan, kuschelte sich abends neben mir auf die Couch und sagte, dass sie mich liebe. Das Schuldgefühl, das ich zu Beginn meiner Affäre mit Amal nicht gekannt hatte, nahm nun von Tag zu Tag zu. Es kostete mich immer mehr Mühe, mein Verhältnis vor Helen geheim zu halten. Ich dachte darüber nach, Helen alles zu gestehen, um unserer wiederbelebten Beziehung eine faire Chance zu geben und zugleich Amal den Wind aus den Segeln zu nehmen. Ich wollte einen Weg finden, um sie schnell aus meinem Leben zu verbannen, ohne dass sie wieder Macht über mich gewinnen konnte.

Helen und ich kümmerten uns den ganzen Tag um die Vorbereitungen für die Party. Wir schmückten den Garten mit Fackeln und bunten Lichtern und installierten die Musikanlage. Immer wieder dachte ich über Möglichkeiten nach, Amal loszuwerden. Meine Mitarbeiter ahnten mittlerweile, dass mich eine Sache beschäftigte, denn ich antwortete stets kurz und knapp auf ihre Fragen, und selbst Helen war meine Unkonzentriertheit aufgefallen. »Gibt es etwas, das du mir sagen möchtest, Tom?«, hatte sie mich an diesem Morgen argwöhnisch gefragt.

Statt endlich auszupacken, log ich wieder und behauptete, dass es schwierig für mich sei, meinen Job als Dozent mit meiner Arbeit bei TOM zu verbinden. Helen akzeptierte diese Erklärung, aber ich fühlte mich nicht wohl dabei. Ich musste etwas unternehmen.

Eine halbe Stunde später sah ich in der Einfahrt nach dem Rechten und fand vor der Haustür den Briefträger vor, der ungeduldig wartete.

»Sie öffnet nicht«, sagte er verärgert.

»Sie können es mir geben.« Ich streckte meine Hand aus.

»Es ist ein Päckchen für Frau Döbbe«, antwortete er. »Ich muss es ihr persönlich übergeben.«

»Schon gut. Ich bin ihr Mann.«

Der Postbote sah mich kurz an, zuckte mit den Schultern und überreichte mir die Sendung. Ich quittierte den Empfang, ging ums Haus herum in den Garten und hielt das Päckchen hoch. »Für dich!«

»Für mich? Was es wohl ist?«

So unbeholfen vor Aufregung wie ein kleines Kind, packte sie das Geschenk aus: eine DVD und eine Geburtstagskarte.

Helen las laut vor: *»Herzlichen Glückwunsch zum Geburtstag! Nicht alle hohlen Menschen sind unsichtbar.«* Mir lief es eiskalt den Rücken runter. Meine Frau drehte die Karte um und betrachtete danach Vorder- und Rückseite der DVD. »Ich weiß nicht, von wem das ist. Die Karte ist nicht unterschrieben. Kennst du die Handschrift?«

Helen gab mir die Karte, und ich unterdrückte ein Zittern. Natürlich musste ich sie nicht lesen. Ich wusste, von wem das Päckchen kam, dazu hätte ich nicht einmal mehr den Titel der DVD sehen müssen: *Hollow Man.*

Die Luft wurde aus meiner Lunge gepresst, mein Magen zog sich krampfhaft zusammen. Schweiß perlte auf meine Stirn, und ich drehte mich schnell um, damit Helen die Panik in meinen Augen nicht sehen konnte.

»Ich hab keine Ahnung, von wem das ist«, erwiderte ich mit seltsam krächzender Stimme. »Vielleicht findest du es später heraus.« Ich legte die Karte auf den Tisch und startete den Rasenmäher, um meine Verwirrung zu übertünchen. Während die Maschine das Gras kürzte, schwirrte mir nur noch ein einziger Gedanke durch den Kopf: *Das muss endlich aufhören!*

Auf der Gartenparty dachte ich eine Zeit lang nicht an Amal. Die bunten Lichter und die Lampions erhellten meine Stimmung. Tom Jones' Soulstimme dröhnte aus den Lautsprechern, und wo ich auch hinsah, trank, lachte und tanzte man. Ich genoss die Anwesenheit unserer Freunde und der Familie. Ich sprach mit meinem Vater über seine geplante Weltreise und ärgerte mich nicht einmal, als er mir gestand, dass Emilia für ihn mehr als nur eine Innenarchitektin war. Ich hatte bereits damit gerechnet und verstand ihn sogar. Das Leben endete nicht mit dem Tod eines geliebten Partners.

»Sie wird mich auf der Weltreise begleiten, mein Junge.«

Ich zuckte mit den Schultern, »Kennst du Emilia denn schon gut genug, Dad?«

Mein Vater starrte nachdenklich vor sich hin. »Was heißt schon kennen. Kennen bedeutet nur, dass du glaubst, etwas über einen anderen Menschen zu wissen«, antwortete mein Vater, stand auf und holte jedem von uns ein Glas Sekt. »Kennst du deine Frau? Diese Party …«

»Was ist mit der Party, Dad?«

»Es ist Helens Party, mein Junge, nicht eure. Eine richtige Angeberparty, und ich gehe jede Wette mit dir ein, dass Gala-People demnächst einen doppelseitigen Artikel über dieses rauschende Fest bringen wird.«

Ich schnappte mir ein Bier von einem vorbeischwebenden Tablett. »Verstehst du dich, deine Gefühle oder dein Handeln auch immer, Dad?«

»Verstehen bedeutet, dass du glaubst, etwas zu wissen«, antwortete er grinsend.

Adam gesellte sich zu uns und sprach die Präsentation bei »Women's Life« an.

»Die Firma wird nicht mit TOM zusammenarbeiten, obwohl das Unternehmen die Kampagne als sehr effektiv empfunden hat. Was ist dort passiert, Tom?«, fragte Adam.

Ich hatte keine Lust zu antworten und war deshalb froh, dass mein Vater mir in diesem Moment auf die Schulter klopfte. »Kann ich kurz mit dir reden, Tom, es ist wichtig.«

Ich entschuldigte mich und ging mit meinem Vater in den hinteren Teil des Gartens.

»Du solltest wissen, mein Junge, dass ich deine Mutter nie vergessen werde«, sagte mein Vater leise. Seine Stimme klang, als wäre sie weit entfernt, wie seinerzeit am Grab. »Sie selbst hatte die Idee, das ganze Haus neu zu gestalten. Sie empfand die Einrichtung plötzlich als zu altmodisch. Ihre Nachbarin empfahl uns eine Innenarchitektin, und so lernten deine Mutter und ich Emilia kennen. Die Pläne waren bereits vorhanden, als deine Mutter starb.«

»Schon gut, Dad, ich verstehe dich«, antwortete ich. »Der Mensch kann seine Gefühle und das Leben nicht lenken, das Leben lenkt den Menschen. Emilia hat dich berührt in deiner Einsamkeit.«

»Nein! Du verstehst überhaupt nichts. Und überlass mir gefälligst die Sinnsprüche!« Er sah mich fast verärgert an. »Hör zu! Deine Mutter hat sich entschieden, das Haus umzugestalten, aber nach ihrem Tod habe *ich* mich entschieden, die Renovierung in Angriff zu nehmen. Und *ich* habe beschlossen, nicht mehr allein zu leben. *Ich* wählte Emilia, aber diese Wahl war eine von deiner Mutter losgelöste Entscheidung. Erst nach ihrem Tod ist etwas zwischen mir und Emilia passiert. Nicht vorher. Das solltest du wissen. Das Herz eines Mannes kann nur für *eine* Frau schlagen, sonst schlägt es für niemanden!«

Er stand auf und schlenderte davon.

Ich tanzte, trank, trank ein wenig mehr, tanzte wieder und trank noch mehr. Ich war nicht der Einzige. Jeder, der nicht fahren musste, genoss seinen leichten Alkoholrausch, die Wärme und die Musik. Selbst mein Vater tanzte mit Helen auf dem Rasen, als Johnny Cash aus den Lautsprechern dröhnte. Jemand fiel versehentlich in den Pool, danach zog Adam sich aus und sprang johlend ins Wasser, gefolgt von vielen anderen, einschließlich Helen. Sie tanzte mit Adam im flachen Teil des Pools, sie umkreisten einander und berührten sich ab und zu. Der Alkohol dehnte die Grenzen des Alltags aus.

Ich beobachtete die Mini-Party im Pool aus der Ferne und dachte über unsere langjährige Beziehung zu Adam und Carly nach. Die Werbeagentur hatte mir nicht nur ein riesiges Vermögen eingebracht, sondern auch eine innige Freundschaft beschert. Mein Vertrauen in Adam war grenzenlos, größer als das Vertrauen in mich selbst.

Zu dem Zeitpunkt, als meine nebelhafte Beschwipstheit unvermeidlich in überschäumende Volltrunkenheit hinüberglitt, vibrierte mein Handy in meiner Hosentasche. Ich sah anhand der Anrufer-ID, dass der Anruf aus unserem Haus kam. Lachend nahm ich ihn entgegen: »Wonach suchst du denn? Alkohol gibt's draußen an der Bar sein, und pinkeln kannst du im Meer.«

Stille.

»Wonach ich suche? Nach dir!«

Mein Glas glitt mir aus den Händen und fiel ins Gras, aber es zerbrach nicht, sodass niemand sich verschreckt nach mir umdrehte. Amal war hier, in meinem Haus.

»Was machst du hier?«, zischte ich.

»Ah, du hast es begriffen, du schlaues Kerlchen. Beeil dich, ich halte es kaum mehr aus!«

Mit dem Handy am Ohr eilte ich mit großen Schritten auf das Haus zu. »Los, Hollow Man, mach schon, komm her! Du siehst so gestresst aus, aber deine Nymphe wird dich gleich verwöhnen, mein kleiner, aufgebrachter Kreativdirektor.«

Ich verlangsamte mein Tempo und zwinkerte im Vorbeigehen meinem Vater zu. »Der Nachbar beschwert sich …«, flüsterte ich und zeigte auf mein Handy. Dann betrat ich über die Terrasse das Haus.

»Wo zum Teufel steckst du?«, zischte ich, vor Wut kochend.

»Aber das wäre doch viel zu einfach. Wollen wir ein Spiel spielen? Spielchen haben dir doch schon immer gefallen? Lass mal überlegen, ich habe die Farbe Blau vor mir.«

Mein Arbeitszimmer! Sie musste in meinem Büro sein. Dort gab es eine blaue Stehlampe. »Ich habe keine Lust auf Spielchen, Amal. Sag mir sofort, wo du bist!« Wutentbrannt schob ich die Tür meines Arbeitszimmers auf.

»Ätsch, reingefallen, da bin ich nicht!« Sie genoss es, mich zu schikanieren. »Lass mal sehen. Jetzt kommt ein ganz heißer Hinweis: Ich bin über dir!«

Diese durchgeknallte Schlampe war im obersten Stockwerk, ich lief die Treppe hinauf. »Verdammt, wo bist du, Amal?«

Amal lachte laut auf. »Heiß, heißer …«

Ich senkte das Telefon, um zu hören, woher das Lachen kam. Unser Schlafzimmer! Aber ich konnte dort nichts von ihr sehen. Sie könnte also höchstens im begehbaren Schrank neben dem Schlafzimmer sein oder aber im Badezimmer, das sich gleich dahinter befand. Schritt für Schritt schob ich mich zum Badezimmer vor.

»Nur Mut, wackerer Recke. Noch eine Tür, und du hast die Jungfrau gefunden. Gleich bist du bei mir!«

Ich riss die Badezimmertür auf und blaffte sie an: »Verdammt, was machst du hier? Bist du völlig verrückt geworden? Wenn dich meine Frau hier sieht …«

Langsam kam sie auf mich zu und sah mich verführerisch an. Ihre Brüste spannten den Pullover. »Ich will nur eines von dir: dass du mich sofort fickst.« Sie zog mich an sich.

Ich umfasste ihr Handgelenk und verspürte den Drang, ihr den dünnen Arm zu brechen. Ich drückte schon zu, aber dann hielt mich etwas zurück. Ich starrte sie hasserfüllt an und knurrte: »Fick dich doch selbst, du blöde Schlampe. Du wirst jetzt ganz unauffällig wieder nach unten gehen und durch die Haustür verschwinden!« Ich drehte ihr den Arm um. »Mach einen Abgang, du ekelst mich an!«

Ein Hauch Schmerz huschte über ihr Gesicht, und ich war mir nicht sicher, ob er von dem Druck meiner Hand oder eher von meinen Worten herrührte. Doch sie wich keinen Schritt.

Ich wollte ihr noch mehr wehtun und zischte: »Erinnerst du dich an deine WhatsApp-Nachricht, dass du nicht wie eine Hure behandelt werden willst. Aber nichts anderes bist du für mich. Also verpiss dich schleunigst von hier!« Und dann ließ ich sie los.

Für einen Moment glaubte ich, sie würde sich auf mich stürzen, mir das Gesicht zerkratzen, kreischend in den Schritt treten, aber stattdessen stand sie nur seelenruhig da.

Sie schmunzelte. »Du hast die Wahl, Kreativdirektor, entweder du fickst mich jetzt, oder wir verkünden deinen Gästen, dass du deine Ehefrau wochenlang für eine Hure weggeschmissen hast. Ich wollte schon immer mal die Stimmungskanone auf einer Party sein.«

Stille.

»Na also«, sagte sie und schob ihren Rock hoch. »Und jetzt rein mit dir!«

Zwanzig Minuten später stolperte ich die Treppe hinunter. Ich konnte nicht mehr klar denken, mir war schwindelig, aber es war nicht der Alkohol, der mich schwanken ließ. Ich eilte durchs Wohnzimmer nach draußen, wo alle tanzten und lachten. Im Pool winkten Adam und Helen mir zu. Ich sah das Lächeln auf Helens Gesicht, und das tat mir in diesem Augenblick gut, wahnsinnig gut. Ich torkelte weiter, an meinem Vater vorbei.

»Geht es dir gut, mein Junge? Du siehst ziemlich elend aus.«

Ich wankte über den Rasen zum hinteren Teil des Gartens in Richtung Meer, übergab mich am Strand, warf mich daneben in den Sand und weinte hemmungslos.

Zehn Minuten später machte ich mich ein bisschen frisch, wischte mir die Tränen aus dem Gesicht und stolperte wieder auf meinen Vater zu.

»Hab zu viel getrunken, Dad«, murmelte ich im Vorbeigehen, ging weiter zum Haus und schleppte mich die Treppe hinauf ins Schlafzimmer.

Amal war fort. Ich legte mich aufs Bett, starrte an die

Decke, die sich langsam zu einem verschwommenen Gebilde verformte, aus dem eine Träne sickerte, schwarz wie die Finsternis.

Meine Kehle füllte sich wieder von unten her. Sekunden später übergab ich mich mit einem Schwall in die seidene Bettwäsche, in der ich noch Konturen von Amals Körper zu erkennen glaubte.

Der Meister und die Hure

Ich hatte den ganzen Sonntag im Bett verbracht, um vor Helen die Täuschung aufrechtzuerhalten, dass ich den vielen Alkohol nicht vertragen hatte und deshalb lieber meine Kopfschmerzen auskurieren wollte. Aber in Wahrheit war ich völlig verstört und wagte es nicht, aufzustehen und nach draußen zu gehen, aus Angst, dass Amal irgendwann wieder hier auftauchen würde.

Ich wälzte mich unruhig zwischen den Laken herum und suchte in Gedanken nach einem Ausweg, aber wie sehr ich auch über meine Situation nachdachte, ich kam stets zum selben Ergebnis: Ich konnte nichts tun. Amal hatte die Macht in ihren Händen, weil ich zu viel zu verlieren hatte. Wenn ich ihr sagen würde, dass wir uns nicht mehr sehen konnten, würde sie sich zweifelsohne an mir rächen und Helen ohne Skrupel über meine Untreue informieren. Und das war noch nicht mal das Schlimmste, was ich mir ausmalte. Wie aber konnte ich verhindern, dass sie mein Leben ruinierte?

Ab und zu schlief ich vor lauter Grübeln ein, aber immer nur für kurze Zeit. Ich war zu wütend, zu unruhig, zu nervös. Immer wieder flackerte das Bild vor meinem inneren Auge auf, wie ich am Vorabend im Badezimmer, nur wenige Meter von meinem Ehebett entfernt, meine Finger in und aus Amal bewegt hatte, weil ich wegen des Alkohols und vor allem meines Widerwillens nicht in der Lage war, anders in sie einzudringen. Sie genoss mein Fingerspiel, und ich schaute dabei in den Spiegel, sah, wie Amal meinen Hals küsste, sah, wie ich sie mit meiner Hand befingerte, sah die Niedergeschlagenheit in meinen Augen, und war von mir selbst angewidert.

Und ich erinnerte mich an meine Gedanken: Ein kurzer, fester Schlag mit der gestreckten Hand auf ihren Hals sollte ausreichen, um ihren knöchernen Körper auf den Badezimmerfliesen zusammenbrechen zu lassen. Aber ich stellte es mir nur vor und tat nichts dergleichen. Nicht einmal, als sie sich vor dem Hinausgehen kurz in unser Ehebett legte und triumphierend meinte: »Das nächste Mal liegen wir hier, Hollow Man.«

Am Montagmorgen rief ich die Agentur an, weil ich noch einen Tag Ruhe brauchte.

Elly, die Empfangsdame bei TOM, war in einer heiteren Stimmung: »Bist du richtig krank oder noch immer von der Party krank, Tom?«

»Beides«, antwortete ich mürrisch.

Schweigen.

»Es war eine höllische Party«, meinte Elly, und es klang wie ein Lob.

»Stimmt.«

Elly verstand die Botschaft. »Ich werde es alle wissen lassen, dass du heute nicht kommst. Gute Besserung, Tom!«

Ohne einen Gruß legte ich auf.

Ich ging in mein Büro und startete den Computer. Das Seminar für den kommenden Tag wollte ich nicht absagen. Amal würde sich nur in ihrer Macht gestärkt fühlen, wenn ich in der Universität nicht auftauchte. Dieses Vergnügen wollte ich ihr nicht zugestehen.

Ich begann, mich auf das Seminar vorzubereiten und die Aufgaben der Studenten zu überprüfen. Fast alle hatten ihre Arbeit per E-Mail geschickt. Auch Amal. Ich klickte auf ihre E-Mail und löschte sie sofort. Das war Macht. Ich könnte vor ihren Kommilitonen behaupten, dass ich nichts von ihr erhalten hatte. Aber vielleicht war es unklug, dort den Angriff zu eröffnen. Ihre Gegenreaktion war nicht vorhersehbar. Bis jetzt war sie immer wieder für eine Überraschung gut gewesen, und ich hatte dabei jedes Mal eine lächerliche Figur abgegeben. So zog ich ihre Datei wieder aus dem Papierkorb und öffnete ihre E-Mail, die sie Sonntagnachmittag verschickt hatte:

> Meister, hier kommt meine Ausarbeitung. Du warst gestern Abend ziemlich unverblümt, aber du hast natürlich recht. Ich bin und ich BLEIBE deine Hure. Ob es dir gefällt oder nicht!
> XXX Amal

Zum ersten Mal brachte sie unsere beiden Welten zusammen, definierte unsere Rollen. Was bezweckte sie mit dieser ironischen Unterwürfigkeit?

Ich öffnete den Anhang im Fotoshop. Die Bildqualität war überraschend gut. Das Foto zeigte einen Schwangerschaftstest mit zwei blauen Streifen und trug die Überschrift: *Wie macht eine Hure ihren Meister glücklich?*

Als kein Tropfen Galle mehr aus meinem Magen kam und ich mir den Mund mit Toilettenpapier abgewischt hatte, war auch meine Wut auf ihrem Höchstpegel angelangt.

Es reicht! Ich hatte das schon oft gesagt. Und war dann wieder eingeknickt. Wochenlang hatte ich ihre verächtliche Selbstgefälligkeit hingenommen. Es gab nur einen Ausweg. Die Zeit der Gedankenspiele war vorüber.

Was wäre, wenn …

Ich spürte den schmerzlichen Druck meiner Gedanken. Es gab kein Zurück mehr. Wenn ich dem kein Ende setzte, würde Amal mich vernichten.

Ich starrte mein Gesicht im Badezimmerspiegel mit kaum verhohlener Abneigung an, hielt meinen Blick kühl stand. Mein Herz schlug einen immer schnelleren Rhythmus, und ich stellte mir vor, wie sich meine Finger um ihren Hals legten und ich das Leben aus ihr herauspresste.

Der Tritt

Es ist nach Mitternacht. Ich liege auf meinem Bett, kann aber nicht einschlafen. Der klirrende Schlüsselbund der Wachen, die ihre Nachtrunden drehen, und meine eigenen Gedanken halten mich wach. Die Zeitreisenden kommen und gehen. Billy Bash hat mir vor einer Stunde zum x-ten Mal seine Aufwartung gemacht, und eben dachte ich an Josh, einen Jungen aus der Nachbarschaft, mit dem ich bis zum Abitur oft draußen gespielt habe. Er war anders als ich. Groß für sein Alter, breit, stark und beliebt. Ich erinnere mich noch gut daran, dass wir eines Tages mit anderen Kindern in der Nachbarschaft Fährtensucher spielten. Josh und ich legten die Spuren, und die anderen sollten uns finden, indem sie unserer Fährte folgten und dabei Aufgaben erledigten. Wir bekamen einen zehnminütigen Vorsprung.

Wir rannten durch die Straßen und Gassen und zeichneten mit dicker, fettiger Kreide Pfeile auf die Klinker. Josh dachte sich die Aufgaben aus, ich hinterließ falsche, sackgassenartige Spuren.

»Zieh noch eine falsche Spur nach links, dann schreibe ich hier den letzten Auftrag hin!«, ordnete Josh auf dem Schulhof an, als wir kurz vor dem Ende waren. »Wir verstecken uns in einer Minute auf dem Dach des Fahrradschuppens.«

Ich tat, was er mir auftrug, auch wenn ich mich über seinen dominanten Ton ärgerte. Als ich zurückkam, kniete Joshua auf dem Bürgersteig und schrieb einen umfangreichen Auftrag. Ich stand neben ihm, blickte auf ihn herab. Er sah zu mir hoch, lächelte und wirkte dabei klein und unbedeutend, während ich mich groß und mächtig fühlte. Und dann trat ich ihm mit voller Wucht in die rechte Wange. Er stieß einen Schrei aus und fiel rückwärts auf den Boden. Die Kreide zerbrach in zahlreiche Stücke. Ich lief erschrocken davon.

Erst dreißig Jahre später wurde mir klar, dass erst Joshs Verletzbarkeit die Chance geboten hatte zuzutreten. Ohne diese Gelegenheit hätte ich ihn niemals ins Gesicht getreten. Woran ich mich auch erinnere, waren die Konsequenzen nach diesem Vorfall.

Beim Abendessen klingelte es an der Haustür.

»Wer kommt denn um diese Zeit noch vorbei?«, fragte meine Mutter und sah ungehalten auf ihre Armbanduhr. Mein Vater schaute mich kurz an und verließ verärgert den Tisch. Eine Minute später kehrte er in Begleitung von Joshs Vater in die Küche zurück. Josh trottete schüchtern hinter ihnen her. Seine Wange war stark angeschwollen und von einem Bluterguss verfärbt.

»Komm her«, befahl mein Vater. Ich sprang von meinem Stuhl und stellte mich betreten vor Josh.

Noch bevor mein Vater es mir befehlen konnte, stammelte ich eine Entschuldigung.

Mein Vater lachte fassungslos auf. »Glaubst du etwa, dass du so leicht davonkommst?«

Ich sah Josh direkt in die Augen, aber er wandte sein Gesicht ab. Der Bluterguss war riesig.

»Hände auf den Rücken!«, befahl mir mein Vater.

Ich gehorchte.

»Nur zu!«, sagte er zu Josh.

Der Junge sah mich wieder an, aber jetzt war da ein Lächeln um seinen Mund.

»Das erscheint mir nicht richtig«, sagte Joshs Vater, aber mein Vater brachte ihn mit einer Geste zum Schweigen.

»Schlag ihn! Er hat es verdient, Josh«, befahl er.

Aber mein Freund schüttelte den Kopf. »Es ist in Ordnung«, murmelte er, drehte sich um und rannte davon.

Ich brauchte als Kind die väterliche Zuneigung und Stärke und tat ab jenem Abend alles, um meinem Vater zu gefallen, unterdrückte selbst meine Tränen und dachte: *Wenn ich meine Tränen jetzt loslasse, werde ich nie wieder aufhören zu weinen.*

In dieser Nacht durfte niemand mich trösten, niemand mir übers Haar streichen und niemand mich umarmen. Niemand außer Dad, aber er kam nicht.

Ich hoffe, dass ich bald in einen tiefen Schlaf versinke und dass ich morgen früh den Wunsch verspüren werde, meine Wahrheit zu vervollständigen, denn sie muss endlich vollendet werden. Die Zeitreisenden haben sich verabschiedet, und an ihrer Stelle spuken nun Steel und Plum in meinem Kopf herum.

Jedes Mal, wenn ich zurückblicke, kriechen die Schatten nach mir wie die Kälte. Ich schlafe nicht wieder ein. Keine Minute lang. Ich weiß, worauf ich zugehe.

MITTWOCH

Nach dem Scheitern herrscht ein emotionaler Zustand,
der die Wahrnehmung verändert.

frei nach Fjodor Dostojewski

Meine Ecke im Innenhof

Zum ersten Mal seit Langem habe ich wunderbar geschlafen. Das bedeutet, dass ich in der Nacht nur einmal aufgewacht und sofort wieder eingeschlafen bin. Ich wachte auf, als der Wachmann Evil die Luke während seiner Runde öffnete, ich sein Schnaufen hörte und meinen Traum vorzeitig verließ. Danach schlief ich jedoch schneller ein, als ich es in den letzten Jahren getan hatte. Bemerkenswert. Die häufigste gesundheitliche Beeinträchtigung im *Paradies* ist die Schlaflosigkeit. Häftlinge ruhen sich zwar aus, können aber nicht einschlafen. Ihre Rastlosigkeit verursacht einen inneren Tumult. Filme lassen uns glauben, dass die Insassen im Todestrakt eine Gefahr darstellen. Sicher wären sie eine, aber die Mauern des Gefängnisses zähmen ihren aufkommenden Zorn. Kein Sieg kann hier drinnen errungen werden, und es droht auch nicht, irgendwelche Besitztümer zu verlieren, folglich gibt es keinen Grund zu kämpfen. Dieses Wissen beruhigt. Die meisten Konflikte innerhalb dieser Mauern entstehen, weil wir schlecht geschlafen haben, weil wir nach dem Betreten des Innenhofes provoziert werden – und nicht, weil wir einen unbändigen Zorn in uns tragen.

Der Traum, aus dem ich gestern Abend aufgewacht bin, war ziemlich seltsam. Ich befand mich am Strand, am Rande der Brandung. Etwa dreißig Meter entfernt stand mein Vater bis zu den Knien im Wasser und zeigte auf den Horizont.

Weiter hinten erkannte ich Adam, meine Mutter hockte in der Ferne im Sand, und Helen schwamm im Meer an uns vorbei. Bewegungslos stand ich da. Der Wind umspielte meine Beine, die Seeluft durchdrang meine Nase, und ich warf den Sand auf. Mein Vater kam aus dem Wasser auf mich zu. Er packte meine Hand und zerrte mich zu meiner Mutter, aber nach ein paar Schritten ließ er völlig unerwartet meine Hand los. Ich wurde dünn wie ein Blatt Papier, löste mich auf und flatterte über den Strand.

Irgendwann krabbelte ich wieder hoch, besaß wieder einen richtigen Körper. Adam stand neben mir. Er legte seine Hand auf meine Schulter und schob mich sanft zu Helen. Ich folgte der Richtung, die er vorgab. Aber sobald er seine Hand von meiner Schulter gleiten ließ, wurde ich wieder zu einem Blatt Papier. Der Wind hob mich an und wirbelte mich wie ein Herbstblatt durch die Lüfte, bis ich von einem Fallwind erneut an den Strand geworfen wurde, wieder auf den Beinen stand und mich zu gehen entschied, aber ich konnte keinen Schritt tun. Ich brach immer wieder zusammen.

Als ich aus dem Traum aufwachte, tat mir der Kiefer weh. Mein Körper fühlte sich schwer wie ein Felsbrocken an. Ich schloss meine Augen und schlief wieder ein in der Hoffnung, erneut leicht wie ein Papier zu werden.

Gestern habe ich bis elf Uhr geschrieben, aber nachdem ich mich aufs Bett gelegt hatte, dachte ich, wie nutzlos das alles in Wahrheit war. Das Tagebuch und die darin enthaltenen Aufzeichnungen würden mir mein Leben nicht zurückbringen. Ich bin nicht in der Lage, den Tod durch Worte von mir fernzuhalten. Dafür ist es zu spät. Daher habe ich einen Entschluss gefasst: Ich gehe heute wieder in den Innenhof.

Ich möchte meine letzten Tage nicht allein und schreibend verbringen.

Im Innenhof werde ich meine Ecke wieder für mich beanspruchen. Vielleicht ist »beanspruchen« nicht der passende Begriff. Eines Tages saß ich in dieser Ecke, weil sich sonst niemand dort aufhielt. Manchmal kann es im *Paradies* so einfach sein. Seit zwei Jahren durchquere ich den Innenhof diagonal und setze mich in dieser Ecke auf den Boden, mit dem Rücken an der Betonmauer, die rechte Schulter gegen die Seitenwand gedrückt, und reagiere auf jede Bewegung, die ich aus dem Augenwinkel wahrnehme. Für gewöhnlich sitze ich allein da, manchmal kommt jemand zum Plaudern.

Bevor er in den Ostflügel versetzt wurde, sprach ich oft mit Smiley, und jetzt plaudere ich gelegentlich mit Plum. Wenn wir miteinander reden, geht es meistens um seine Frau, so wie ich mit Smiley immer das gleiche Gespräch über meinen Porsche geführt habe.

Die Unterhaltungen mit Plum beginnen immer auf die gleiche Art und Weise. Langsam schlendert er in meine Ecke, trödelt etwa in zwei Metern Entfernung herum und läuft auf und ab, zieht das Medaillon aus seinem Hemd, öffnet es und betrachtet sehnsuchtsvoll das Foto seiner Frau. Er bleibt dort stehen, bis ich frage: »Und, lacht sie immer noch?«

Dann kommt er auf mich zu, setzt sich neben mich mit dem Rücken zur Wand und hält mir das Bild unter die Nase. »Sie lächelt, aber ich sehe auch eine furchtbare Trauer in ihren Augen.«

Plum hat recht, unter dem Lächeln seiner Frau ist deutlich eine Niedergeschlagenheit zu erkennen. Dennoch sage ich immer: »Nein, ich sehe nur Liebe und Licht.« Dann setzen wir uns hin und schweigen.

Nach dem Brief, in dem seine Frau und seine Eltern ihn gebeten hatten, nicht mehr zu schreiben, hörten unsere Gespräche auf. Bis auf zwei Ausnahmen. Eines Tages stand er vor mir und zielte mit einem warnenden Finger auf mich. »Wo ist mein Medaillon? Hast du mein Medaillon?«

Ich schüttelte den Kopf, natürlich hatte ich sein Medaillon nicht. Plum stand der Schweiß auf der Stirn. Ich wusste gleichwohl, wer das Medaillon genommen hatte, aber ich schwieg.

Am Tag zuvor hatte ich mir im Innenhof American-Football angesehen. Steel und Plum waren Gegner. Bei jeder Aktion peilten sie sich gegenseitig an, um den anderen hart zur Strecke zu bringen. Eigentlich war Plum viel zu dünn, um mit Steel konkurrieren zu können, aber sein Siegeswille brachte ihn weiter, als ich es für möglich gehalten hätte.

Irgendwann, als er einen Pass vortäuschte, an Steel vorbeilief und einen Treffer erzielte, jubelte er ziemlich provokant. Er stellte sich direkt vor Steel und führte einen lächerlichen Freudentanz auf: »Ich habe dich gefickt«, rief er freudig. »Ich habe dich gefickt, *ich* habe dich gefickt. *Ich* hab's dir gezeigt!«

Steel ließ seine Muskeln spielen und verzog sein Gesicht. Sie setzten das Spiel fort, aber es war kein Spiel mehr. Steel war eindeutig auf Rache aus. Die Gelegenheit ergab sich bei einem Gedränge. Plum fing den Ball, lief ein paar Schritte vorwärts, dann stellte ihm ein Spieler der Gegenseite ein Bein. Plum prallte hart auf den Beton. Drei andere Häftlinge, darunter Steel, fielen über Plum her. Als sie wieder aufstanden, bemerkte ich, wie Steel das Medaillon in seine Tasche steckte, und er begriff, dass ich es gesehen hatte. Er legte seinen Zeigefinger auf seine Lippen und zog ihn abschließend wie ein Messer über seine Kehle. Die Botschaft war eindeutig.

Plum war in dem Tumult nicht einmal aufgefallen, dass ihm jemand die dünne Kette vom Hals gerissen hatte. Erst einen Tag später bemerkte er den Verlust, und als er mich nach dem Medaillon fragte, spürte ich Steels Blick und schüttelte nur den Kopf.

Jetzt fühle ich mich deswegen miserabel, denn mit dem Medaillon hat Plum auch noch das Letzte verloren, was ihn mit seiner Frau verbindet. Zuerst hatte er Trost aus den Briefen geschöpft, dann aus dem Medaillon und gestern aus dem Sieg im Spiel.

Da mir nur noch eine Woche bleibt, ist es an der Zeit, Plum die Wahrheit zu sagen. Während meiner ersten Tage im *Paradies* lehrte mich Goodman, Informationen so lange für mich zu behalten, bis ich sie einsetzen kann, um zu überleben. Das schien damals ein wenig übertrieben, aber es sieht so aus, als ob der Wachmann recht behalten wird.

Aussprache

Ich rief sie vom Auto aus an. »Ich muss mit dir reden.«
Sie lachte gehässig. »Das denk ich mir.«
»Ich fahre jetzt los.«
»Jetzt?«
»Ja, jetzt. Ich bin in fünfzehn Minuten bei dir. Sieh zu, dass du zu Hause bist!«
Ich legte auf und lenkte den Porsche auf die Hauptstraße. Im Rückspiegel sah ich, wie ein kaltes Lächeln über mein Gesicht huschte.
Mein Handy gab einen schrillen Pfeifton von sich, der eine SMS von Amal ankündigte. Ich las ihre Nachricht: *Wir treffen uns am Strand.*
Zuerst blieb ich ganz still. Dann entwich meiner Kehle der Ausdruck einer mörderischen Wut, ein Schrei, der durch die Luft davongetragen wurde. Welch gottverdammtem Trugschluss hatte sie sich nun wieder hingegeben! Erwartete sie etwa ein romantisches Date?
Ich hielt mit quietschenden Reifen am Straßenrand vor dem Friedhof an und rief sie an. »Warum nicht bei dir?«
»Weil mir klar ist, dass du wütend bist. Ich will nicht, dass meine Nachbarn mitbekommen, wie du mich anschreist. Die geht das alles nichts an.«
Ich schwieg. Ihre Erklärung war unlogisch. Als ich an ihrer Tür gestanden und um Einlass gebrüllt hatte, hatte es sie nicht

gekümmert, was die Nachbarn dachten, und jetzt waren sie mit einem Mal der Grund, mich von ihrer Wohnung fernzuhalten? Hatte sie womöglich Angst vor mir? Ahnte sie etwas?

»Wo treffen wir uns?«, fragte ich kalt.

»Kennst du den Strand am Village Beach?«

»Ja. Ich war schon einmal dort.«

»Parke rechts auf dem Parkplatz, geh durch den Wald und dann links den Strand entlang. Ich werde dort auf dich warten«, sagte sie und legte auf.

Ich stieg aus, ließ den Blick über die Gräber des Washington Cemetery schweifen und fügte in Gedanken eine neue Grabstelle hinzu, indem ich in einer fest verschlossenen Urne meine Gefühle für Amal zu Grabe trug.

Nun war nur noch Wut übrig – eine Wut, die stärker war als alles, was ich je zuvor empfunden hatte.

Ich stellte den Porsche auf dem Strandparkplatz ab und stieg aus, um zehn Jahre gealtert im letzten Monat, so kam es mir zumindest vor. Die Sonne brannte auf meine Kopfhaut, mein Mund war staubtrocken. Ich erkundete mit raschen Schritten die Gegend, weit und breit war niemand zu sehen. Lediglich ein Fahrrad stand vor einem hölzernen Fahrradschuppen. Es könnte Amal gehören. Direkt daneben war der Weg, den sie erwähnt hatte.

Ich durchschritt eilig das Wäldchen und ging dann ein Stück am Strand entlang, nachdenklich den Küstenstreifen betrachtend. Mit seinem feinsandigen Strand und den faszinierenden Felsen im Hintergrund, die rosafarben schimmerten, sah er geradezu idyllisch aus. Welch ein Kontrast! Ich holte tief Luft. *Wo steckte diese verdammte Hure nur?*

Ein kleiner Strandläufer blieb wie angewurzelt stehen und blickte zum Meer. Hastig flog er davon. Eine endlose Leere blieb zurück. Ich ging weiter, lief schneller, rannte.

Meine Knie wurden mit jedem Schritt weicher. Und dann entdeckte ich sie.

Amal saß mit dem Rücken zu mir und stützte sich mit den Händen im Sand ab, die Füße fast an der auf- und absteigenden Wasserlinie.

»Ist der Bastard von mir?«, schrie ich brutal, noch bevor ich bei ihr war.

Sie drehte sich nicht um, rieb sich zärtlich den Bauch und sagte erfreut: »Schau doch, da kommt Daddy.« Das war die letzte Antwort, die ich hätte hören wollte. Ich blieb stehen und starrte ihre Schläfe an. Ein harter Tritt in ihr Genick würde genügen, schoss es mir durch den Kopf.

Aber ich ließ mich stattdessen einen Meter entfernt neben ihr in den Sand sinken. »Die Lösung liegt auf der Hand!«, erwiderte ich kühl.

Sie drehte sich um und funkelte mich an. »Ach ja? Willst du dich von deiner Frau trennen?«

»Natürlich nicht. Ich werde meine Verantwortung wahrnehmen und nachher einen Termin in einer guten Abtreibungsklinik für dich vereinbaren. Sobald wie möglich erledigen wir die Sache! Ich werde dich selbstverständlich begleiten und die Kosten übernehmen. Und das war es dann auch. Das Spiel ist aus.«

Sie schnaubte verächtlich, presste ihre Lippen zusammen und starrte aufs Meer.

»Wenn ich das alles richtig verstehe«, sagte sie Sekunden später mit immer wieder stockender Stimme, »berührst du mich mit deinen Händen, leckst meine Träne ab, triffst dich mit mir, himmelst mich an, fickst mich, wann es dir gefällt, und schwängerst mich zu guter Letzt, aber dann lässt du mich fallen wie ein Stück Dreck und erzählst mir, das sei alles nur ein Spiel gewesen?«

Ich ließ mich von ihr nicht erweichen, sondern blieb hart und unerbittlich. »Ja, genau, Amal, das ist alles, was du für mich bist und je für mich warst. Ein Spiel. Und nun habe ich es satt!« Ich nickte, um meine harschen Worte zu bekräftigen, vielleicht sogar mehr für mich selbst als für sie.

Sie stand auf und kam auf mich zu. Ihr Pullover hing an der einen Schulter herunter, und ihr Haar stand wütend in alle Richtungen ab wie die Schlangen auf dem Haupt der Medusa. In ihren Augen brannte ein höllisches Feuer.

»Oh … bist du es etwa nicht gewohnt, dass man dich abserviert. Oder vielleicht zu sehr …«, höhnte ich.

Sie schlug mich ins Gesicht und spuckte hinterher, und ich dachte nur, dass sie offenbar zu viele Filme gesehen hatte, es wirkte wie eine einstudierte Geste der Verachtung.

Plötzlich sprang sie mich an wie ein Raubtier, packte mich an den Haaren, zog mich brutal in die Höhe und riss mich dann nach hinten. Hunderte Nadelstiche schienen meine Kopfhaut zu durchbohren.

Sie zischte in mein Ohr: »Hast du jemals daran gedacht, dass das Spiel erst zu Ende ist, wenn abgepfiffen wird? Und solange es unentschieden steht, gibt es Verlängerung, bis der Verlierer feststeht.«

Mit einem Ruck ließ sie mein Haar los und zeigte bedrohlich mit dem Finger auf mich. »Und ich werde mit Sicherheit am Ende nicht der Verlierer sein, schreib dir das hinter die Ohren, du verwöhnter reicher Snob! Ich werde nicht der Verlierer sein!«

Ich erhob mich und stellte mich direkt vor sie. Ihr weißer Hals lag einladend vor mir, ich sah die Ader vor Wut vibrieren. Eine Hand schraubstockähnlich an ihre Kehle gelegt, die andere auf ihre Schläfe und dann nur noch pressen, bis es knackt. Es juckte mir in den Fingerspitzen. Ich glaube, ich habe in meinem Leben nie etwas mehr gewollt.

Zugleich dachte ich an Helen, sah sie am Schreibtisch des Arztes sitzen und über das erneute Ausbleiben der Schwangerschaft weinen. Das war vor weniger als zwei Jahren gewesen.

Ich brachte meinen Kopf dicht an Amals Gesicht heran. Es hämmerte in meinen Schläfen. »Warum willst du denn nicht verstehen, dass wir beide verlieren werden, wenn wir diese Schwangerschaft nicht beenden!«, brüllte ich, obwohl ich wusste, dass meine Worte sie längst nicht mehr erreichten. Aber ich musste es mit Reden versuchen, um zu verhindern, dass ich etwas anderes tat. Ich fühlte, wie Wut und Trauer in mir überschwappten. Ich rührte mich nicht vom Fleck, starrte sie nur an.

Und dann berührte ihre Hand sanft mein Haar, ihr Atem streifte meinen Nacken. Ich nahm ihren Duft wahr, der mir so vertraut war, doch ich vermochte nicht zu verbergen, wie sehr er mich jetzt anwiderte. Ich schwenkte die Hand, als wollte ich einen unangenehmen Geruch wegwedeln.

Sie bemerkte meinen Anflug von Ekel, ihr Gesicht verzerrte sich, sie packte meine Kehle mit ihrer linken Hand und holte mit der rechten zu einem harten Faustschlag auf meinen Wangenknochen aus. Ein heftiger Schmerz schoss mir durchs Gesicht.

»Ist mir scheißegal, ob du es Sieg oder Niederlage nennst …«, zischte sie, »… aber hör mir jetzt genau zu, wir werden dieses Kind haben, und du …« Sie zog ihren Arm zurück, als wollte sie noch einmal zuschlagen. Ich deckte mein Gesicht schnell mit den Händen ab, aber im selben Moment wurde mir die ganze Luft aus der Lunge gepresst, mein Körper knickte wie ein Streichholz zusammen. Sie hatte mich hart in den Bauch getreten.

»...du musst nur eine einzige Sache erledigen. Sag deiner Frau, dass du sie auf der Stelle verlassen wirst. Dass du jemand anderen gefunden hast, der in der Lage ist, dir ein Kind zu schenken. Und dass dich das sehr glücklich macht. Ist doch gar nicht so schwer, oder? So griffig wie ein Werbeslogan: Ficken, bis das Baby kommt! Kannst du dir das merken, du Kreativguru? Bestimmt wird sie sich für dich freuen!« Dann trat sie mit voller Wucht gegen meine rechte Kniekehle. »Einen Koffer voll Geld nehme ich als kleine Entschuldigung gerne an. Nicht für mich, sondern für unser Kind. Um Abbitte dafür zu leisten, dass du es töten wolltest. Zehntausend, Tom, das genügt fürs Erste. Du hast mir das Vertrauen in die Zukunft und in Menschen genommen, das ist dir wirklich gut gelungen.«

Ich fiel auf die Knie in den Sand. Amal stand noch immer vor mir und spie mir Worte entgegen, aber ihre Stimme drang nicht mehr zu mir durch. Ich dachte an Helen, an all die Gespräche mit Ärzten und Psychologen, all die Hormonbehandlungen und den vorgeschriebenen, monotonen Geschlechtsverkehr.

Ich rappelte mich wieder auf, wollte Amal zuhören, aber es waren nur noch verzerrte Geräusche, die mich erreichten, als würde sie aus der Ferne über das Meer herübertönen, wie eine Sirene, deren Gesang man durchschaut. Deren Hässlichkeit sich einem offenbart. Verrückt, es war verrückt, Amal in wenigen Minuten so hässlich werden sehen, so hässlich, wie ich es nie für möglich gehalten hätte.

Ich war im Dunkeln gefangen, in einen schwarzen Spiegel hineingezogen worden, hinter dem die Dämonen lauerten, die mir zuflüsterten, was richtig und was falsch war. Das hier … das alles war falsch, widerwärtig, verlogen, brutal … erbarmungslos.

Ich sah durch den schwarzen Spiegel, wie sich ihre Lippen bewegten, wie sie die Stirn runzelte und ihren zuckenden Finger auf mich richtete. *Es spielt keine Rolle,* dachte ich, *egal, was du sagst oder tust, das wird nichts mehr ändern.*

Sie ging in die Hocke, zog wieder an meinem Haar. »Ich gebe dir sechs Stunden. Heute Abend sehe ich dich hier wieder. Als freien Mann. Verstanden?!«, zischte sie mir ins Ohr. »Wenn du es nicht fertigbringst, werde ich es ihr sagen! Und vergiss das Geld nicht! Zehntausend und keinen Penny weniger. Das bist du unserem Kind schuldig!«

Sie ließ mein Haar los, stand auf und schritt mit ihrem grotesken Körper auf den Waldstreifen zu. Nichts passte an ihr zusammen, als hätte sie irgendein Dämon aus den Teilen verschiedener Frauen zusammengeflickt.

Trotz Schmerzen und unerbittlicher Muskelzuckungen zwang ich mich aufzustehen.

Ich ballte die Fäuste und ging ihr nach.

Stolzer Adler

Kurz bevor ich hinter ihr in den Wald ging, besann ich mich. Ich hielt inne, drehte mich entschlossen um und ging wieder zum Strand zurück. War ich Amal tatsächlich in der Absicht gefolgt, sie zu töten? Glaubte ich allen Ernstes, dass ihr Tod die Lösung all meiner Probleme sei? Ich hatte viele Jahre gebraucht, beinahe mein Leben lang, um zu dem zu werden, der ich heute war, und ich war stolz gewesen auf meine Besonnenheit, meine Fairness, meine Kreativität. Was war nur daraus geworden? Ich wusste die Antwort nicht.

Wieder schossen mir die Worte meines Vaters durch den Kopf: *Ein pochendes Herz ist der Auftakt zu einem quälenden Gewissen.*

Am Strand ließ ich mich in den Sand fallen und schluchzte. Nicht nur wegen Amal, sondern wegen allem, was mir im letzten Jahr widerfahren war. Und vielleicht am meisten wegen des Tods meiner Mutter, als wäre damit mein Leben aus der Bahn geraten.

Zehn Minuten lang saß ich da wie ein Kleinkind, das seine Eltern aus den Augen verloren hat. Aber es würde niemand kommen, um mich zu trösten. Irgendwann stand ich auf, klopfte mir den Sand von der Hose und trottete über den Strand zu meinem Wagen.

In der Ferne sah ich Amal auf dem Fahrrad davonradeln, bis sie hinter einer Baumreihe verschwand. Ich drosselte die

Geschwindigkeit, damit ich sie nicht einholen würde. Ich wollte nach Hause fahren und am späten Nachmittag wieder hierher zurückkehren, mich in der Nähe ihres Hauses aufhalten und bis sechs Uhr warten.

Auf der Motorhaube meines Wagens lag eine neue Mesa, und im Lack entdeckte ich einen frischen, tiefen Kratzer, der mir wie ein höhnisches Grinsen vorkam. Ein Gedanke schoss mir durch den Kopf: Amal hatte das alles geplant – von unserem ersten Treffen bis zu diesem Moment an. Nichts war spontan geschehen, sie hatte nichts auf unserem Weg dem Zufall überlassen. Sie war es, die Regie führte und die Szenen bestimmte. Alles war vorgetäuscht: ihre miserablen Texte, ihre billigen Tränen, ihre pseudonachdenklichen Gespräche, ihre hysterischen Treffen auf der Terrasse des Restaurants, ihre zufällige Schwangerschaft, das Treffen am Strand. Alles war geschehen, weil sie es so wollte. Die Mesa symbolisierte diese Kontrolle über mich.

Ich öffnete den kleinen Beutel und nahm den Zettel heraus.

Es wird Zeit für dich, endgültig zu einer anderen Blume zu fliegen. Du trägst jetzt eine neue Verantwortung, weshalb du dich von einem Teil deiner Vergangenheit verabschieden musst. Du bist bereit für die neue Herausforderung. Dein irdischer Name sei darum: Stolzer Adler.

Ich zerriss die Nachricht und warf die Mesa auf den Boden. Die Papierschnipsel wirbelten im Wind um mich herum.

Zu Hause stellte ich mit Entsetzen fest, dass ich Amals E-Mail nicht gelöscht, ja nicht einmal geschlossen hatte. Ob Helen in meinem Arbeitszimmer gewesen war? Hatte sie die E-Mail gelesen?

Ich verließ das Büro und suchte im Haus nach meiner Frau. Helen saß auf der Bank im hinteren Teil des Gartens und las ein Buch. Sie zuckte zusammen, als ich meine Hand auf ihre Schulter legte.

»Wo warst du auf einmal? Erst fühlst du dich zu schwach, um zur Arbeit zu gehen, und dann verlässt du überstürzt das Haus.« Misstrauen lag in ihrer Stimme.

»Ich musste mich noch schnell in der Universität um eine dringende Angelegenheit kümmern, das hatte ich fast vergessen. Firma und Uni, es wird mir langsam zu viel.« Schon wieder eine Lüge.

»Um was ging es denn?«

»Oh, nichts Besonderes.«

»Eine dringende Angelegenheit ist etwas Besonderes. Und deshalb würde ich gerne erfahren, worum es geht.« Helen legte das Buch auf die Bank und sah mich abwartend an.

»Ich musste …« Ich wollte ihr alles gestehen. Von Anfang bis Ende. Von der Träne, die ich von Amals Wange nahm, bis zum erzwungenen Sex in unserem Haus an Helens Geburtstag. Aber nicht, was danach geschehen war. Zu erfahren, dass ich eine andere Frau geschwängert hatte, würde Helen zerstören. Also schwieg ich ganz, denn ein kleines Geständnis würde zu endlosen Fragen führen, bis sie am Ende die schmerzhafte Wahrheit kannte. Das konnte ich ihr nicht antun.

»Ich musste eine Kopie meines Passes in der Personalabteilung abgeben. Das hätte schon letzte Woche geschehen sollen, aber ich hatte es völlig vergessen.«

Helen zeigte auf meine Wange. »Und was ist da passiert?«

Ich hatte die Schwellung völlig vergessen. Ich bedeckte meine Wange instinktiv mit meiner rechten Hand, als könnte ich noch verhindern, dass sie den Bluterguss sah, der sich unmittelbar nach Amals Faustschlag gebildet hatte.

»Ach das. Du weißt ja, dass ich mich nicht wohlfühle, und da bin ich mit meinem Brummschädel gegen die offene Tür im Verwaltungsbüro gelaufen. Tut ganz schön weh.« Ich warf meiner Frau einen verzweifelten Blick zu.

Helen lachte, anscheinend war ich immer noch ein guter Lügner. »Komm her, Schatz, du bekommst zum Trost einen Kuss.«

Ich setzte mich auf die Bank und erhielt den Kuss, danach einen weiteren, daraufhin noch einen und dann noch viel mehr. Und ich dachte, das solltest du jetzt nicht zulassen. Sag ihr endlich die Wahrheit, gesteh ihr, dass du untreu warst, flehe sie an, dir zu verzeihen. Aber stattdessen ließ ich meine Hand über ihr Bein gleiten. Ihre Hand rutschte zugleich über meinen Schritt. Zehn Minuten später lagen wir im Bett und liebten uns seit Langem wieder zum ersten Mal.

Kurz bevor ich aufstand, ließ sie ihre Hand wieder über meine Wange gleiten und betrachtete das Hämatom.

»Was ist wirklich passiert?«, fragte sie. »Willst du es mir nicht doch sagen?«

Ich antwortete nicht und verließ das Schlafzimmer.

Vertrauenswürdig

Jason Turner kam zwei Tagen später wieder ins Gefängnis. Er hatte für unser Treffen einen kleinen Raum arrangiert, in dem wir uns unterhalten konnten. Die Handschellen nahmen sie mir nicht ab, und meine Füße waren auf dem Boden an Ketten gefesselt. Die Wache, die mich hierher gebracht hatte, stand dicht hinter mir und keuchte mir immer wieder in den Nacken, die Waffe schussbereit im Holster.

Jason betrat den Raum mit einem Blick, als ob er selbst wegen eines schweren Verbrechens vor Gericht stünde. Eine etwa dreißigjährige Frau folgte ihm. Der Notar wandte sich ihr zu und zeigte auf einen Stuhl in der Ecke. Wortlos setzte sie sich hin und lächelte mich kurz an, aber das Lächeln erlosch, als sie die Waffe neben der Hand des Wachmannes sah.

Jason holte tief Luft: »Da sind wir wieder.«

»Wer ist das?« Ich warf einen Blick in Richtung der Frau.

Ein hinterlistiges Lächeln huschte über Jasons Gesicht. »Das ist – wie soll ich sagen? – nur eine Zeugin.« Er zog seine Augenbrauen lächelnd hoch. »Zeugin, ja, nennen wir sie so.«

»Zeugin? Wofür?« Ich war irritiert.

»Einerseits für das Testament oder zumindest für die Änderung darin«, antwortete Jason und legte die Aktentasche auf den Tisch. »Zum anderen für die Ermächtigung, die du mir jetzt schriftlich erteilen wirst, um die Dinge für dich zu regeln; die TORNADO KG, die Verträge für die Mitarbeiter. All das eben. Mit Zeugen ist das neue Testament … glaubwürdiger.«

Ich schwieg einen Moment. »Du bist schnell. *Bevor* ich im Gefängnis war, musste ich wochenlang auf einen Termin für eine Beurkundung warten.«

Jason grinste: »Als ich einmal einem Geschäftsmann innerhalb von zwei Tagen eine fertige Urkunde zur Unterschrift vorlegte, fragte er sich sofort, ob er mir nicht zu viel zahlte. Dieses Problem habe ich mit dir nicht mehr. Außerdem wissen wir in deinem Fall nicht, wie viel Zeit uns noch bleibt – Entschuldigung –, und es gibt noch viel zu tun. Also dachte ich …«

»Ist ja schon gut …«, sagte ich verärgert. »Muss ich die Urkunden selbst lesen, oder liest du sie mir vor?«

»Selbstverständlich werde ich sie dir vorlesen. Dazu bin ich als Notar verpflichtet.« Jason klang beleidigt. »Ist er dein Zeuge?« Jason zeigte auf den älteren Wachmann. Ich hatte keine Ahnung, ob er als mein Zeuge vorgesehen war, aber der Wachmann nickte sofort.

»Schön.« Jason schnaubte wieder und las die Urkunden in einem furchtbaren Juristenkauderwelsch vor. Ich hörte kaum zu, blickte an dem Notar vorbei auf die Frau, die auf dem Hocker saß. Sie hörte offenbar auch nicht zu, sondern blinzelte mir zu, als sich unsere Augen kurz trafen. Irritiert wandte ich mich ab und drehte mich um. Der Polizist starrte auf den Boden. Was würde passieren, wenn ich nach seiner Waffe greifen würde? Ein absurder Gedanke. Ich würde uns nur einer Gefahr aussetzen.

Jason las stolze fünfzehn Minuten lang. Ab und zu fing ich ein Fragment seiner Litanei auf, aber ich hatte keine Ahnung, was auf dem Papier stand. Ich vertraute Jason.

Als wir alle vier unterschrieben hatten, sagte Jason: »Du hast mir gar nicht zugehört.«

Ich zuckte mit den Schultern.

»So kenne ich dich gar nicht, Tom.«

Ich nickte der Frau zu: »Ich dich so auch nicht.«

Jason grinste. »Oh Mann, du hast keine Ahnung, was du da gerade unterschrieben hast.«

»Ich vertraue dir«, sagte ich ernst.

»In meinem Beruf lernt man schnell, dass man niemandem vertrauen darf«, meinte er. »Es ist nicht immer alles so, wie es scheint.«

Erst nachdem ich in meine Zelle zurückgekehrt war, fragte ich mich, ob sich Jasons letzte Bemerkung auf die Frau bezog, die er mitgebracht, oder auf die Urkunde, die ich unterschrieben hatte.

Boy George

Helen erhielt um drei Uhr nachmittags einen Anruf, worauf sie in den Garten ging und dort mit gedämpfter Stimme sprach. Zehn Minuten später hörte ich, wie sie ihren Wagen startete, und warf einen Blick aus dem Fenster. Der Kies in der Einfahrt sprang hinter den Reifen hoch.

Anscheinend war sie in Eile. Sie hatte sich nicht einmal die Mühe gemacht, sich von mir zu verabschieden. Seltsamerweise störte mich das nicht weiter. Die Zeiten, in denen Helen für mich Wärme, Farbe und Lachen bedeutet hatte, schienen trotz unserer erneuten Annäherung vorbei zu sein. Ich empfand ihr gegenüber mehr Schuld als Liebe. Aber wichtig war jetzt nur, dass mir ihr überstürzter Aufbruch die Möglichkeit bot, mich in aller Ruhe auf das Treffen mit Amal vorzubereiten.

Ich ging in mein Arbeitszimmer, öffnete den Schrank und nahm den Aktenkoffer aus Aluminium heraus. Das Metallgehäuse hatte scharfe Kanten, war aber stabil. Ich erinnerte mich daran, dass ich mir den Koffer einmal versehentlich gegen das Schienbein geschlagen hatte, als ich den Aufzug eines Bürogebäudes betrat. Erst als ich dem Kunden gegenübersaß, hatte ich bemerkt, dass Blut aus meinem Hosenbein auf meinem Schuh und auf den Boden sickerte.

Ich tastete mit den Fingern die Ecken des Koffers ab. *Ob es damit funktionieren wird?* Ich stellte den Koffer auf den

Tisch und öffnete ihn, um alle Fächer zu überprüfen; sie waren leer. Ich klappte ihn wieder zu und ging in den Garten.

Auf dem Rasen saß der schwarzhaarige Kater unserer Nachbarn, den sie anhimmelten wie einen Popstar, und leckte seine Pfote. Das Tier erstarrte in seiner Bewegung, als es mich bemerkte, und blickte mich mit seinen runden Augen an.

Ich ging in die Hocke. »Komm her, Boy George«, flüsterte ich und streckte meine Hand aus. Der Kater reagierte sofort. Er kam auf mich zu, legte seinen Kopf in meine Hand. Schnurrte.

Vorsichtig umfasste ich mit der anderen Hand den Griff des Koffers und erhob mich langsam.

Boy Georg strich kurz um meine Beine und stolzierte mit hoch erhobenen Schwanz majestätisch auf das Nachbargrundstück zu.

Ich machte einen Schritt nach vorn, schwang mit voller Wucht den Aktenkoffer in Richtung Kater und … verfehlte ihn.

Boy George schoss vor Schreck davon, kroch unter dem Zaun hindurch und kletterte auf einen Baum. Aus sicherer Entfernung behielt er mich anklagend im Auge: *Schlechtes Gewissen, Tom? Nein, das würde ja bedeuten, dass du ein Gewissen hättest!*

Ich liebe es, wenn man mir Dinge erzählt, die ich längst weiß.

Und wieder überkam es mich. Eine Aufwallung von Furcht, die mir den Magen aushöhlte und mir die Kraft aus den Knochen saugte.

Es gibt keine Gnade für Amal, Boy George.

Und es wurde still

Um fünf Uhr war ich wieder in Foster Crossing und parkte den Wagen einige Meter von Amals Haus entfernt hinter einer leichten Kurve. Von dort aus hatte ich einen guten Blick auf das Anwesen und die Straße, die sich verändert hatte. Das Haus warf mir trotzige Blicke zu, als machte es sich auf einen Kampf bereit. So kam es mir jedenfalls vor. Amal konnte mich allerdings nicht sehen, sofern sie das Haus verließ. Die Sträucher im Vorgarten verhinderten die Sicht nach rechts, und der Weg zum Strand führte sie in die andere Richtung.

Ich hatte die stille Hoffnung, dass Amal vielleicht zur Besinnung gekommen wäre, dass sie letztendlich erkannt hatte, dass wir uns nur gegenseitig zerstörten. Unsere Begierde führte nirgendwohin. Meine Frau und ich gehörten zusammen, wir würden uns niemals trennen. Wenn ich an Amal dachte, dachte ich an unermessliche Tiefen, an Finsternis, an Traurigkeit.

Viertel nach fünf, halb sechs. Die Minuten krochen dahin, nichts geschah, und abgesehen von einer gewissen Unruhe fühlte ich nichts. Keine Angst, keine Wut, keinen Hass, nicht mal Ekel. Ich wartete, meinen Blick emotionslos auf die Haustür gerichtet.

Für einen Moment galt meine Aufmerksamkeit meinem Handy. Amal hatte sich bis jetzt nicht gemeldet, und ich fragte mich, ob ich selbst agieren musste, wenn auch weiterhin nichts geschähe.

Kurz vor sechs Uhr trat Amal jedoch aus dem Haus, nahm das Fahrrad und radelte die Straße hinunter. Bei ihrem Erscheinen brodelten schlagartig meine Emotionen hoch, zu denen sich nun heftige Kopfschmerzen gesellten: umfassend, dumpf und andauernd. Ich verspürte einen enormen Druck, als wäre mein Gehirn aufgedunsen, drückte meine Hände mit Macht gegen die Schläfen, atmete tief ein und aus.

Dann startete ich den Wagen und folgte ihr. An der Straßenecke blieb ich einen Moment im Leerlauf stehen. Wenn ich ihr zu nahe kam, würde sie mich bemerken.

Amal bog links ab, in Richtung Strand. Ich fuhr ihr langsam hinterher und konnte gerade noch rechtzeitig bremsen, als ein alter Mann mit seinem Hund unverhofft die Straße überquerte. Ich entschuldigte mich mit einer Geste und bog ebenfalls nach links ab. Jetzt war ich mir sicher, dass sie zum verabredeten Treffpunkt fuhr.

Ich wartete, bis sie außer Sicht war. Dann fuhr ich langsam weiter und warf dabei einen kurzen Blick in den Rückspiegel. Ich sah das düstere Glimmen in meinen Augen, sah mein Gesicht, unbewegt und kalt, die Lippen zusammengepresst: entschlossen und fähig, Amal zu töten.

Das Fahrrad stand an der gleichen Stelle wie am Vormittag. Ich parkte den Wagen etwa hundert Meter entfernt, zwischen den Bäumen verborgen. Ich stieg aus und schaute mich um. Niemand war zu sehen, nichts zu hören, außer dem weit entfernten Ruf einer Krähe. Ich öffnete den Kofferraum, nahm ein Paar Handschuhe und zog sie an. Dann holte ich den Aktenkoffer heraus, bevor ich schwer atmend durch die Büsche und Bäume schlich. Wieder kam ein kalter Wind auf und ließ mich frieren. Mein Herz schien einen Moment auszusetzen – vor mentaler Erschöpfung oder vielleicht auch aus Angst, jedenfalls kam es mir so vor. Ich atmete schnell und flach. Jeder Schritt fühlte sich schwer an, wie Blei. Der Zweig eines Brombeerstrauches zerkratzte meinen Arm, ein Vogel flog aufgeschreckt davon.

Kurz bevor ich den Waldweg erreichte, wurde die Stille vom Klang zweier Stimmen durchbrochen. Ich hielt inne, konzentrierte mich auf die Laute und erkannte deutlich die sich überschlagende Stimme von Amal. Die andere gehörte … meiner Frau. Ich konnte es kaum fassen. Helen hier? Amal hatte also doch noch zum Hörer gegriffen und sie angerufen.

Voller Panik drehte ich mich um und wollte mir wieder einen Weg durch das Gestrüpp bahnen. Doch dann blieb ich stehen, überlegte kurz und schlich mich vorsichtig näher an sie heran. Ich stellte mich hinter einen dicken Baumstamm und beobachtete die beiden Frauen, die sich heftig gestikulierend anschrien.

Ich sah die rasende Wut, die in meiner Frau toste, als sie Amal in den Bauch trat und bemerkte, dass ihr die Spucke wie ein Rinnsal übers Kinn rann. Die heruntergezogenen Mundwinkel waren vor Hass verzogen.

Amal taumelte, holte gleichzeitig aus und traf Helen direkt in den Magen. Meine Frau krümmte sich vor Schmerzen. Amal triumphierte, aber Helens Körper schnellte wieder hoch, sie fasste blitzschnell nach Amals Kehle und hielt sie unerbittlich fest. Wie in einem Schraubstock. Ein kaltes Lächeln huschte über Helens Gesicht, als Amal hilflos zappelte.

Ich betrachtete reglos diesen unwirklichen Kampf und war dabei kalt wie Eis, wie ein Soziopath, der Amal opfern würde, um Helen nicht zu verlieren. Das Blut pulsierte in meinen Adern, meine Lungen brannten, mein Kopf schien zu explodieren.

Amal trommelte in ihrer Verzweiflung auf Helen ein, schlug ihr sogar ins Gesicht, aber meine Frau lockerte ihren mörderischen Griff nicht. Ich sah, dass ein panischer Ausdruck Amals Gesicht überzog, wie eine Maske, und einen Moment glaubte ich sogar, den Todesschrei eines Babys zu hören. Natürlich war das völlig unsinnig, aber für ein paar Sekunden wurde ich aus meiner Gleichgültigkeit gerissen. Vielleicht hätte ich etwas unternehmen müssen, mich den beiden schnell nähern oder sie einfach nur anbrüllen. Aber ich tat nichts dergleichen, versank wieder in Lethargie. Verharrte weiterhin hinter dem Baumstamm. Betäubt von dem, was vor mir geschah – betäubt vom schleichenden Gift, das seit Jahren in mir schlummerte.

Es war der Augenblick der klaren, dunklen Wahrheit, die sich vor mir enthüllte. Ich wusste mit einem Mal, dass da etwas seit Anbeginn meines Lebens in der hintersten Windung meines Gehirns auf der Lauer gelegen hatte, um sich dann zu zeigen, als ich es am wenigsten erwartet hatte: eine widerwärtige Mischung aus Feigheit, Eitelkeit und Herrschsucht. Ich wollte immer die Entscheidungen treffen, wollte stets bestimmen, wo die Reise hinging, sonnte mich im Erfolg meiner Mitarbeiter und überließ es den anderen, die unangenehmen Dinge zu erledigen, sobald ich kläglich versagte. Ich zog den Schwanz ein wie in diesem Moment, als in der Dämmerung Helens Keuchen und Amals Krächzen verklangen.

Helen hatte ihre Augen weit aufgerissen, blickte wutverzerrt auf Amal, deren Widerstand allmählich nachließ, bis ihre Fäuste kraftlos wurden und sie sich nicht mehr wehren konnte. Sie versuchte ein letztes Mal, sich aus Helens eiserner Umklammerung zu befreien, aber meine Frau drückte immer fester zu. Amals Arme wurden schlaff und baumelten in ihrer grotesken Länge neben ihrem Körper, bevor sie heruntersank und dumpf zu Boden fiel. Helen hatte losgelassen.

Und es wurde still. Zu still.

Helen verharrte sekundenlang mit ausgestreckten Händen, als würde sie noch immer Amals Kehle umschließen. Sie blickte auf den bewegungslosen Körper und kam langsam wieder zu sich. Hastig bückte sie sich zu der Toten, zerrte verzweifelt an ihr, starrte sie entsetzt an. Dann lief Helen davon.

Das Blut schoss in meinen Kopf, und zum ersten Mal ergriff mich Panik. Das Bewusstsein kehrte in meinen Körper zurück. Ich schnappte nach Luft und ließ mich mit dem Rücken am Baumstamm auf den Boden hinuntergleiten, und mich durchfuhr der Gedanke, dass meine Tage mit Amal erloschen waren, lautlos und unwiederbringlich.

Ein weiteres Stück meines zermalmten Herzens zerfällt zu Staub.

Es gibt keine Gnade

Mein Vater hatte seine Weltreise unterbrochen, um nächste Woche an meiner Hinrichtung teilnehmen zu können. Ich habe gerade mit ihm gesprochen und war ziemlich erstaunt, ihn zu sehen. Er spielte nervös mit seinem rechten Ohrläppchen, als ich den Besucherraum betrat.

»Gemütlich hier, oder?«, sagte ich spöttisch. Ich kannte diese Geste nur allzu gut.

»Ich war schon immer neugierig darauf, zu erfahren, wie das hier abläuft«, antwortete er. Ein Lächeln huschte dabei über seine Lippen. Auch ich musste grinsen, obwohl seine Worte nicht sonderlich lustig waren. Danach schwiegen wir eine Weile.

Mein Vater war bei seinen seltenen Besuchen im *Paradies* immer distanziert gewesen. Die meiste Zeit las ich in seinen Augen etwas wie Widerwillen, als ob er ständig dächte: *Mein Sohn ist ein Mörder.* Kurz bevor er mit Emilia seine Weltreise angetreten hatte, war er zu Besuch gekommen, um ein wenig mit mir zu plaudern, aber auch da saßen wir uns erst mal nur schweigend gegenüber. Er vor und ich hinter der Glasfront.

»Wie geht es dir, mein Junge?«, fragte er damals.

»Ich habe eine Pritsche, eine Toilette, ein Waschbecken und ein Regal«, antwortete ich gelassen.

»Wir reisen bald um die Welt. Werde ich dich noch mal wiedersehen?«, fragte er mit belegter Stimme und sah mich dabei fast verschämt an. Ich zuckte mit den Schultern und biss auf den Nagel meines linken Mittelfingers. Wieder verfielen wir in Schweigen.

Mein Vater erzählte mir dann, dass er bei der Ankunft einen Umschlag mit Fotos an der Pforte hinterlegt habe. Danach zeigte er mir stolz die Armbanduhr, die er sich kürzlich gekauft hatte. Als er fünfzehn Minuten später aufbrechen wollte, fragte ich ihn: »Warum redest du nicht mit mir, Dad?«

Er sah mich betrübt an und murmelte: »Tut mir leid.« Mehr nicht. Dann drehte er sich um und ließ mich allein zurück. Die Fotos habe ich zurückgeschickt, ohne sie mir anzusehen.

Auch diesmal war mein Vater nicht sonderlich gesprächig, aber zumindest zeigte er etwas Zuneigung, und das ist etwas, das ich in all den Jahren im Gefängnis von ihm vermisst habe. Ich wäre gerne auf seiner Seite der Scheibe gewesen. Nur für eine Sekunde. Mich nur neben ihn hinsetzen, ohne miteinander zu reden, ohne sich gegenseitig zu berühren, ihm bestenfalls freundschaftlich auf die Schulter zu klopfen.

Alle anderen Insassen können mit ihren Familien in einer Art Kantine am Tisch sitzen und sich gegenseitig berühren, sich küssen, sich riechen, sich Kekse schenken lassen, Briefe erhalten, aber die Männer im *Paradies* werden in Handschellen und mit Fußfesseln den Eltern, der Ehefrau und den Kindern vorgeführt. Berührungen und Streicheleinheiten sind ausgeschlossen. Das Leben wird uns genommen, schon lange bevor wir hingerichtet werden.

Ich atmete tief durch. »Dad, du solltest wissen, dass ich …«

»Es besteht die Möglichkeit auf eine Begnadigung, hast du das gelesen?«, unterbrach er mich schnell.

Wir sahen uns kurz an.

In dem Schreiben, das ich gestern erhalten habe, stand in der Tat, dass sie diese Woche prüfen würden, ob Gründe für eine Begnadigung vorlägen. Jeder Insasse im *Paradies* weiß, dass der Staat nach dem Gesetz dazu verpflichtet ist, diesen Passus in das Schreiben mit aufzunehmen. Es gehört zum Prozedere, dass kurz vor der Hinrichtung noch mal geprüft wird, ob Gründe für eine Strafabänderung vorliegen. Da aber nur wenige Fälle erneut geprüft werden, wird im Grunde niemals Gnade gewährt.

»Ja, Dad, es besteht eine Chance. Aber die Wahrscheinlichkeit ist gering. Es gab hier noch nie eine Begnadigung, und außerdem weiß ich nicht, ob ich darüber glücklich sein soll. Eine Hinrichtung ist auf eine gewisse Art barmherziger.«

Mein Vater sah mich fragend an.

»Eine Begnadigung bedeutet doch nur, dass ich nicht getötet werde, Dad. Wenn die Hinrichtung nicht stattfindet, bekomme ich lebenslänglich, ohne jede Chance auf eine frühzeitige Entlassung. Das ist, als ob du jahrzehntelang jeden Tag sterben würdest. Sobald du aber in der Todeszelle landest, wirst du den Knast zumindest verlassen, wenn auch nur horizontal und zwischen sechs Brettern. Jetzt weiß ich endlich, wann ich sterben werde. Jetzt hat meine Strafe einen endgültigen Schlusspunkt. Das klingt verrückt, oder?«

»Ziemlich verrückt.«

Stille. Wir schauten uns im schummrigen Licht an und suchten nach Worten, die es nicht gab. Es war das erste Mal, dass mir auffiel, wie sehr mein Vater gealtert war.

Der Wächter kam, um mich wieder in meine Zelle zu bringen.

»Aber es gibt doch eine winzige Chance, Tom, oder?«, begann er erneut und sah mich flehend an.

Es gibt für mich keine Chance auf Begnadigung, aber ich gönnte meinem Vater diesen letzten Hoffnungsschimmer. Deshalb nickte ich. »Ja, natürlich, es gibt einen Funken Hoffnung, dass es doch nicht geschehen wird.«

Seine Augen signalisierten mir, dass er mich nun gerne in die Arme nehmen würde, um mich zu trösten. Augen, die feucht vor Schmerz um den bevorstehenden Tod seines Kindes waren.

Ich verschwand durch die Gittertür und ließ meinen Vater weinend zurück.

Jetzt, da ich wieder in meiner Zelle bin, fühle ich mich schuldig wegen meiner Worte. Ich habe meinem Vater Hoffnung gegeben, die es nicht gibt.

Es gibt keine Hoffnung mehr, wenn die Hinrichtung nur noch eine Kalenderwoche auf sich warten lässt. Im vergangenen Jahr brachten sie einen fünfundsiebzigjährigen Mann in den ›Weißen Raum‹, wie der Hinrichtungsraum genannt wird. Wir hatten den armen Kerl Sick genannt, weil sein Körper von Tumoren befallen war. Zwischenzeitlich blind geworden, hockte er todkrank im Rollstuhl und wartete. Alle Häftlinge im *Paradies* und selbst die Wachen glaubten, dass Sick die erste Begnadigung in der Geschichte dieses Flügels erleben würde, weil die Ärzte ihm ohnehin nur noch drei Monate gaben. Aber die Obrigkeit sah keine Veranlassung, Sick wegen einer tödlichen Krankheit zu verschonen. Drei Wachen mussten den alten Mann aus seinem Rollstuhl heben, um ihn auf das Hinrichtungsbett zu legen. Goodman war einer von ihnen.

Monate später vertraute der Wachmann mir auf dem Weg zum Innenhof an: »Kurz nach der Hinrichtung hatte ich das Gefühl, dass ich Sick mit meinen eigenen Händen erwürgt hätte.«

Nicht Sick hätten sie hinrichten sollen, sondern Steel, dachte ich. Der Teufel kümmerte sich wahrhaftig um die Seinen.

Mach das nie wieder!

Goodman öffnet die Luke und sieht mich erstaunt an. »Ich dachte, Sie wollten nicht mehr in den Innenhof gehen, Tom?«

»Ich habe meine Meinung gestern Nacht geändert. Sind Sie später im Überwachungsturm?«

Goodman nickt.

Schweigen.

»Wissen Sie, ich denke ständig an die Hinrichtung. Selbst das abscheulichste Verbrechen befugt den Staat nicht, sein Beispiel nachzuahmen und seinerseits den wichtigsten Grundsatz der Menschenrechte zu missachten: die unumschränkte Achtung vor seiner Person, somit vor seinem Leben und in erster Linie vor seiner körperlichen Unversehrtheit.«

»Es tut mir leid, Tom. Ich weiß, dass die ganze schreckliche Qual in dem Bewusstsein besteht, dass ein Häftling im Todestrakt mit Sicherheit dem Tode nicht entgehen kann, und eine schlimmere Qual als diese gibt es auf der Welt nicht. Ich weiß, dass ist eine grässliche Marter. Sogar Christus hat von dieser Qual und von diesem Schrecken gesprochen.«

Ich lächle. So ein Schlitzohr. »Sie lesen also Dostojewski? Nun, wer eine Gerechtigkeit fordert, die tötet, wird von zwei Überzeugungen geleitet: der Überzeugung, dass es Menschen gibt, die absolut schuldig sind, und von der Überzeugung, dass es ein Gericht gibt, das in seiner sicheren Unfehlbarkeit sagen kann, dieser Mensch darf leben und jener muss sterben. Beide Behauptungen erscheinen mir gleichermaßen falsch. Gleichgültig, wie schrecklich und abscheulich die Taten auch sein mögen, es gibt keinen Menschen auf dieser Welt, der absolut schuldig wäre, für den wir jede Hoffnung aufgeben müssten. Gleichgültig, wie sorgfältig das Gericht vorgeht, wie vernünftig und sorgfältig die Männer und Frauen sind, die das Urteil sprechen: Es sind Menschen, die das Urteil sprechen, und sie sind fehlbar …«

»Sie haben Angst, Tom«, unterbricht er mich.

»Ja«, antworte ich leise.

Goodman lächelt unbeholfen. »Hätte ich wohl auch, Tom.«

»Ich weiß, dass Sie mit mir nicht über die Einzelheiten der Hinrichtung sprechen dürfen, aber …«

»So ist es, Tom.« Ich sehe es Goodman an, dass er nicht bereit ist, auch nur ein Wort über den Todeskampf zu verlieren.

»Ich habe gelesen, dass der Körper während der Injektionen äußerlich ruhig wirkt, aber die Organe einen Verzweiflungskampf führen.«

Der Wachmann schweigt, als würden wir uns auf etwas Absurdes zubewegen, dessen Auswirkungen er mir ersparen möchte.

»Muskeln zucken«, fahre ich fort, »aber die erste Injektion hat den Körper ruhiggestellt. Die Zuschauer sollen sich doch keine Horrorshow ansehen müssen, während man verkrampft, implodiert und zu Tode kommt. Das wäre der Unterhaltung nicht zuträglich.«

»Es tut mir leid, Tom, aber ich darf nichts dazu sagen.«

»Was sagen Sie denn denen, die Sie in den ›Weißen Raum‹ begleiten?«

»Tom, bitte …«

»Finden Sie es nicht traurig, dass sich die Menschen das freiwillig ansehen, ohne den bitteren Geschmack des Blutes der Vergeltung auf ihren Lippen spüren zu müssen?«

»Bitte, Tom. Sie haben heute einen schlechten Tag …«

Der Wachmann hat recht. Ich fühle mich nicht besonders wohl. Lange Zeit hatte ich mir ausgemalt, wie ich Helen mit meinen Augen fixiere, wenn sie zu meinem letzten Auftritt kommt. Denn den wird sie sich kaum entgehen lassen. Ich hatte mir vorgestellt, wie ich mich von ihr mit einem höhnischen Lächeln verabschiede, das sie nicht zu deuten weiß. Noch nicht. Aber nun, da der Termin meines Todes näher rückt, quält mich der Gedanke, dass ich meinen Abgang von der irdischen Bühne nicht selbst bestimmen kann. Es ist nicht der Schmerz, den ich fürchte, es ist das Gefühl der Ohnmacht.

Ich sehe Goodman noch einmal eindringlich an. »Ich habe etwas für Sie«, sage ich dann leise, gehe zum Klapptisch und nehme das gebastelte Säckchen aus Papier in die Hand.

Goodman schaut an mir vorbei, auf die Seiten, die auf dem Tisch liegen. »Wie kommen Sie mit Ihrer Geschichte voran, Tom?«

Ich antworte nicht, aber ich halte mein Geschenk vor die Luke. Weil er es nicht entgegennimmt, fahre ich fort: »Es ist eine Mesa. In der Regel ist sie aus Leder, aber wie Sie wissen …« Ich zeige auf meine Zelle. »Also habe ich eine aus Papier für Sie gemacht.«

Goodman nickt und schaut sich den Papierbeutel an, den ich immer noch vor die Luke halte. Er zögert. »Beleidige ich Sie sehr, wenn ich Sie frage, was ich damit anfangen soll?«

Ich lächle. »Nein, tun Sie nicht. Sie müssen den Beutel öffnen, er enthält stets eine Geschichte. Indianer bekommen eine Mesa, wenn sie eine Leistung vollbracht haben, wenn sie als Person gereift sind oder wenn sie für jemand anders von Bedeutung sind. Die Mesa gibt ihnen einen neuen Namen. Einen Namen, der etwas über ihre Persönlichkeit aussagt. Sie ist ein Zeichen der Anerkennung.«

»Und das schenken Sie mir? Bin ich für Sie denn von Bedeutung?« Er streckt seine Hand durch die Luke und nimmt die Mesa. Aber bevor er seine Hand zurückziehen kann und bevor ich erfasse, was ich da mache, ergreife ich sie. Goodman zuckt vor Schreck zusammen und versucht, sich loszureißen, seine andere Hand schnellt sofort zur Waffe in seinem Halfter.

Ich hebe meine Hand, um ihn zu beruhigen. »Vielleicht bedeutet sie auch, dass noch etwas passieren wird«, fahre ich vorsichtig fort und lasse seine Hand wieder los. Goodman zieht sie hastig zurück, die Mesa reißt am Rand der Luke auseinander.

»Mach das nie wieder!«, zischt er, nimmt die Mesa an sich und schließt wütend die Luke. Der Knall hallt an den Wänden meiner Zelle wider.

»Ich verspreche es«, murmle ich.

Als Goodman mich zwei Stunden später für den Innenhof abholt, herrscht Schweigen zwischen uns. Ich beuge mich hinunter, öffne meinen Mund, lasse meine Hoden abtasten und warte still, dass der Wachmann meine Kleidung inspiziert. Er sieht angespannt aus. Erst als wir die kalten Zellengänge entlanggehen, sagte er: »Sind Sie sicher, Tom?«

Wir sehen uns in die Augen. Nur ganz kurz. Ich nicke.

Goodman beugt sich vor, flüstert mir etwas ins Ohr, dann gehen wir schweigend weiter nebeneinander her. Wie so oft in der Vergangenheit schreite ich durch die Gänge zum Innenhof und fühle mich in meinen Unterhosen und Schuhen, die Kleider unter meinem Arm geklemmt, der Lächerlichkeit ausgesetzt.

Als Goodman mich am Tor zum Innenhof absetzt und ich ohne Gruß weggehen will, hält er mich zurück. »Danke, Tom!«

Er führt zwei Finger an die Schläfe und schenkt mir eine Art militärischen Gruß. Dann verschwindet er um die Ecke.

Zwei letzte Küsse

Vorsichtig hockte ich mich neben Amals leblosen Körper. Ich war zu diesem Treffpunkt gekommen mit der Absicht, sie zu töten, aber jetzt, da sie erdrosselt im Sand lag wie für das Cover eines Krimi-Schundhefts posierend, mit einem offenen Auge, das mich vorwurfsvoll anstarrte, wünschte ich, ich könnte die Zeit zurückdrehen.

Ich beugte mich über ihren Körper. »Warum haben wir beide uns nicht einfach den Wölfen zum Fraß vorgeworfen?«, flüstere ich.

Amal hatte Helen von der Schwangerschaft erzählt, daran bestand kein Zweifel. Es war die einzige Erklärung für ihre brachiale Wut. Ich hatte bei meiner Frau noch nie derartige Aggressionen erlebt, und nur weil ich Ehebruch begangen hatte, würde Helen niemals einen Mord begehen. Sie musste also von dem Baby erfahren haben. Diese Demütigung hatte sie nicht ertragen.

Bald würde ein Strandwanderer Amals Leiche entdecken. Mit dem Abgleich der Spuren durch die Kriminaltechnik würden die ermittelnden Beamten schnell auf Helen kommen. Einer Verhaftung konnte sich meine Frau kaum entziehen, denn bei den modernen Ortungsmethoden war Flucht sinnlos. Helen käme hinter Gitter, dabei traf mich die ganze Schuld.

Ich musste handeln. Noch war niemand weit und breit zu

sehen. Ich zog mein Hemd aus, lief zum Meer und befeuchtete das Kleidungsstück. Dann lief ich zurück und reinigte Amals Kehle und Hals. Ich hob ihren Kopf an. Er war schwerer, als ich erwartet hatte. Offenbar war ein Mensch unmittelbar nach dem Tod kein Mensch mehr, sondern nur noch eine klobige Masse.

Als ich meiner Meinung nach alle Spuren, die zu Helen führen könnten, beseitigt hatte, sah ich auf Amal herab. Einen Moment zögerte ich, aber dann umfasste ich ihre Kehle, dort, wo Helens Hände gewesen waren, schloss meine Augen und drückte zu – sehr hart und sehr lang. Dann nahm ich ihre Hand und kratzte mit ihren Fingernägeln über mein Gesicht, schrammte sie an meinem Hals entlang, sodass sie tiefe Kratzer auf meiner Haut hinterließen. Ich riss mir ein paar Haare aus dem Kopf und legte sie in Amals rechte Hand, ein paar schob ich auch zwischen ihre Lippen. Dann rieb ich ihre Hände an dem trockenen Teil meines Hemdes, riss zwei Knöpfe aus und ließ sie in den Sand neben ihrem Körper fallen. Die Kordel mit der Buddha-Statue riss ich ab und steckte sie in meine Hosentasche. Das sollte reichen.

Ich ging ein paar Schritte zurück, stand kurz still da und trat noch mal näher an sie heran. Ich zog ihr T-Shirt hoch und küsste zärtlich ihren Bauch. »Es tut mir leid«, murmelte ich und fühlte mich Amal noch nie so nahe wie in diesem Moment.

Minuten später saß ich wieder in meinem Wagen. Der Himmel wurde in der Dämmerung beinah violett und kalt, und in diesem Licht verschwammen alle Details der vergangenen Stunden wie im Nebel. Ich fuhr ein letztes Mal durch Foster Crossing an dem Haus vorbei und grüßte mit der Hupe den älteren Herrn mit seinem Hund. Er sollte sich später an den roten Porsche erinnern. Dann raste ich meinem Schicksal entgegen.

Zu Hause setzte ich mich auf Helens Platz im hinteren Teil des Gartens. Die Abendsonne warf jetzt ihr glühendes Dämmerlicht über die Weite, der Wind hatte sich gelegt. Ich weinte still. Tränen, die nach einem ganzen falschen Leben aus vermischten Epochen schmeckten, Tränen, weil mein Körper den Schrecken noch nicht abgelegt hatte und den bitteren Nachgeschmack des Adrenalins. Und nichts anderes, weder die Niedertracht noch der Schmerz, noch das Bedauern hatten irgendeine Bedeutung. Weniger als zwei Stunden vergingen, bis Helen auf mich zukam, mich umarmte und mir einen letzten Kuss gab. Dann trat sie zur Seite und ließ die Polizisten vorbei.

Ich legte meine Hände auf den Rücken und drehte mich um. Das Klicken der Handschellen setzte den Schlusspunkt.

Nein, nicht ganz …

Im Innenhof

Ich ziehe mich an und schlendere über den Innenhof. Dabei erinnere ich mich an meine erste Woche im *Paradies,* an das Adagio von *Eine kleine Nachtmusik,* an den Kopfstoß und den harten Tritt in Steels Schritt, an die Kraft, mit der er meine Hand gequetscht hatte.

Ich bleibe einen Moment stehen und bestimme meine Position. Der Innenhof kommt mir geschrumpft vor, aber das liegt an meiner Wahrnehmung. Jetzt kommt es auf ein gutes Timing an. Steel steht neben der Druckbank und benutzt eine Kurzhantel, um seine Armmuskeln zu trainieren.

Ich blicke hoch, zuerst auf die vorbeiziehenden Wolken und das dahinter aufblitzende Sonnenlicht, dann auf die beiden Wachtürme. Goodman ist im rechten Turm. Er lehnt sich nach vorne auf das Geländer und beobachtet mich. Oder bilde ich mir das nur ein?

Ich atme tief durch und beginne, das Allegro zu pfeifen. Dann drehe ich meine erste Runde. Aus dem Augenwinkel sehe ich, dass Steel sofort reagiert. Selbstverständlich antwortet er. Ich habe Millionen damit verdient, das Verhalten von Menschen richtig einzuschätzen. Er legt die Kurzhantel ab und glotzt mich an wie eine Katze, die einem über den Rasen hüpfenden Vogel mit den Augen folgt. Ich pfeife, so laut ich kann.

Steel ruft mir immer wieder zu, dass ich mit dem Pfeifen aufhören soll. Jede Runde, die ich an ihm vorbeikomme, fordert er mich auf, das Pfeifen zu beenden. Er folgt mir weiter mit seinen Blicken, und während der dritten Runde begleitet er mich ein Stück.

»Du bekommst gesundheitliche Probleme«, schnauzt er mich kalt an. Seine Hände sind zu Fäusten geballt, und sein Gesicht strahlt Begierde aus, als hätte er zwei Jahre auf diesen Moment gewartet.

Ich bleibe stehen, höre auf zu pfeifen. »Hast du zur Abwechslung nicht mal einen anderen Spruch auf Lager?«

Steel nickt enttäuscht und dreht sich um. Sobald er seine Hantel aufgehoben hat, laufe ich wieder eine Runde und pfeife das Allegro. Ich höre, wie er das Gewicht auf den Betonboden fallen lässt.

»Du bist im Begriff, die Bekanntschaft mit einem ausgedehnten Schmerz zu machen«, ruft er mir zu.

Ich reagiere nicht, gehe ruhig und pfeifend weiter. Andere Gefangene unterbrechen ihre Gespräche und beobachten Steel. Aus dem Augenwinkel sehe ich, dass er mir, jetzt von einigen Häftlingen umgeben, eine weitere üble Warnung zukommen lässt. Ich blicke kurz auf den Turm. Goodman beobachtet uns, ein McMillan-Tac-Gewehr um seine Schulter gelegt.

Ich atme wieder tief durch und pfeife weiter, lauter als vorher. Muss nur noch dreißig Meter überbrücken.

Steel kommt schnaubend auf mich zu. »Ich reiße dir den Kehlkopf aus dem Hals, wenn du nicht sofort aufhörst!« Wieder zeigt er mir seine furchterregenden Gesten.

Ich schaue ihn nicht an, behalte ihn aber im Augenwinkel.

Noch zehn Schritte.

Ich beschleunige mein Tempo. Schweiß auf meinem

Rücken. Trockenheit in meiner Kehle. Steel kommt jetzt näher, er wird mich angreifen. Ich gerate in Panik, laufe schneller. Gerade noch rechtzeitig komme ich zu dem Mann, den ich gesucht habe: Plum. Er steht mit dem Rücken gegen die Betonwand gelehnt, ein wenig tollpatschig, fast wie eine Witzfigur.

Ich beuge mich nach vorne. »Er hat dein Medaillon«, flüstere ich ihm ins Ohr. »Er hat dein Medaillon!« Der Satz explodiert wie eine Granate

Der Kampf dauert länger, als ich erwartet habe, denn Plum hat es geschafft, Steel nach unten zu drücken, und jetzt, da er auf ihm sitzt, schlägt er mit den Fäusten hart zu.

Ich trete einen Schritt zurück und lehne mich an die Betonwand, blicke wieder nach oben, zum Wachturm. Die Wachleute rufen Warnungen über den Lautsprecher aus.

Goodman nimmt das Gewehr von seiner Schulter und legt an. Die Wachen rufen weiter, die Mitgefangenen ergreifen die Flucht. Für mich gibt es keinen Grund, davonzulaufen.

Plum schlägt noch härter zu, aber Steel schafft es, eine Hand um den Hals des Häftlings zu legen. Mit voller Wucht schiebt er den gelenkigen Angreifer von sich.

Wieder blicke ich nach oben. Goodman starrt durch das Visier des Gewehrs. Ich schließe meine Augen. Dann ertönt der Schuss. Ich öffne sie wieder, sehe, wie Plum rückwärts fällt. Für einen Moment erinnert mich die Szene an das Filmposter von *Platoon,* das seit einigen Monaten in meiner Zelle hängt. Winselnd greift Plum nach seinem Knie.

Ich blicke auf den Turm. Goodman ist fort.

Ich kenne den Grund.

Beweismaterial

Ich bin seit drei Stunden in meiner Zelle. Unmittelbar nach dem Schuss im Innenhof wurden alle Insassen wieder in ihre Zellen gebracht. Goodman war nicht unter den Wachen. Ich glaube, dass der Wachmann Plum das Leben gerettet hat. Ein Kampf mit Steel wäre nicht gut für den Häftling ausgegangen.

Goodman kam später kurz vorbei, nachdem er bei seinem Vorgesetzten über den Vorfall einen Rapport abgestattet hatte. »Nur eine Formalität«, gestand er mir. »In der Regel kümmert es niemanden, weshalb auf einen Häftling aus dem Todestrakt geschossen wird.« Es war ein seltsamer Moment, in dem er meine Gedanken mit einem Blick durch die Luke auszuloten versuchte.

»Wie können Sie diesen Job nur aushalten?«, fragte ich betroffen.

»Indem ich meine Gefühle ausschalte.« Goodmans Stimme klang leer. »Und ich bete und gehe zur Beichte, damit mir vergeben wird.« Er warf einen Blick auf den Tisch. »Was ist mit Ihrer Geschichte, Tom?«

Ich sah ihn an und dachte an die vergangenen Monate. Unsere Gespräche, unser Schweigen. Die gemeinsamen Momente kamen auf mich zu. Andere waren verloren gegangen. Ich versuchte, den Moment zu finden, an dem mir klar wurde, dass sich etwas geändert hatte und dass die Zeit knapp werden würde. Er kam ganz plötzlich. In der Nacht. Mit der Schreibmaschine.

Ich nahm eine Seite vom Stapel und reichte sie ihm durch die Luke. Goodman überflog sie kurz.

Irritiert hob er die Augenbrauen. »Das ist alles?«

Mein Herz pochte laut in meiner Brust, aber ich blieb gelassen und nickte.

Er zeigte auf den Stapel. »Und die anderen A4-Seiten haben Sie ebenfalls mit dem Wort ›zufrieden‹ gefüllt?«

Wieder nickte ich.

»Warum, Tom?«

»Das ist das einzige Wort, das mir in den Sinn kommt.«

Das war eine Lüge. Übermorgen würden Goodman oder sein Kollege die wahre Geschichte unter meiner Matratze finden.

»So soll es also enden?«, fragte der Wachmann.

Kurz bevor er die Luke sanft schloss, sah ich die Enttäuschung über sein Gesicht huschen. Mit einem Mal verstand Goodman, dass diese Woche für mich nur ein von mir inszeniertes Theaterstück gewesen war. Ich hatte die Szenen an diesen Tagen bestimmt, ich hatte Regie geführt, wie auch schon zuvor in meinem Leben.

Ich bestimmte, wo es langging, niemand sonst! Auch Goodman nicht.

Unmittelbar nach meiner Verhaftung habe ich den Mord an Amal gestanden, und der Staatsanwalt erhob sofort Anklage.

Ich legte ein umfassendes Geständnis ab: Ich erzählte die Geschichte einer Träne – die mit einem Mord endete. Ich erwähnte das Wochenende in Hubbard Country, die *Hollow Man*-DVD, den Liebesakt während der Gartenparty, die hässlichen Szenen zwischen Amal und mir, ihre Unersättlichkeit, meine Machtlosigkeit. Und ich machte deutlich, dass die Nachricht über die Schwangerschaft mir die Augen geöffnet hatte.

Die Videoaufnahmen der Verhöre wurden als Beweismittel bei dem Prozess abgespielt. Amals E-Mail und das Foto vom Schwangerschaftstest wurden auch herangezogen. Zudem erwähnte ich den Kollegen aus der Uni, der Amal nach meiner Vorlesung weinend aus dem Hörsaal hatte kommen sehen, sodass auch er als Zeuge vorgeladen wurde, um meine Geschichte zu bestätigen. Der alte Mann, den ich mehrmals vor dem Haus in Foster Crossing getroffen hatte, schilderte vor Gericht unsere Begegnungen und sagte aus, dass ich ihn am Tag des Mordes fast überfahren hätte; die Dame aus der Verwaltung der Universität gestand unter Tränen, dass ich sie mehr oder weniger genötigt hätte, Amals Adresse herauszugeben.

Aber all das war nur eine unendliche Kette an Indizien. Die Beweise, dass ich den Mord begangen hatte, lieferte am Ende die Spurensicherung. Sie fanden meine Haare, die Fasern meines Hemdes, meine Haut unter Amals Fingernägeln und meine Fingerabdrücke an ihrem Hals sowie als i-Tüpfelchen das von mir unterschriebene Geständnis.

Dennoch befürchtete ich immer noch, dass sie Helen mit dem Mord in Verbindung bringen könnten. Meine Sorge war jedoch unbegründet: Mein Geständnis entlastete sie völlig und sicherte mir meine Verurteilung, noch bevor das Gericht seine Entscheidung verkündet hatte.

Und dann wurden sogar noch weitere Beweise vorgelegt, die auch den letzten Zweifel im Keim erstickten, obwohl ich sie mir nicht erklären konnte: Meine Sonnenbrille wurde auf dem Waldweg gefunden. Ich vermochte mich aber nicht daran zu erinnern, damals eine getragen zu haben. Auf meinem Computer entdeckte die Kriminaltechnik im Ordner »Gesendete Nachrichten« eine E-Mail an Amal, in der ich drohte, sie zu töten. Diese E-Mail hatte ich niemals geschrieben.

Obwohl diese Beweise ein bisschen mysteriös waren, war ich weder schockiert noch traurig. Letztendlich wurde es für mich dadurch einfacher, mein Lügengespinst glaubwürdiger zu gestalten. Alles, was ich tun musste, war, alles zuzugeben, indem ich beschämt und reuevoll nickte. Alles, was ich wollte, war, Helen zu schützen.

Während eines der Verhöre im Polizeipräsidium stellten sie mir eine seltsame Frage. »Was glauben Sie, Herr Döbbe, warum hat Ihre Frau Sie angezeigt?«

»Meine Frau hat mich nicht angezeigt«, widersprach ich, »sie hat nur die Polizei angerufen!«

Helen hatte vermutlich die E-Mail an Amal gelesen und gleich die Polizei verständigt, weshalb sie so schnell an Ort und Stelle war.

Der Staatsanwalt stellte Helen während des Schlussplädoyers als »ein weiteres Opfer in diesem Prozess« hin; er nannte sie eine treue, unwissende Ehefrau, die das alles hatte erdulden müssen, die sich mir nur wenige Stunden vor meiner feigen Tat hingegeben habe und später instinktiv Gefahr gewittert und die Polizei verständigt habe, nur um mich vor einer schrecklichen Dummheit zu bewahren …

Ich hörte nicht mehr zu. Ich war ja so ein Idiot gewesen! Die vermeintliche Wahrheit zerfaserte, bis sie in Fetzen herabhing. Mit einem Mal bekam alles einen Sinn, und so klar wie das Wasser eines Gletschers stand die Wahrheit vor mir. Helens Anruf bei der Polizei, die verlorene Sonnenbrille und die E-Mail mit der Morddrohung fügten sich zusammen, um die volle Wahrheit zu enthüllen: Helen *hatte* die E-Mail an Amal gelesen, den Mord an Amal heimtückisch und vorsätzlich begangen und mir mit geradezu diabolischer Arglist die Schuld zugeschoben. Mein Geständnis musste eine willkommene Überraschung für sie gewesen sein, mein Tod bescherte ihr nun ein luxuriöses, sorgenfreies Leben. Wahrscheinlich hatte sie lachend eine Flasche Sekt geöffnet, nachdem die Polizei verschwunden war.

Wochenlang war ich in einer Endlosschleife die Einzelheiten, die Worte, die Situationen, die Bemerkungen, die Momente des Schweigens, die mich hätten alarmieren müssen, durchgegangen. Wochenlang ging ich in der Untersuchungshaft alles von Anfang durch, stellte mir immer wieder dieselben Fragen und zog jedes Mal nur einen einzigen Rückschluss: Weder ich noch Amal, sondern Helen war die große Regisseurin in dieser Geschichte gewesen.

Als ich das erkannt hatte, gab es für mich längst kein Zurück mehr. Ich hatte bereits gestanden, hatte selbst zu viele Beweise gefälscht. Hätte ich vor Gericht die Schuld auf Helen geschoben, würde der Staatsanwalt das als den verzweifelten Akt eines überführten Mörders hinstellen, der nach wie vor nicht davor zurückschreckte, seine eigene Frau zu einem weiteren Opfer zu machen.

Apathisch verfolgte ich, wie er die Todesstrafe forderte, weil ich gleich zwei entsetzliche Verbrechen begangen habe: den Mord an Amal und den Mord an unserem ungeborenen Kind. In welchen nackten Hass musste Amal geblickt haben, als ihr Helen am Strand gegenüberstand, gekommen, um zu töten …

Während der Staatsanwalt seinen Antrag stellte, schaute ich zu meiner Frau hin, die unter den Zuschauern war. Und ich dachte, dass die guten Erinnerungen stets umherflatterten wie Schmetterlinge: flüchtig, fragil, man bekam sie nicht zu fassen, ohne sie zu zerstören. Die schlechten hingegen, wie Scham und Schuldgefühle, klebten wie Parasiten und fraßen einen leise von innen auf.

Vor Helen saß mein Freund Adam auf der Zeugenbank. Sie sah mich nicht an, aber sie wusste, dass ich in ihre Richtung blickte, denn in dieser Sekunde stieß sie mir einen weiteren Dolch ins Herz. Sie beugte sich vor und küsste Adam in den Nacken.

Dann blickte sie wieder zum Staatsanwalt und lächelte.

Tote Frau kommt

Vor einem Monat besuchte mich Jason auf meine Bitte hin erneut im Gefängnis. Zum letzten Mal.

»Wie läuft es so?« Mit einer Handbewegung entschuldigte er sich sofort für seine ungeschickte Frage. »Kommst du einigermaßen klar?«

»Ich mische mich nicht ein, kümmere mich um niemanden, und niemand kümmert sich um mich. Für einen Gefängnisaufenthalt im Todestrakt läuft es demnach ganz gut.«

»Schön«, sagte Jason leise, schnaubte aber umso lauter. »Hier sind noch ein paar Dokumente zur Unterschrift.« Er öffnete seinen Aktenkoffer und nahm einen Stapel Papiere heraus. »Ich lasse sie hier, dann kannst du sie in Ruhe durchlesen.«

Er legte sie auf den schmalen Vorsprung der Glasplatte und schlug mit seiner flachen Hand auf den Stapel. Dann sah er mich wieder an. »Was kann ich für dich tun, Tom?«

»Gibt es Neuigkeiten von Adam?«

»Dein Freund versucht immer noch, den Richter davon zu überzeugen, dass TOM seine Kanzlei auch weiterhin beschäftigen muss. Es ist ein hoffnungsloser Fall. Es gab keinen Vertrag zwischen euren Firmen; alles lief auf Vertrauensbasis. Das wurmt ihn jetzt – verständlicherweise.«

»Mein Vater sagte immer: Eine Vertrauensbasis ist wie ein Duell mit Pistolen. Wer denkt, vor dem Schuss seine zehn Schritte gehen zu können, bekommt eine Kugel in den Rücken.«

Mein Vater trifft mit seinen Worten meist den Nagel auf den Kopf.

»Dein Vater kann mir viel erzählen«, erwiderte Jason. »All diese Zitate, die mögen sich gut anhören … aber ich mag Fakten. Wie auch immer, kommen wir noch mal auf Adam zu sprechen. Er hat mich vor ein paar Monaten angerufen und klang damals ziemlich verzweifelt. Er wollte wissen, was los ist, wer den Auftrag erteilt hat, eine andere Wirtschaftsprüfungsgesellschaft zu beauftragen, ob du dahintersteckst.«

»Und was hast du geantwortet?«

»Dass er die Antwort wohl besser kennen dürfte als ich.« Jason lachte kurz auf und trommelte mit den Fingern auf das Gehäuse.

»Du hast doch mit niemandem über die neue GmbH gesprochen, Jason, oder?«

»Nein! Niemand weiß, dass sie bereits eingetragen ist. Nur du und ich.«

»Gut. Ab morgen wird sich das ändern.«

»Wunderbar. Ein Sturm zieht auf. Endlich.«

»Du hast es erfasst. Morgen gehst du zur Werbeagentur und berufst eine Sondersitzung ein. Du trommelst sie alle zusammen und stellst die neue Gesellschaft vor. Dann erzählst du ihnen, dass die Gründung der TORNADO KG mit der Eigentumsübertragung nach meinem Tod zusammenhängt. Lass dir etwas Nettes einfallen. Ab dem Ersten des nächsten Monats werden alle Arbeitsverträge von TOM auf die TORNADO KG übertragen.«

Jason nickte und machte sich Notizen.

»Außerdem weist du die Buchhaltung an, dass alle – und ich meine wirklich alle – Einkäufe über die neue Gesellschaft getätigt werden müssen. Egal ob eine größere Anschaffung oder eine Büroklammer – nur die TORNADO KG kauft ein!«

»Wird erledigt. Keine Sorge.«

»Die Gehälter werden ab nächsten Monat vom Stammkapital der neuen Gesellschaft ausgezahlt. Die Bank wird das finanzieren; sie wissen, dass Helen das Unternehmen erbt.«

»Und natürlich auch die Lieferantenrechnungen«, fügte Jason hinzu.

»Nein!«

Jason legte seinen Notizblock zur Seite und sah mich erstaunt an. »Nein?«

»Nein, TORNADO kauft lediglich ein, wird aber die Lieferantenrechnungen nicht bezahlen. Die Ausgangsrechnungen werden nach wie vor von TOM ausgestellt.«

»Verdammt noch mal, Tom, wenn die neue Gesellschaft ihre Rechnungen nicht bezahlt, werden die Lieferanten bald auf die Barrikaden gehen. Ich denke da an jede Menge Mahnbescheide, Zwangsvollstreckung …«

»Nein!«, unterbrach ich ihn.

»Hör zu, Tom, das liegt doch auf der Hand, wenn kein Geld eingenommen wird, kann die TORNADO sowohl die Gehälter als auch … andere Verbindlichkeiten nicht mehr bedienen, und die Firma wird innerhalb von höchstens drei Monaten insolvent …«

Jason hielt inne. Auf seiner Stirn bildete sich eine tiefe Falte. Er hob seinen Zeigefinger und deutete damit auf mich.

»Moment mal«, sagte er mit verschwörerisch leiser Stimme, öffnete den Koffer und zog mein Testament hervor: »Du hast dein Testament vor einem Jahr geändert. Die TORNADO KG ist eine reine Personengesellschaft. Nach deinem Tod erbt Helen die Firma und haftet als Komplementär uneingeschränkt mit ihrem Geschäfts- und mit ihrem Privatvermögen. Dein Vater haftet als Kommanditist lediglich mit seiner Einlage, und die beträgt gerade mal *einen* Dollar.«

Wieder nickte ich still.

»Oh Mann, du hast gewusst, dass Helen mir nicht zuhören würde, als ich ihr den Gesellschaftsvertrag vorgelesen habe. Sie war so scharf auf deine Firma und dein Vermögen und hat die Urkunde unterschrieben, ohne mit der Wimper zu zucken.«

»Das kann ich mir gut vorstellen, Jason«, erwiderte ich und grinste.

»Demzufolge ist ihr Erbe nur eine Farce«, murmelte Jason in den Hörer. Ein Lachen erhellte sein Gesicht. »Man sollte einem Notar immer gut zuhören, gerade weil man ihm nicht trauen kann. Wir Juristen nennen das übrigens ein *Hollow*-Gebilde.«

»Ich weiß …«, flüsterte ich. »Sie erbt eine Hollow-KG mit einem riesigen Schuldenberg. Und all die Probleme, die damit verbunden sind! Ich habe einen Ausweg gesucht, um meiner qualvollen Wut zu entkommen, und habe ihn schließlich gefunden.«

»Ach du Scheiße! Du bist selbst im Knast ein Macher, das muss man dir lassen, Tom!« Dann brüllte Jason los vor Lachen. »Das ist gut! Das ist echt gut!«

Ich musste über sein Lob lächeln. »Goodman hat mich darauf gebracht.«

»Wer zum Teufel ist denn Goodman?«

Ich wurde wieder ernst. »Ein Freund.«

Jason, der einen hochroten Kopf bekommen hatte, lockerte seine Krawatte. »Ich verstehe nur Bahnhof. Du hast in diesem Drecksloch Freunde gefunden?«

Ich nickte.

»Wenn ein Häftling in den ›Weißen Raum‹ zur Hinrichtung gebracht wird«, fuhr ich fort, »dann ruft ein ihn begleitender Wachmann stets laut und deutlich die Worte: ›Toter Mann kommt!‹ Aber der Gefangene lebt da noch. Er ist erst auf dem Weg zu seinem Ende. Dieser Ausruf ist der Auftakt zur höchsten Erniedrigung: der Hinrichtung *coram publico.* Aber jetzt habe ich Helen in diesem Moment an mich gekettet. Sie lebt weiter, aber mein Tod wird ihr Ende sein.«

»Die geldgeile Ratte bekommt ihre gerechte Strafe. Oh Mann, dass ich da nicht selbst draufgekommen bin!« Wieder lacht Jason. »Na, dann ist es wohl an mir zu rufen: ›Tote Frau kommt!‹«

Fahr zur Hölle!

In dem Tagebuch, das Goodman mir geschenkt hatte, gibt es auch einen Eintrag über den einzigen Besuch meiner Frau am 9. November 2018: *Nichts ist so, wie es scheint, und nichts scheint so zu sein, wie ich es angenommen habe. Meine Ehe kann ich mit wenigen Worten umschreiben: Wir liebten uns, wir betrogen uns.*

Ich muss mir das Tagebuch nicht ansehen, um zu wissen, an welchem Tag sie hier war: Ich erinnere mich noch genau an unser Treffen: Als sie auf der anderen Seite der Glasscheibe Platz nahm, starrte ich auf die Tischplatte vor mir, denn ich wollte Helen nicht ansehen.

Sie klopfte an das Glas. »Hey, ich bin hier, Liebling«, sagte sie bissig. Ihre Stimme klang blechern über den Telefonhörer.

Ich hielt den Hörer ein wenig von mir weg und betrachtete ihn einen Moment lang; dann sah ich sie an und hielt ihn wieder an mein Ohr.

Helen lachte spöttisch. »Das hast du nun davon, jetzt sitzt du da drüben«, seufzte sie übertrieben.

»Und du da«, antwortete ich gelassen.

»Genau, ich sitze hier, aber du da drüben!« Sie tickte mit dem Finger gegen das Glas. »Und was bedeutet das?« Ihre Stimme klang schriller, als ich sie in Erinnerung hatte.

Ich versuchte, den Ausdruck in ihren Augen zu deuten,

sah jedoch nur eine ausdruckslose Maske. »Dass Beweise nicht immer die Wahrheit sagen«, antwortete ich.

»Nein, nicht immer, aber in diesem Fall ist alles todsicher. Denn die Wahrheit wurde nicht nur mit Beweisen untermauert, sondern auch von dir selbst bestätigt«, konterte sie.

»Ist schon klar!«, fuhr ich fort. »Du wolltest mich brennen sehen. Und das ist dir gelungen.«

»Du hast von Anfang an gelogen und betrogen, damit ich einen beschissenen Ehevertrag unterschreibe, du hast mich für deine miesen Spielchen in deiner verlogenen Werbewelt benutzt, wo Kommunikation Täuschung bedeutet. Du hast diese miese Nutte gefickt und hast geglaubt, dass du danach heimkehren könntest in dein wunderschönes Haus, in unser kleines beschissenes Leben, zu deiner kleinen dummen Frau, um bei ihr weiterzuficken!«, zischte sie in den Hörer. Ihr Gesicht war vor Wut verzerrt. »Und der große Macher konnte sich auf die Brust schlagen wie ein Affe.« Sie lachte laut auf. »Du widerst mich nur noch an. Unsere Ehe war eine riesige Jauchegrube voller Maden, und die fetteste von allen warst du selbst. Ich bin so froh, dass es endlich vorbei ist. Ich hätte schreien können vor Ekel, wenn du mich gevögelt hast. Ich hasse dich. In ein paar Jahren weiß ich nicht mal mehr deinen Namen. Dann bist du nur noch eine widerwärtige Erinnerung im hintersten Winkel meines Gehirns. Und irgendwann nicht mal mehr das!«

Ich schloss für einen Moment die Augen, um sie eine Sekunde später wieder zu öffnen, und atmete tief durch.

»Weißt du, ich habe eine ganze Reihe von Wahrheiten bestätigt«, erwiderte ich.

Helen schwieg.

»Darunter auch die Wahrheit, dass wir keine Kinder bekommen konnten, weil *du* dazu nicht in der Lage bist. *Du* bist unfruchtbar!«

Ein Hauch von Trauer streifte ihr Gesicht. Ihre Augen weiteten sich und bekamen einen seltsamen Glanz. Ihr Mundwinkel pulsierte kaum merklich.

»Ich habe mit Amal ein Kind gezeugt«, fuhr ich ruhig fort. »Auch das ist eine gerichtlich verbriefte Wahrheit. Die Rechtsmedizin hat einen DNA-Vergleich vorgenommen!«

Helen verzog ihren Mund zu einem schmalen Strich. Speichel sammelte sich in ihren Mundwinkeln. Sie hängte den Hörer an den Haken und stand auf. Kurz bevor ihr ein Wachmann die Tür öffnete, drehte sie sich um und griff noch einmal zum Hörer. »Fahr zur Hölle, Tom Döbbe! Dorthin, wo deine Nutte und dein Balg hoffentlich jetzt schon schmoren! Vergiss nicht, mich zu deiner Hinrichtung einzuladen. Es wäre eine nette Abwechslung, während ich dein Vermögen genieße. Übrigens … Adam lässt dich schön grüßen.« Sie hielt inne. Ihr sonst immer gelassenes Gesicht war verzerrt und entstellt. Die Adern an ihrem Hals pulsierten. »Er schläft bei mir, seit du hier drinnen bist. Es macht sogar Spaß mit ihm, stell dir vor.«

Und fort war sie.

Der Schatten

Nach Jasons letztem Besuch verging eine Woche, in der nichts Besonderes geschah. Ich wartete in Ruhe in meiner Zelle ab. Was sollte ich auch sonst tun? Eines wusste ich mit Sicherheit: Adam würde mich noch einmal besuchen, bevor ich hingerichtet wurde. Und das war es, worauf ich wartete.

Ich ging in Gedanken alle erdenklichen Gespräche durch. Adam würde mir vermutlich Vorwürfe machen und mir die Worte »Du willst mich fertigmachen« entgegenschleudern. Ich würde diese Anschuldigung mit einem kurzen herzlosen Nicken bestätigen. Mit der Stille als meinem Verbündeten.

Möglicherweise würde er auch schluchzend an unsere langjährige Freundschaft appellieren, an seine gute Arbeit, die er für TOM geleistet hat, und höchstwahrscheinlich würde er von dem gegenseitigen Vertrauen als Grundlage unserer Freundschaft und Geschäftsbeziehung sprechen. Vielleicht sogar noch von ein paar Gegebenheiten, die uns beiden einst sehr am Herzen lagen. Aber all das berührte mich nicht mehr.

Und nun ist es schon drei Wochen her, dass er mir gegenübergesessen ist, ohne einen Funken Selbstvertrauen. Er war älter geworden, die Haare grauer, die Ränder unter seinen Augen dunkel und geschwollen, sein Gesicht abgemagert. Er hatte sich nicht rasiert, und das Hemd unter seiner Jacke war nicht gebügelt. Ich bezweifelte, dass er noch bei Helen schlafen durfte.

Den Hörer hatte er bereits am Ohr, als ich eintrat, und lächelte unbehaglich. Ich sollte wütend sein, dachte ich, aber ich fühlte nichts.

Ich nahm den Hörer in die Hand. »Was willst du?«

»Jesus Christus, es ist so schlimm, dich so zu sehen«, murmelte er, schüttelte niedergeschlagen den Kopf und schwieg.

»Du siehst auch scheiße aus, Adam.« Ich sah, wie unwohl er sich fühlte. Das war gut, Unwohlsein war verdammt gut.

»Wusstest du, dass ich nicht mal mehr mein Haus betreten darf? Ein Richter hat eine einstweilige Verfügung erlassen, weil Carly sich von mir bedroht fühlt. Von mir! Alles, was ich getan habe, war, sie zu bitten, vorübergehend auf Unterhalt zu verzichten. Ich hätte meine Frau vielleicht ein wenig freundlicher fragen können, aber mir gleich eine einstweilige Verfügung aufs Auge zu drücken …«

»Deine Probleme kümmern mich einen Scheißdreck«, entgegnete ich knapp.

Adam nickte. Wir saßen uns mindestens eine Minute lang schweigend gegenüber, jeder mit dem Hörer am Ohr. Ich schaute ihn nicht an, sondern starrte auf seinen Schatten, den das spärliche Licht durch das Glas auf meine Seite des Besuchszimmers warf. So lag der Schatten seines Kopfes auf meinem Tisch, und ich ließ meine Hand darübergleiten.

»Es war alles ihre Idee, Tom. Es war Helens Idee.«

Ich blickte auf, sah ihn entgeistert an.

»Es begann nach dem Weihnachtsessen, erinnerst du dich? Helen wurde so wütend, weil Carly schwanger war. Drei Tage später kam ich zufällig an deinem Haus vorbei. Ich dachte, ich schau mal nach, wie es Helen geht. Sie wirkte erfreut über meinen Besuch und bat mich herein. Wir hatten ein nettes Gespräch …«

Warum, dachte ich, warum sind es immer die kleinen Dinge, die das Leben in eine andere Richtung lenken? In Gedanken befand ich mich wieder am Rande des Grabes meiner Mutter, tief in meinen Mantel abgetaucht. Mein Vater stand neben mir. Angenommen, ich wäre sofort mit der Familie zum Leichenschmaus gegangen, dann säße ich jetzt nicht in diesem Raum, hinter gepanzertem Glas. Oder war das zu schlicht gedacht? Verdammt! Hätte mein Vater seine Weisheit nur zu einem anderen Zeitpunkt auf mich losgelassen.

»…und nach drei Wochen geschah es urplötzlich. Wir küssten uns zum Abschied, dreimal, aber Helen drückte den letzten Kuss nicht auf meine Wange, sondern auf meinen Mund. Unsere Gespräche in diesen Wochen hatten uns einander nähergebracht. Wir waren innig verbunden, ohne uns dessen bewusst zu sein. Glaub bitte nicht, dass es aus Wollust geschah …«

Ich starrte auf Adams Mund. Seine Lippen bewegten sich, aber die Worte, die er sprach, ergaben für mich keinen Sinn mehr. *Hör auf!,* wollte ich sagen. Aber mir standen keine Worte mehr zur Verfügung, und so tauchte ich in meine Gedankenwelt ab.

Da war sie wieder, hässlich wie am Anfang. Diese eine Träne, noch transparent wie ein durchsichtiger Pickel, an der Schwelle zum Ausbruch. Hätte ich in diesem Augenblick noch entkommen können, wenn ich meine Hand bei mir behalten hätte? Würde Adams Schatten dann nicht durch dieses Glas zu mir herüberfließen?

Adams Stimme hallte in mein Ohr. »… und dann erschien Amal auf der Bildfläche.«

Amal? Ich blickte auf. »Wie bitte?«

»Helen kam auf Amal zu sprechen. Wir waren verliebt, richtig verknallt ineinander. Das musst du mir glauben. Wir wollten ein gemeinsames Leben führen, aber Helen wusste, dass sie keinen Anspruch auf Unterhalt hatte, sollte sie dich verlassen. Du hast sie vor deiner Hochzeit ein übles Stück Papier unterschreiben lassen, was übrigens wirklich ein beschissener Schachzug von dir war. Helen war damals jung und unwissend, und du hast ihr diesen Ehevertrag untergejubelt, den sie gutgläubig unterschrieben hat.«

»Woher hat sie das mit dem Ehevertrag erfahren?«

»Ich habe es irgendwann mal beiläufig erwähnt.«

»Warum hast du das gemacht?«

»Weil du uns seit wir dich kennen benutzt hast. Du warst nicht nett zu Helen, zu keinem von uns! Es ging dir immer nur ums Gewinnen oder Verlieren.«

Ich sah Adam an und dachte, dass er nicht mit dem Vergehen gealtert war, sondern mit dem Verschwinden der Menschen und Dinge, die er liebte: seine Familie. Der Schmerz lag in seinen Augen.

»Was ist mit Amal?«, knurrte ich ungeduldig.

»Weil Helen im Falle einer Trennung keinen Penny von dir erhalten würde, suchte sie nach einer anderen Möglichkeit, von dir loszukommen. Eines Tages war Helen im Fitnessstudio und hörte dort zwei junge Frauen über einen Dozenten sprechen. Eine von ihnen beschwerte sich über ihn. Er mochte sie nicht, gab ihr ständig schlechte Noten und kommentierte unschön ihre Arbeiten. Sie verabscheute ihn nicht nur, sie hasste ihn. Helen hat schnell begriffen, dass diese Frauen deine Studentinnen sein mussten, was sich dann auch bestätigte …«

Du lügst!

»Helen traf also dort diese Studentin von dir, die einen großen Groll gegen dich hegte, und sah in ihr die Gelegenheit, vorteilhaft aus dem Ehevertrag herauszukommen. Wenn du jemand anderen hättest, hätte sie einen triftigen Grund, sich von dir scheiden zu lassen, und jeder Richter würde Helen in diesem Fall einen angemessenen Unterhalt oder eine Pauschalsumme zusprechen. Wir trafen Amal und vereinbarten mit ihr, dass sie sich mit dir einlassen und dich verführen sollte. Ich fand Amal nicht sonderlich attraktiv, aber Helen meinte, wenn sie sich richtig verhalten würde, könnte sie reizvoll auf dich wirken. Sie müsste nur eine aggressive Dominanz ausspielen, das würde solche Pseudomacher wie dich anstacheln. Das waren ihre Worte, entschuldige …«

Mein Gehirn schrumpfte in sich zusammen. Die wenigen Dinge, die ich für Gewissheiten gehalten hatte, begannen zu bröckeln. Ich schwamm in Dunkelheit, sah Amal vor meinem inneren Auge: auf ihrem Bett liegend, fast nackt, einladend in Lotosposition. Mit nur einem Unterhöschen bekleidet. Ihre Brüste hoch aufgerichtet, die scharfe Kontur ihres Kiefers, das Kinn akzentuiert, wenn sie ihren Kopf neigte und ihr Kinn ein wenig nach oben schob, sobald sie zu mir aufblickte. Könnte diese junge Frau Wut, Wärme, Trauer und Verliebtheit nur imitiert haben? Vielleicht habe ich sie in Gedanken schöner und aufrichtiger gemacht, als sie in Wahrheit war. War sie am Ende so verwerflich wie die Lüge?

»Das Ganze zog sich ewig hin«, fuhr Adam fort. »Wir sprachen regelmäßig mit Amal. Manchmal per Telefon, manchmal am Strand oder in einem Café in Foster Crossing, aber sie behauptete stets, dass du nichts für sie empfinden würdest und sie weder berührt noch geküsst hättest.

Sie konnte keine Fotos liefern, keine Beweise, dass du Helen betrügst. Unser Plan drohte zu scheitern. Amal beschrieb dich als einen Stoiker, der keine Emotionen zuließ. Unempfindlich gegen alle sexuellen Signale. Nach einer Weile fragten wir uns, ob Amal uns belog. Helen war überzeugt, dass du längst versucht hättest, sie dir gefügig zu machen. Aber auch nach eurem Wochenende im Ferienhaus behauptete Amal, dass nichts zwischen euch vorgefallen sei. Ich hatte schon damals den Eindruck, dass sie unberechenbar und gefährlich war. Ihre Geschichte stimmte nicht, denn …«

Meine Gedanken wanderten wieder ab. Ich interessierte mich nicht mehr für seine Beichte, die am Ergebnis auch nichts mehr ändern würde. Höchstens, dass ich in den letzten Wochen meines Lebens am Ende doch noch innerhalb dieser Mauern in einer »Geisternacht« mental zerbrechen würde. Für einen Moment überlegte ich, den Hörer wieder aufzulegen und aufzustehen. Aus Adams Leben auszusteigen, so wie ich aus meinem eigenen Leben ausgestiegen war. Aber ich blieb sitzen und starrte auf Adams Schatten. Selbst an dieser dunklen Stelle auf dem Metalltisch sah ich, wie niedergeschlagen Adam war; er bewegte sich kaum. Aber es berührte mich nicht im Geringsten. Oder vielleicht doch? War nicht schon das Erkennen seiner Niedergeschlagenheit ein Zeichen von Empathie?

Wir kannten uns seit unserer Studienzeit. Ich hatte ihm die Möglichkeit gegeben, sein eigenes Unternehmen zu gründen, indem ich ihn zum Wirtschaftsprüfer und Berater meiner Werbeagentur gemacht hatte und ihn jahrelang die Versicherungen und die Altersvorsorge meiner Mitarbeiter abwickeln ließ, wofür er horrende Provisionen kassierte. Aber ich muss zugeben, wir haben beide sehr davon profitiert. TOM wuchs dank ihm, und er gewann ein paar neue

Klienten. Ich übernahm Firmen, aber Adam wollte nicht expandieren und blieb überwiegend für uns tätig.

Und nun sollte ich sterben, und er ging daran zugrunde …

»Nach ein paar Wochen veränderte sich Amal«, fuhr Adam fort. »Sie gab zu, dass sie von Anfang an eine Beziehung mit dir gehabt hatte und verlangte mehr Geld von uns. Natürlich haben wir ihr das nicht gegeben, aber dadurch verloren wir die Kontrolle über sie. Sie wurde wütend, rief täglich an, und Helen änderte ihre Taktik. Sie entschied sich widerwillig, wieder mit dir intim zu werden, in der Hoffnung, dass du aus einem Schuldgefühl heraus gestehen würdest, dass du eine Beziehung mit einer anderen Frau hast.«

Adam sprach weiter, aber ich hörte einen Moment nicht zu. Am Ende ist alles nur eine Frage der Chemie, dachte ich. Wenn Helen mit mir schwanger geworden wäre, würde ich wahrscheinlich mit meinem Kind am Strand entlanggehen, einen Streichelzoo aufsuchen oder neben einem Spielplatz auf der Bank sitzen. Vielleicht hätte ich in unserem Garten eine Kinderschaukel an einem dicken Ast aufgehängt. Und ich hätte den Porsche gegen einen Familienwagen eingetauscht.

»Sie war verrückt, Tom, glaub mir. Amal hat uns alle ausgetrickst.«

»Auf mich wirkte sie völlig normal«, sagte ich. Natürlich war das eine Lüge.

»Eines Tages drehte sie den Spieß um und verlangte von uns, dir zu gestehen, dass wir ein Verhältnis haben, dass alles ein Komplott war. Amal wollte dich für sich allein und behauptete, du wärst in sie verliebt. Sie hat uns alle gegeneinander ausgespielt und wurde immer aufdringlicher. Sie schickte uns eine DVD von *Hollow Man,* kam an Helens Geburtstag zu deinem Haus und stahl Helens Tagebuch vom Nachttisch. Sie wollte es ihr nur zurückgeben, wenn Helen die Scheidung einreichen würde. Als Helen sich weigerte, erwähnte sie die Schwangerschaft.« Adam hielt einen Moment inne. »Du wusstest doch, dass sie schwanger war?«

Ich nickte.

»Helen ist völlig ausgeflippt. Sie hätte alles verkraftet, aber die Tatsache, dass Amal mit deinem Kind schwanger war, hat sie zutiefst getroffen … Als sich später herausstellte, dass du Amal getötet hattest … nun ja … da verlor Helen völlig die Kontrolle. Sie hat alles gesehen, Tom, sie hat mit ansehen müssen, wie du sie getötet hast. Sie hat mir alles darüber erzählt.«

Adam weiß es nicht, realisierte ich, *er weiß es nicht, weil Helen ihm nicht vertraut.*

Ich fühlte mich unendlich leer. Müsste ich nicht laut losschreien? Weinen? Beides gelang mir nicht. Nicht eine Träne. Wenn das ein böser Albtraum war, würde ich irgendwann schweißgebadet aufwachen und mich freuen, dass ich alles nur geträumt hatte. Und mit einem Mal sehnte ich mich wieder nach meiner Mutter, die mich als Kind gewärmt, getröstet und meine Tränen getrocknet hatte. In ihrem Schutz hatte ich Stärke entwickeln können.

»Tom?«

Ich blickte auf. Adam sah mich flehend an.

»Meine Kanzlei wird ohne die Aufträge der Werbeagentur Insolvenz anmelden müssen. Wir haben mehr als die Hälfte unserer Arbeit für TOM geleistet. Lass mich wieder für die Firma arbeiten, Tom. Du musst mich nicht bestrafen. Helen ist diejenige, die alles zerstört hat. Gemeinsam mit Amal.«

Ich sagte noch immer kein Wort. Geschah das hier wirklich? Oder bildete ich mir diesen Irrsinn nur ein?

Adams Unterlippe zitterte, ebenso seine Stimme. Er atmete tief durch und sagte: »Bitte glaub mir!«

Ich dachte, wie verrückt das alles klang, schüttelte unwillkürlich den Kopf. Doch dann dachte ich an all die grässlichen Dinge, die Menschen um mich für Geld getan hatten, und schon erschien das alles noch abscheulicher. Mit Adams »Bitte glaub mir« kam mein Hass auf ihn augenblicklich zurück. Wie ein verdorbenes, übel riechendes Lebensmittel. Die Fäule dringt in die Nasenlöcher, flutet den ganzen Schädel.

Meine Frau hatte immer auf eine Gelegenheit gewartet, mich loszuwerden. Sie hatte mich nie gewollt, und nun wollte sie mich tot sehen. Die ganze Zeit hatte ich mir Sorgen um sie gemacht … Und mir wurde klar, dass ich besser auf mich selbst hätte aufpassen sollen. Der Abgrund vor meinen Füßen war tief und unerbittlich. Dort unten gab es keinen Zweifel und kein Erbarmen. Ich würde dafür sorgen, dass Helen und Adam nach meinem Tod auch in diesen Abgrund hineinblicken müssten. Und obwohl ich dann tot wäre, würden sie mich neben sich spüren – als Lenker ihres Schicksals.

Ich muss diese Kloake hinter mir lassen.

Ich stand auf, verließ den Besucherraum und ließ Adam allein zurück; so, wie er mich nach seinem Verrat hier zurückgelassen hatte.

Zwei Jahre lang.

DONNERSTAG

»Der wahre Schmerz, jener, der uns bis in die Tiefe
unseres Seins leiden lässt, macht aus dem
nicht reflektierenden Mann zuweilen
einen ernsten und bedachten Menschen.«

Fjodor Dostojewski

Die Wahrheit

Meine wahre Geschichte begann erst hier, im *Paradies,* als Goodman mir einen Terminkalender und ein Buch schenkte und später eine alte Schreibmaschine. Erst hier habe ich erfahren, wer ich in Wahrheit bin – mit jeder Zeile, mit jedem Blatt Papier: Ich war nur ein Produkt meiner Vergangenheit, ein Mann, der alles und jeden kontrollierte und bestimmte, wohin die Reise für die Menschen ging, mit denen er sich umgab. Hier erkannte ich das, hier fasste ich aber auch den Entschluss, mein Testament zu ändern, und hier traf ich die Entscheidung, mich im Innenhof Steel zu stellen. War es, weil ich bis zur letzten Sekunde selbst die Fäden ziehen wollte?

Bitter ist die Wahrheit über Helen. Ich habe sie geliebt und hätte alles für sie getan. Verrat ist ein übler Akt, besonders wenn Habgier das Motiv ist. Aber mindert ihr schäbiges Verhalten wirklich meine eigene Schuld? Ich habe mir viele Feinde gemacht und meinen besten Freund verloren. Gewiss nicht an meine Frau, sondern an meine Selbstsucht. Ich wünschte nur, Amal hätte nicht sterben müssen, damit mir das klar wurde. In der Vergangenheit habe ich mich stets vor der Wahrheit gefürchtet, sie ist ein Aderlass des Herzens. Man muss vorsichtig damit umgehen.

Um Plum tut es mir leid. Ich konnte keine Rücksicht auf ihn nehmen. Er wurde gestern sofort von drei Wachen in

Einzelhaft genommen. Ich kann nicht sagen, ob er wegen der Kugel so gebrüllt hat, die in seinem Knie steckte, oder wegen des Medaillons, das Steel gestohlen hatte. Der Ochse wurde nicht bestraft; weil er angegriffen wurde, traf ihn keine Schuld. Aber *nach* dem heutigen Tag wird er nicht so glimpflich davonkommen.

Was ich vorausgesehen habe und von mir beabsichtigt war, ist gestern Nachmittag eingetreten. Nachdem Plum angeschossen worden war, stand Steel auf und hob seine Hände als Zeichen der Kapitulation. Als Goodman die Waffe nicht mehr auf ihn richtete, drehte Steel sich zu mir um und legte seinen Zeigefinger wie ein Messer an seinen Hals – zum zweiten Mal. Sehr originell war das Leben im Gefängnis nicht gerade.

Ich habe in der vergangenen Nacht kaum ein Auge zugetan und pausenlos an die Decke gestarrt. Ab und zu döste ich ein, aber immer wieder holte mich einer der herumstreunenden Zeitreisenden in die Realität zurück. Und dann träumte ich von Wilson, meinem Mathelehrer im Abschlussjahr auf der Highschool, einem herablassenden Winzling mit cayennerotem Haar.

Zu Beginn eines jeden Schuljahres wartete Wilson an der Tür des Klassenzimmers auf seine Schüler und begrüßte jeden mit einem warmen Handschlag. »Kommt herein, seid herzlich willkommen, viel Erfolg in diesem Jahr!« Für jeden Schüler den gleichen Satz. Als ich jedoch vor ihm stand und ihm meine Hand entgegenstreckte, nahm er sie nicht. Wir sahen einander kurz in die Augen, und ich erkannte, dass er mich provozieren wollte. Er begrüßte mich nicht, sondern nickte nur in Richtung Klassenzimmer. »Für dich habe ich einen besonderen Platz reserviert, direkt vor meinem Tisch.«

Ich stand mit meiner ausgestreckten Hand da, ging aber dann schulterzuckend an ihm vorbei und fauchte. »Ich würde so eine dumme Fresse aber lieber nicht so nah sehen!«

Wilson schickte mich sofort zum Schuldirektor und erinnerte vor der gesamten Klasse noch einmal nachdrücklich daran, dass mein Verhalten unmöglich gewesen sei. Er verlangte eine Entschuldigung, die ich vor den Schülern wiederholte. Das siegesbewusste Zucken seiner Mundwinkel war dabei unübersehbar.

In dieser Nacht konnte ich vor Zorn kaum schlafen. Die Klassenkameraden machten sich seit Wilsons Aktion lustig über mich: »Oh, meine Fresse, das wird wohl ein *Ungenügend* in Mathe werden.« Andere hingegen beglückwünschten mich, weil sie mein Verhalten für cool hielten.

Am nächsten Tag entschuldigte ich mich als Erstes für mein Verhalten vom Vortag. Wilson nahm mein Bedauern mit einem überheblichen Lächeln zur Kenntnis. Danach beteiligte ich mich rege am Mathe-Unterricht. Ich stellte Fragen, löste die Aufgaben und war dabei immer höflich.

In der ersten Pause folgte ich meinen Klassenkameraden nicht in Richtung Auditorium, sondern versteckte mich auf der Toilette neben Wilsons Lehrerzimmer, wartete fünf Minuten, bis kein Lärm mehr im Flur zu hören war, und hoffte, dass er seine Bürotür nicht abgeschlossen hatte.

Ich betrat Wilsons Zimmer und ging zu seinem Schreibtisch. Auf der rechten Seite lag der Holzkompass, mit dem er Zirkel auf die Tafel zeichnete. Ich nahm einen wasserfesten Stift aus meiner Hosentasche und schrieb auf das Holz des Zirkels *Wilson ist ein Hühnerficker.* Dann ging ich wieder in das Klassenzimmer, wo in wenigen Minuten der Kunstunterricht begann. Den Stift warf ich vorher wohlweislich in die Mülltonne, denn sie könnten ja auf die Idee kommen, meine Schultasche zu durchsuchen.

Drei Stunden später lief ich zum zweiten Mal durch die Gänge zum Büro des Schulleiters und lächelte in mich hinein. Selbst der bedrohliche Widerhall meiner Schritte änderte nichts daran. Dann saß ich ihm erneut gegenüber.

»Ich habe eine unangenehme Angelegenheit mit dir zu besprechen, Tom«, begann der Schulleiter. »Heute wurde der Zirkel von Herrn Wilson mit einem Text besudelt, den ich hier nicht aussprechen möchte … so skandalös, dass es sicher kein Mädchen gewesen ist. Wilson glaubt, dass du das warst. Er hat deine Handschrift aus deinem Heft mit der auf dem Zirkel verglichen. Auch ist er der Meinung, dass dies kein Streich mehr ist, sondern an eine Straftat grenzt. Und das denke ich auch.«

Ich sah den Mann vor mir emotionslos an. »Und …?«

Er räusperte sich und wirkte durch meine kurze Antwort irritiert: »Ich möchte von dir wissen, ob du diese Worte auf den Kompass geschrieben oder nicht? Überlege gut, denn ich will keine Lügen hören.«

Ich wartete ein paar Sekunden. »Bin ich geistig zu schwerfällig, oder ist dies tatsächlich eine seltsame Art zu denken? Ein Mädchen kann es nicht gewesen sein, also muss Tom Döbbe der Täter sein. Weil der zufällig die vordere Schulbank drückt! Wie viele Jungen sind auf dieser Schule? Dreihundert? Es gibt also dreihundert mögliche Täter da draußen. Waren die alle schon hier?«

Ich schwieg für einen Moment und starrte nach draußen, seufzte und runzelte die Stirn. »Mich macht die Anschuldigung von Herrn Wilson sehr betroffen und, um ehrlich zu sein, sogar noch mehr, dass auch *Sie* das von mir glauben.« Meine Hände wurden feucht.

Der Schulleiter blickte mich erschrocken an. »Du hast nicht ganz unrecht«, sagte er nach einer kurzen Pause, und ich setzte noch einen drauf. »Ich kann verstehen, dass Herr Wilson mich angesichts des gestrigen Vorfalls verdächtigt. Aber mir so etwas grundlos vorzuwerfen, ist wirklich völlig daneben. Absolut unangebracht!«

Unangebracht. Ich hatte dieses Wort noch nie zuvor benutzt. Es kam zur richtigen Zeit, als wäre es für diesen Anlass erdacht worden.

»Ich stimme dir zu. Das war wohl etwas voreilig«, erklärte der Schulleiter. Er nickte zur Tür und stand auf. »Du kannst jetzt gehen.«

Zwei Stunden später wurde ich wieder in sein Zimmer gerufen. Der Direktor saß an seinem Schreibtisch. Wilson stand neben ihm. Mit hängenden Schultern und leicht nach vorne gebeugt.

»Setz dich! Herr Wilson möchte dir etwas sagen«, meinte der Schulleiter und forderte den Lehrer mit einer Geste auf, endlich zu reden.

Wilson kam einen Schritt vor, die Arme verschränkt, die Augen leer. »Habe ich dich fälschlicherweise beschuldigt?« Seine Stimme vibrierte leicht.

Ich nickte.

Der Lehrer sah mir direkt in die Augen, trat einen weiteren Schritt vor und streckte mir seine Hand entgegen.

Ich stand auf und nahm sie.

»Es tut mir sehr leid, dass ich das getan habe, Tom. Ich entschuldige mich, auch für das Misstrauen, das ich beim Schulleiter hervorgerufen habe. Ich hätte das nicht tun dürfen.«

In seinen Augen las ich nichts als reine Erniedrigung.

Als ich aufwachte, dachte ich an die drei Injektionen, die

sie mir morgen verabreichen würden, um meinen Tod herbeizuführen. Eine Hinrichtung *coram publico.* Sie war die allerhöchste Erniedrigung.

Ich gehe nicht sofort in meine Ecke des Innenhofes. Ich möchte nicht wie ein Lamm auf den Schlachter warten. Deshalb drehe ich eine Runde. Ich versuche zu pfeifen, kann aber die Muskeln um meinen Mund nicht dazu bringen, meine Lippen zu spitzen. Meine Nerven sind zu angespannt wegen dem, was kommen wird. So schlendere ich, die Hände in meinen Hosentaschen, an der Betonwand entlang und werfe einen Blick auf den Wachturm. Goodman ist nicht da. Ich denke an meine Worte in der Mesa, die ich für ihn gebastelt hatte: *Sie, John Collins, sind ein wahrhaft guter und aufrichtiger Mann. Deshalb nenne ich Sie »Goodman«.*

Steel steht bei seiner Fitnessclique. Er schaut einen Moment in meine Richtung und spuckt auf den Boden. Einer seiner Freunde wirft mir einen mörderischen Blick zu und klopft Steel auf die Schulter. Sie sehen sich an und reichen sich gegenseitig die Hand. Steel bewegt seinen Kopf hin und her. Lockert seine Nackenmuskulatur. Ich gehe ruhig weiter, behalte ihn aber im Auge, so wie er auch mich beäugt.

Als alle Mithäftlinge ihren Platz im Innenhof eingenommen haben, ist der Moment gekommen, an dem ich handeln muss. Ich stelle mich in meine Ecke und stütze mich mit meinen Händen an der Wand ab, als würde mich jeden Moment eine Wache durchsuchen wollen. Ich drehe mich nicht nach Steel um, will das Unvermeidliche nicht kommen sehen und schließe meine Augen.

Übermorgen, spätestens nächste Woche, wird Helen eine Nachricht vom Notar erhalten. Er wird sie über das Erbe informieren: die TORNADO KG mit ihrem Schuldenberg. Sie kann das Erbe nicht ablehnen, denn sie ist als vollhaftender Komplementär im Handelsregister eingetragen. Die Mitarbeiter in meinem Büro werden sie wütend ansprechen, um ihr Gehalt einzufordern. Außerdem muss sie das Haus innerhalb einer Woche verlassen, denn es gehört der Werbeagentur TOM, die ab morgen in den Besitz meines Vaters übergehen wird. Das Gleiche gilt für das Kapital auf meinem Bankkonto, das bereits auf das Konto meines Vaters überwiesen worden ist. Heute wird das Leben mir und morgen meiner Ehefrau ein Messer in den Rücken stoßen. Wir haben unsere Waffen gewählt und uns beide zu spät umgedreht. Das ist die einzige Wahrheit, die wir noch miteinander teilen können.

Ich höre die Schritte, Steel hat sich mir bis auf einen Meter genähert. Ich atme tief durch. Ein Schauer zieht mir über den Rücken, und eine innere Stimme sagt mir, dass ich davonlaufen soll, dass ich sofort losrennen muss, aber ich zwinge mich, stehen zu bleiben, rühre mich nicht. Ich muss stillstehen.

Unsere Körper berühren sich nicht. Trotzdem kann ich Steels Nähe spüren. Seine Atmung ist unruhig. Die Luft, die seiner Nase entweicht, streift meinen Hals. Für einen Moment hält auch er den Atem an. Ich öffne meine Augen. Vor mir sehe ich die Betonwand mit zwei Silhouetten, eine kleinere und eine große, miteinander verschmolzen.

Die Zeit existiert nicht mehr, die Ecke im Innenhof verliert ihre Bedeutung. Wir verschmelzen, Steel und ich. Langsam beugt er sich vor, und aus seinem Mund klingt ein zurückhaltender Pfeifton: Mozart, das Allegro aus *Eine kleine Nachtmusik*. Aber schon nach wenigen Tönen wird das Pfeifen durch sein Schnauben erstickt. Steel beugt sich vor, sein Mund liegt jetzt nahezu an meinem Ohr.

Ich drehe mich nicht um, bewege mich nicht, schließe die Augen und richte meinen Rücken auf. Seine Atmung stockt für einen Moment. Die längste Sekunde meines Lebens hat begonnen; bald wird er mir einen Kugelschreiber, ein Stück Glas oder Blech in den Hals bohren. Ich sollte jetzt an das denken, was ich zurücklasse, an das, was meine Existenz hervorgebracht hat. Aber ich habe nur einen Gedanken: Steel wird niemals begreifen, dass ich meinen Tod durch seine Hand geplant habe. Menschen, die glauben, dass das Leben innerhalb dieser Mauern anders abläuft als außerhalb, irren sich.

Steel macht einen kleinen Schritt zurück, als hätte er meinen Gedanken aufgefangen und wäre darüber schockiert. Ich frage mich, ob ich diese letzten Worte wirklich nur gedacht oder vielleicht unbewusst laut ausgesprochen habe. Aber dann läuft mir ein kalter Schauer über den Rücken und fegt alles hinweg.

Der Schmerz ist nicht so schlimm, oder ich bin schon unfähig, ihn zu spüren. Ich liege zusammengesunken an der Betonwand. Durch den Sturz hat sich mein Körper verdreht, sodass ich sehe, dass Steel langsam seine Hände hinter seinen Hals legt und in die Knie geht, allzu vertraut mit dieser Situation. Die Sirene heult bereits, denn die anderen Häftlinge bewegen sich hinter Steel zum Ausgang des Innenhofes in ihre Zellen. Mein Mund ist knochentrocken, meine Zunge schwer und kalt, zu groß für meinen Gaumen. Ich schließe kurz die Augen, und als ich sie mit Mühe wieder öffne, sehe ich vage, dass Steel von zwei Wachen abgeführt wird.

Jemand kniet sich neben mich. *Goodman?*

Er führt die linke Hand an meinen Hals, aber ich spüre die Berührung nicht. Dann macht der Schatten ein Kreuz mit der anderen Hand. Ich stottere mit meiner letzten Kraft, dass die Hinrichtung durch die Todesspritze selbst für jemanden wie mich eine zu harte Strafe gewesen wäre.

Der Schatten neben mir reagiert nicht auf meine Worte. Er berührt kurz meine Stirn und faltet seine Hände. Sein Kinn sinkt auf seine Brust. »Ich weiß, Tom«, flüstert er.

Als ich an Goodman vorbeiblicke, sehe ich nur, wie ein Sperling auf der Kante der Gefängnismauer landet, sich nervös umschaut und zwischen zwei Wachtürmen wieder davonfliegt.

Ich schließe die Augen. Lichtpunkte tanzen ein letztes Mal über meine Lider, ich lächle.

Ich habe alles unter Kontrolle. Der Tod ist nicht das Ende, er ist der Anfang.

Das ist meine Wahrheit.

Nachwort

Liebe Leserin, lieber Leser

nach einem Besuch im US-Staatsgefängnis Huntsville in Texas und Gesprächen mit Gefangenen und Wachleuten habe ich mich entschlossen, in diesem Roman auch die Todesstrafe ein wenig zu thematisieren. Im Rahmen meiner Recherchen für den Roman »Tödliche Perfektion« erhielt ich Einblick in die Arbeit des Unternehmens Qiagen und der Organisation *Innocence Project*, die aufgrund neuer DNA-Beweise nachträglich die Freilassung von 20 Todeskandidaten bewirkten. Nicht nur aus diesem Grund bin ich gegen die Todesstrafe. Sie ist keine angemessene Antwort auf Mord und andere Kapitalverbrechen. Wo sich der Staat zum Richter über Leben und Tod aufschwingt, nimmt nicht Gerechtigkeit ihren Lauf, sondern werden Rache und Vergeltung geübt. Staaten können nicht gleichzeitig die Menschenrechte achten und die Todesstrafe verhängen und vollstrecken.

Die Allgemeine Erklärung der Menschenrechte gesteht jedem Menschen das Recht auf Leben zu und besagt: »Niemand darf der Folter oder grausamer, unmenschlicher oder erniedrigender Behandlung oder Strafe unterworfen werden.«

Die Todesstrafe verletzt diese grundlegenden Menschenrechte.

Die Todesstrafe verwehrt einem Menschen die Möglichkeit, eine Tat durch Wiedergutmachung, Reue und Besserung zu sühnen.

Die Todesstrafe verhindert keine Verbrechen. Wissenschaftliche Studien haben keinen Beweis für die angeblich abschreckende Wirkung der Todesstrafe erbringen können.

Die Todesstrafe wird unverhältnismäßig oft gegen Arme oder Angehörige von Minderheiten angewendet.

In den USA ist der Anteil der zum Tode verurteilten Afro-AmerikanerInnen überproportional hoch. In Saudi-Arabien trifft es vor allem GastarbeiterInnen.

Staaten befriedigen mit der Todesstrafe oft populistische Rachegelüste.

Donald Trump weitet die Todesstrafe aus: Erstmals seit 2003 lässt er wieder Hinrichtungen auf Bundesebene vollstrecken trotz vieler Zweifel am System. Damit will der US-Präsident seine konservative Wählerbasis erfreuen.

Daniel Lee sitzt seit 20 Jahren in der Todeszelle. Als Mitglied einer Neonazigruppe soll er 1996 die Familie eines Waffenhändlers in Arkansas ermordet haben, darunter ein achtjähriges Mädchen. Ein US-Bundesgericht verurteilte ihn zum Tode, nachdem mehrere Bekannte gegen ihn ausgesagt hatten.

Für Lee schien daraus zuletzt eine lebenslange Haft zu werden: Aufgrund mehrerer verpfuschter Vollstreckungen per Giftspritze setzte US-Präsident Barack Obama 2014 alle geplanten Hinrichtungen auf Bundesebene unbefristet aus, um die Methoden überprüfen zu lassen. Von einer Abschaffung sah er wegen des politischen Widerstands aber ab, und 2015 hielt auch der Supreme Court die Todesstrafe aufrecht.

US-Justizminister Bill Barr hob das Moratorium im Juli 2019 auf. Daniel Lee stand als Erster auf der Liste, er wurde am 9. Dezember 2019 hingerichtet. Ihm sollen in kurzer Folge drei Todeskandidaten pro Woche folgen, nur unterbrochen von der Weihnachtspause.

Trotz aller Proteste und Debatten hält die US-Regierung nicht nur weiter an der Todesstrafe fest, sondern treibt sie sogar voran. Auch wenn sich die öffentliche Meinung wandelt und immer mehr Bundesstaaten Hinrichtungen abschaffen – von ganz oben kommt nun wieder ein deutlich anderes Signal.

Obamas Nachfolger Donald Trump ist schließlich ein Fan der Todesstrafe. Schon 1989 forderte er als Privatmann die Hinrichtung von vier Afroamerikanern und einem Latino, die wegen einer Vergewaltigung im Central Park verurteilt worden waren – zu Unrecht, wie sich später herausstellte.

Gern preist Trump andere Staatschefs wie Chinas Präsidenten Xi Jinping für die staatlich sanktionierte Tötung von Straftätern. Dem philippinischen Präsidenten Rodrigo Duterte, der Kriminelle und Drogenkranke außergerichtlich umbringen lässt, attestierte er eine »unglaubliche Leistung« – und ließ nach Dutertes Vorbild die Todesstrafe für Drogen- und Opioiddealer in den USA prüfen.

Mörder sollten »den ultimativen Preis zahlen«, schwor Trump voriges Jahr nach dem Terroranschlag auf eine Synagoge in Pittsburgh. »Wir müssen die Todesstrafe wieder einführen.«

Dabei wurde sie ja nie wirklich abgeschafft. Zwar ist es inzwischen 16 Jahre her, dass die US-Regierung zuletzt jemanden hingerichtet hat. In den Bundesgefängnissen warten bis heute aber 61 Mörder – und eine Mörderin – weiter auf ihr letztes Mahl. Fünf wurden während des Moratoriums verurteilt, darunter Dschochar Zarnajew, der Boston-Marathon-

Attentäter. Trumps Justizministerium zog die Schraube sogar noch einmal an und forderte schon seit 2017 vor Gericht wieder mehr Todesstrafen.

Auch sonst wird in den USA weiter hingerichtet. In den 29 Staaten, die das unabhängig vom zentralen Justizsystem noch zulassen, sitzen zurzeit mehr als 2600 Verurteilte in den Todestrakten. Seit 1999 ist die Zahl der vollstreckten Urteile zwar stetig gesunken, nahm jedoch in den letzten zwei Jahren wieder leicht zu.

Die Ungleichheit der Gesellschaft spiegelt sich auch hier wider. Die Delinquenten sind zu je 42 Prozent Weiße und Afroamerikaner, obwohl letzte Gruppe nur 13 Prozent der Bevölkerung ausmacht. Studien zufolge werden afroamerikanische Angeklagte drei Mal häufiger zum Tode verurteilt als weiße Angeklagte. Nach Angaben der Aktivistengruppe *Innocence Project* wurden zudem in den vergangenen 30 Jahren 20 Todeskandidaten aufgrund neuer DNA-Beweise nachträglich freigesprochen – meist Afroamerikaner.

Die Kehrtwende zugunsten der Todesstrafe begann nach Trumps Wahlsieg.

Ich danke Ihnen, dass Sie mein Buch gelesen haben. Passen Sie gut auf sich auf, immer, und besonders in Corona-Zeiten.

Ihre
Astrid Korten

Danksagung

Wie immer gibt es viele Menschen, denen ich für ihre Mithilfe danken will und dafür, dass sie mir ihr unschätzbares Wissen zur Verfügung gestellt haben:

Prof. Dr. Kristin Taley, Washington, D. C., die mich stets zum Lachen bringt. Many thanks for your advice and information.

Die Mitarbeiter des Texas Department of Criminal Justice und Texas State Penitentiary at Huntsville, insbesondere J. W. Many Thanks.

Gary, der mir seine Geschichte erzählt hat. Godd bless you.

Frau Dr. Helge Lubenow, Senior Vice President, Molecular Diagnostics Business Area, Qiagen GmbH, USA, für ihre Hilfe und Unterstützung bei meinen Recherchen.

Dr. Thomas Theuringer, Qiagen GmbH.

Beate Wandelt, Leiterin der Justizvollzugsanstalt, leitende Regierungsdirektorin. Vielen Dank für die Erlaubnis der Dreharbeiten

Marc Marin, Justizvollzugsamtsinspektor JVA Essen sowie die Mitarbeiter der Justizvollzugsanstalt Essen

Donner-TV/Media TV- & Filmproduktion

Uwe Donner, Schauspieler und Co-Regie

Kai Hunold, Regie

Tom Heuser, Schauspieler – the second time and so great.

Stefanie Glessner, Schauspielerin
Sabine Mepomuck, Schauspielerin
Dirk Fellhauer, Schnitt. Immer wieder.
Redaktionsbüro Leipold, Franz Leipold für die wertvollen Hinweise und sein »Eine der besten Geschichten, die ich in den letzten Jahren gelesen bzw. lektoriert habe«.

Eliane Wurzer, Piper-Digital, Danke für deine unschätzbare Unterstützung und dein Vertrauen. Mein Dank gilt auch dem restlichen Team beim Piper-Verlag, Danke für euren Enthusiasmus und eure Professionalität in schweren Zeiten.

David, der mich im Rahmen meiner Recherche auf besondere Weise unterstützt hat.

Last but not least geht mein besonderer Dank an Peter, der das Ruder fest in der Hand hält, wenn ich in eine andere Welt wechsele.

Quellen

https://www.amnesty.ch
https://www.tagesschau.de/ausland/massaker-usa-trump-105.html
https://www.merkur.de/politik/trump-will-mehr-todesstrafen-er-ordnet-verfahren-an-es-nicht-mehr-gab-usa-zr-12864689.html
https://www.n-tv.de/politik/US-Regierung-kehrt-zur-Todesstrafe-zurueck-article21169374.html
https://www.innocenceproject.org/
https://www.qiagen.com/us/about-us-old/contact/ordering-global/ordering-usa/
https://www.dcj.texas.gov/death_row/dr_scheduled_executions.html
https://de.wikipedia.org/wiki/Huntsville_Unit
http://www.acat-deutschland.de/webseite_archiv/Todesstrafe/Todesstrafe_Kap_4.html